剩女恋爱记

Sheng nv lian ai ji

杨利军 著

中国社会出版社

图书在版编目（CIP）数据

剩女恋爱记/杨利军著.—北京：中国社会出版社，2010.7

ISBN 978-7-5087-3273-2

Ⅰ.①剩… Ⅱ.①杨… Ⅲ.①长篇小说—中国—当代
Ⅳ.①I247.5

中国版本图书馆 CIP 数据核字（2010）第 128335 号

书　　名：剩女恋爱记
著　　者：杨利军
责任编辑：魏光洁

出版发行：中国社会出版社　邮政编码：100032
通联方法：北京市西城区二龙路甲 33 号
电话：编辑部：(010)66085586
邮购部：(010)66060275
销售部：(010)66051698　传真：(010)66080880
(010)66080300　传真：(010)66051713
网　　址：www.shcbs.com.cn
经　　销：各地新华书店

印刷装订：中国电影出版社印刷厂
开　　本：155mm×225mm　1/16
印　　张：15.75
字　　数：240 千字
版　　次：2010 年 7 月第 1 版
印　　次：2010 年 7 月第 1 次印刷
定　　价：29.00 元

目录

CONTENTS

剩女
恋爱记
SHENGNV LIANAIJI

第一章

剩女与北大荒

1.

跌跌撞撞的青春之后，困惑包围了我们。人生随着时日的推近，越接近生命的真相，真相越残酷而无奈。古人所说的千古愁就是对于生命消逝的困惑。这是你尽了力也无法挽回的。甚至，你越是努力，生命溜走的速度越快。

这是秋波在30岁这天突然明白的。她意识到，生命已经过了小一半，或者一半了。

人生的前半部分，充满着浪漫，充斥着华美，而人生的后半部分，狭促而不堪。犹如泾渭分流，犹如天堂与炼狱。

这一天秋波本想逃避一切来电，可奇怪的是，手机居然整整安静了一天，她几次三番怀疑手机是不是出了问题。

晚上回家，正在开门的时候，鲜花蛋糕突然出现，三个女友：佳颜、林姗、范可可大惊小跳着出现在秋波面前："生日快乐！"

秋波满面苦色地央求："拜托，这个生日，能不过吗？"

三个女友已经不由分说冲进了屋里。

蜡烛点起来了，整整30支，秋波见状，野蛮地拔去了一半，可可连忙阻拦："坚强！要面对现实啊。"

在朋友们的欢呼声中，秋波一口气把蜡烛吹灭了，四个人的脸色一时间在火光中黯淡，共同的处境引发了共同的心事。

"希望我过30岁生日时不是一个人。"可可说。

"还有三个月了，恐怕来不及了。"林姗一向理智。

"我有希望在这段时间内结束单身处境！我要为此努力！"可可头脑简单，因此乐观。

"真快，怎么一晃就30岁了呢？哎，奇怪，今天我爸妈有史以来第一次没给我过生日，连个电话都没有。"秋波说。

女友们的脸色都有些不对了，可可非常真诚地说：

"可能你妈也是觉得这个年纪了还是单身，再给你过生日就太残酷了吧？”

“单身怎么着？就是失败吗？谁规定的？”佳颜听着刺耳，忍不住嚷嚷道。

“我不是这个意思。”可可连忙解释：“我们不都是差不多大吗？不都是单身吗？我不会这么想的，真的。”

“你别解释了。你每次说到这种话，仿佛自己超然物外似的。”佳颜说。

可可有嘴说不清。

2.

这天晚上，三个女友也都有悲惨的遭遇：

健身教练佳颜有着靓丽的外表，健美的身材，所有的目光在经过她的时候都要意味深长地停一会儿，带着嫉妒和猜疑。仿佛她就是个不正经的女人，她不结婚为的就是为了有权利行使不正经。

上楼，和邻居打招呼，佳颜刚刚背过身去，邻居就低声议论说：“剩女，到现在还一个人。”

佳颜看到自己被指指点点，简直要怒发冲冠。

还有更悲惨的，这个晚上，佳颜头一次被人拒绝。

她给一个沦落为美工的画家打电话。他们第一次见面的时候，这个画家在剧组里做着装修的活计。他把自己的画给佳颜看。虽然是临摹的，但功底还不错。一个画家，没有思想，是创作不出有灵魂的作品的。这个人注定这辈子只能是个餐餐吃炒土豆丝炝白菜的画匠了。

“有兴趣去看个画展吗？”佳颜说。

“对不起，我有点忙。”

“忙？嗟！我还忙！”佳颜自嘲地看了看话筒。

不要以为你遇到谁，对方就会理所应当地爱上你。千万别那么弱智。因为到了30岁，你已经不再抢手，因为很多到了这个年纪、在事业上拼杀得小有成功的女人都想要结婚，为了达到这个目的，她们可以放低，忽略不计别的条件。因为如此，哪怕是土豆男人，也得到了升值机会。

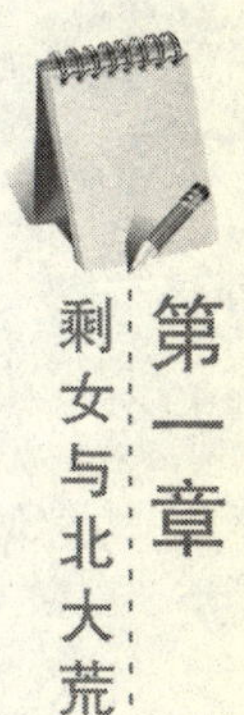

当晚，被号称为“灭绝师太”的林姗摸黑从楼道里上来，楼上来个矮小的男人，猝不及防地在她胸前匆匆摸了一把跑了。

林姗气得脸红，她号称灭绝，一是指事业上的凌厉之势，一是指外貌上的大众化。都叫灭绝了，还有人敢骚扰她！偏偏她还不能把这个人起诉上法庭！

林姗不由想到，如果有男朋友或者丈夫在身边，就没有人敢侵犯她了。

可可在郁闷时，接到了前男友蒙佳的电话。

“我要结婚了。”

可可又遭打击，失望至极：“哎、哎，你说什么？可是你还年轻啊。你再考虑考虑嘛，结婚不能草率。”

“就是要趁着年轻的时候结婚！不啰唆了，我还要通知别人。”

可可听着电话里传来的嘟嘟声，心想，难道这些曾经的美女们摇身一变，真的成了“剩女”了？

3.

星期天的直销会，是一场由大龄青年的父母发动的相亲会，惊动了数家媒体参加。佳颜去的目的，并不是现场招亲，那对她来说，实在是太掉价了。活到今天都只有她回拒别人的份。她只是找个地方去惊艳四座，然后来个潇洒转身，让多数人惦记着却够不着。

对，她要的就是“惊讶”的戏剧效果。

这个效果从开始就达到了。走了一半，摩托车坏在路上了。佳颜下了车，推也推不动，只好把车停在了一边。她开始穿着高跟鞋赶路。没走几步，感觉鞋子不对头，再一看，天哪，鞋底已经全掉了。佳颜一面诅咒着生产鞋子的厂家，一面看看，前后无人，她把鞋子脱下来，背着古筝赶路。

佳颜赶到公园时，秋波正在台上展示着才艺表演。她唱的是昆曲。唱的人忘记了自己，观众全然在戏外。台下，老头老太太们抓住时机询问着对方儿女的情况，青年男女则抓紧时间交流着，声音渐渐要压过秋波。

林姗坐在观众席上，见状，惋惜地看着。秋波犹豫着是不是要停下来。在林姗鼓励的目光下，这才唱了下去。

甘时雨凑到了林姗身边，阴阳怪气道：

“照这样的唱法，简直要吓死人，是不是?”

林姗抬头看到一个很普通的中年男人，圆的脸，圆的肚子，圆的眼睛，圆的鼻子，圆的嘴，整个一个小圈套大圈的黄豆的造型。她示意他安静。甘时雨不失时机地递上了名片：

“自我介绍一下，我叫甘时雨。”

林姗无意中看到，甘时雨前面的拉链开着，但是他丝毫没有要走的意思。林姗提醒他：“你的，你的衣裳……”

甘时雨还在径自说着：“你想象要是夜半，夜半，突然响起了比窦娥还要冤的哭声，你想象得到吗?”

林姗想要走开，被他拦住了。

甘时雨还是继续往下说：“其实他们都很俗。以为会唱两句昆曲就不俗了吗?”

秋波唱完了，林姗连忙鼓掌，却发现掌声只有她一个人。甘时雨懒懒地拍了两下：“我是因为你，才给她鼓掌的。我自己不喜欢这个。”

林姗的手机响了，她逃一样地离开了甘时雨。

佳颜换了旗袍，气喘吁吁地准备上台。秋波表演完毕，正要走，勉强跟佳颜打着招呼，脸色很难看：“你怎么才来啊，快上吧。”

秋波说完，整理东西走了。佳颜看着纳闷：“哎，你怎么了?”

秋波没作声。一个工作人员抬着桌子无意中碰了佳颜一下，佳颜的旗袍撕开了一个口子。

工作人员连声道歉：“对不起，对不起!”

佳颜急了：“这，这可怎么办?”

工作人员连忙稳住她说：“好在口子开在后面，已经报了幕了，你快上去，稳住。”

佳颜迫不得已抱着古筝上台。琴声响起，下面的议论声开始消失，人们专注地听着，并很有好感地打量着佳颜。

甘时雨打开了摄像机，人们看到了他开着的拉链，低声笑起来。甘时雨丝毫不觉，上了台，对着佳颜拍。佳颜开始感觉良好，当甘时雨绕到了她的背后时，佳颜就感觉不对劲了。她对自己说：“稳

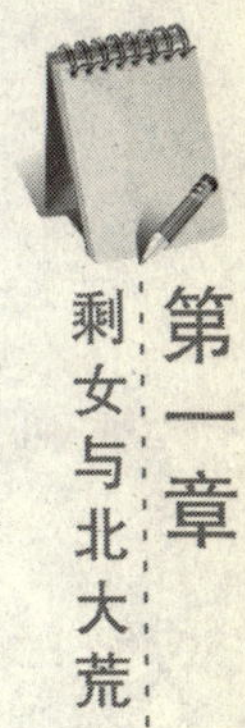

住，该死。”

稳住的是自己。该死的是甘时雨。

甘时雨无意中看到了她旗袍的口子，他举着摄像机，对着那个裂缝拍着一个又一个的特写。与此同时，他完全不知道自己的“大前门”也敞开着。

佳颜难堪不已，手下却不能乱。

这个地方让秋波感到不快，既然他们不给自己面子，她也没有必要给他们面子。她不能忍受一群不热爱昆曲的男人和他们的父母。除了林姗，所有人对她的才艺置若罔闻。

林姗阻拦不了秋波，回头看到甘时雨。甘时雨久久地打量着秋波的背影：

“一个女人得有多寂寞，才会喜欢上昆曲这玩意儿，得花多少时间，才能把昆曲唱成这样。你这个朋友，她多年没有恋爱了吧？”

林姗很反感甘时雨敞开的“大前门”和煞有介事的谈论。她反讽道：

“你觉得她像是多年没有恋爱的样子吗？”

“她原先应该是有几分姿色的，可透支的工作，使得脂粉和得体的衣着也抢救不过来已逝的青春，这个年纪要谈恋爱，也难啊。”

林姗吃了一惊，在她的心中，秋波自古以来都是美女。她忘不了大学时候，秋波曾经一个学期接到过二十六封情书。她吃惊道：

“你说什么？难道你不觉得她很漂亮？”

“平心而论，她的姿色没有她的唱功好。”

听到这么残酷的评论，林姗如遭遇一场冰雹。

小雨落下来了。

佳颜从台上走下来，却被一群家长包围住。她想走，走不了。一个老太太紧紧地抓住她，仿佛怕她从人间蒸发：

“姑娘，你的古筝弹得太好了，我儿子年龄与你相当，也算是个小白领……”

佳颜借口下雨了，家长赶紧打开了伞，举到了佳颜头上。佳颜远远看到了甘时雨，却又逃不开，一面脸上带着笑，一面口气严肃地给林姗打电话：“林姗，你把那个老男人给我拖住！”

佳颜被几个父母扯来扯去纠缠着，痛苦不堪，抢手，真不是看上去那么爽。转眼间雨大了起来，那些个父母突然间消失。佳颜看看空落落的四周，啼笑皆非，可见一切的真诚都是有限度的，禁不住考验的。

林珊得到了佳颜的指示，对甘时雨下命令：

“把摄像机给我。”

甘时雨趁机讲起了条件：“我们可以先谈一谈，然后我再决定要不要把录像给你看。”

林姗抹了一把雨水：“为了不耽误我们的时间，请你让我看看你的录像。”

甘时雨还在死缠硬磨：“我们聊聊吧。好不容易来一趟。来，坐，坐啊。你这人真逗，我又不会吃了你。”

椅子上已经湿了，甘时雨连忙用伞擦了擦椅子，示意林姗坐下，又为她撑开了伞。林姗人瘦，一会儿便冻得嘴唇发青，甘时雨仍然说个不停。

佳颜走了过来，怒视着甘时雨。甘时雨丝毫不觉，对林姗一直热情有加：“既然认识了，能不能赐我一张名片?”

林姗示意他向后看，甘时雨冷不丁被佳颜的出现吓了一跳，下意识地把录像机藏在身后。却被佳颜一把抢去。

甘时雨故作强硬地问：“你凭什么抢我的录像机?”

佳颜恼怒地说：“因为你的录像里的非法内容。你敢跟我抢，我就摔了它。”

甘时雨求救地看着林姗，林姗说：“我不会给你作证的。”

佳颜打开了录像机，毫不犹豫地把里面的内容删掉，将录像机丢给了甘时雨，扬长而去。

甘时雨对林姗说：“你这位朋友好凶，我不喜欢太高的女人，给人一种压迫感。”

林姗回头时注意到，甘时雨的“大前门”依旧开着。

4. 

可可没有去参加相亲会，她在等自己心仪的男友蒙佳。男友迟迟未到。可可的妆已经被雨冲洗掉了。雨很调皮，一会从这个方向

下来，一会从那个方向过来。正在可可焦虑不安时，蒙佳很优雅地开着车过来。可可抱怨道：“你怎么才来啊。”

蒙佳冷漠地道：“我能来就不错了，我本来都不想来了。”

可可都快哭了：“你什么意思？我等了你一个多小时了。”

蒙佳不耐烦地说：“我要告诉你多少次啊，你不用再等我了。”

蒙佳扬长而去，可可在车后面追：“哎哎哎……你总要说个明白啊。”

追了一段距离，可可一不小心，狠狠地摔了一跤。她抬起头来，蒙佳早没有了影子。可可痛得咧嘴，心被撕裂得更痛，泪水涌了出来。

一双手扶她起来。可可抬头，迎到了一双清澈温柔的眼睛。可可抱着他哭了起来：“蒙佳，蒙佳。”

那个男子说：“我叫严新。”

可可一惊，发现自己抱的并不是蒙佳。

严新关切地问：“你家住哪里？我送你回去？”

可可小声说：“……我想上厕所。”

5.

塞翁失马，可可兴奋至极，夜半来找秋波，秋波还沉浸在被冷落的相亲会上，显然没有心情听可可诉说她的奇遇记。

“就这样，我结束了一场爱情，又开始了一场爱情。哎，我说了半天，你听了吗？”

秋波回过神来，淡淡地：“祝你好运。”

可可依然兴奋：“我从来没有见过这么温存的男生，他都不认识我，却一直守护着我，眼睛里闪着温柔的光。哎，你这有酒吗？”

秋波冷淡地：“没有。”

可可又问：“烟呢？”

不吸烟的可可竟然拿起桌上的烟，猛吸起来。

秋波情绪不高：“对不起。我应该认真听你说的，我道歉。可是我今天心情太不好了。可是，我不应该嫉妒佳颜，她那样的美女，有那样的风头很正常。”

可可笨拙地吐着烟，咳嗽着说：“你说什么？你说佳颜漂亮？或许她以前很漂亮，但是现在……”

秋波好像回过神来一样问：“等等，我们谈的是同一个佳颜吗？”

可可抬起眼说：“当然。”

秋波冲到了镜子跟前，看着自己，沉思道：

“也许我们看到的自己并非真实的自己。我们看到的自己，永远是年轻时候的模样，无论我们外表变成什么样，我们总是能够透过时光隧道还原我们最动人的模样。而陌生人就不一样了，他们一眼看到的就是我们现在的样子，看到的是生活留给我们的痕迹。这就是，为什么我们在一直看着自己长大的人眼中依旧美丽，而在别人眼中都很贬值的原因。”

可可似乎略有所悟：“因为我说佳颜不漂亮，就引起了你的思索？你是说，我们生活在一个认为自己漂亮，也认为对方很漂亮的怪圈里，而在别人眼中，或许我们已经成为老女人了？天哪，这是我有生以来接受到的最残酷的现实，但它有可能是真理，否则蒙佳不会放弃我。”

秋波长叹了口气：“我很小的时候，就认为我妈妈30岁已经是很老的年纪了！如今我也到了这把年纪。”

6.

相亲会上佳颜的才艺表演尚佳，她决定继续光临，但是，意外发生了……

佳颜气喘吁吁地赶到了相亲会上，听到大家在窃窃私语：“你知道吗？那天相亲会，出了两个笑料，甘时雨被评为最搞笑先生，佳颜被评为最搞笑的女人，他俩啊，一个前面开口，一个后面开口，却都全然不知……”

佳颜吃了一惊。为了让那个恶劣的印象从大家心中消失，佳颜决定从相亲会上消失。她抱着古筝，轻手轻脚地退了出来，不料在倒退中摔倒。

人们被惊动，一齐把目光投过来。

佳颜的衣裳已经破了好几个口子，狼狈之相有增无减。

第二章

不明飞行物

1.

人生中会有许多次艳遇，像雨点雪花一样落到你身上来，只不过你不知道飞来的是小行星，还是彩票，其实这两种可能都很小。但，它们一定是不明飞行物。

这个夜晚，可可和严新正在一家情调幽雅的西餐厅享受浪漫的爱情时，事情发生了转机。

几个人进来了，看了严新一眼，低声说了什么，又出去了，可可感到严新有些心不在焉。不过，他很快就恢复了正常，像以往一样地谈笑风生："去洗手间吗?"

严新借口去洗手间，把可可从后门带出来，成功地摆脱了追踪。

到了可可家门口，严新突然开口："我今晚能不能住到你这里?"

可可吃了一惊："这，这也太快了吧。"

"我不是那个意思，我家里来了客人，如果你不愿意，我就住宾馆也没有关系。"

可可很乐意为严新做些什么。她更期待着能发生些什么。不料两人冷不丁被人围住，定睛一看，就是方才在西餐厅见到的那几位。

这是怎么回事?可可惊叫，严新由慌乱转为平静，他安慰可可："你先走，他们是我的朋友，我们有些事情要谈。"

可可不忍丢下严新，于是躲到一边听着他们低声交涉，他们好几次地谈到了钱。最后，他们要带走严新。可可不顾一切阻拦道："你们不能带走他！他欠你们多少钱?"

2.

可可把替严新还债的事告诉了女友。没等她说完，佳颜惊呼道：

“你上当了，百分百上当了！我正奇怪你怎么有那么好的运气呢。你这么不浪漫的人，怎么会遇到那么浪漫的男人？要遇，也是我遇到才对啊。”

可可当下反驳：“你把人想得太坏了，我觉得严新不可能是你们想的那样。”

佳颜推出林姗：“律师，你来分析案例。”

林姗严肃地说：“这有可能是一起策划好的诈骗案，那个化名严新的人先是取得了你的好感，他的同伙假装绑架严新，想办法得到你的钱。法制节目你不看吗？老头老太太都不会上这种当了。你现在要赶紧想办法挽回局面啊。”

“借出的钱相当于给出的钱，借出钱的同时也就结束了友谊，如果你觉得付出这笔钱你是快乐的，那你可以这么做。”秋波说。

可可着急了：“谁能够付出这么大一笔钱，又是快乐的？我又不是印钞票的。”

林姗告诉可可：“第一，要回钱；第二，分手。”

可可又有些犹豫了：“这，我这个年纪，能遇到单身年轻的严新，已经不容易了。我不想错过这个机会。”

3. 

夜晚，可可绝望地在街上漫步，她想，如果这笔钱是被严新消费掉了，她会有幸福感，毕竟他在她摔倒的时候，曾经伸出手来，可是如果真是被对方骗走的，那将是她人生的一大耻辱。

说曹操，曹操到。她接到了严新的电话。半个小时后，严新气喘吁吁地赶到了。

他清新朝气的脸上因为赶路而渗着汗滴。可可看到失而复得的钱财的同时，也看到了严新的人品。她意外至极：“为什么这么快还我？”

“我借你的，当然要还你。你为了我，受了惊吓，对不起。”

这真是一个出人意料的结局，可可投进了严新的怀抱。当她把头靠在严新的肩膀上时，严新却躲开了她。可可靠了个空，差一点儿摔倒。

4.

爱情是几个女人谈论不完的话题。尤其是在咖啡厅、酒吧这类让人想到艳遇的地方。看到成双成对的青年男女勾肩搭背地进来，几个女人都有些眼热。

可可不无遗憾地对佳颜说："为什么我没有在二十出头的时候谈恋爱呢?"

佳颜似乎很老到："放心，二十几岁的时候都有男友，到了该结婚的时候都单身了，这是规律。"

林姗最近接受了重要的任务，陪着从未结过婚的姨妈去相亲，姨妈虽然五十多了，却保留着诗一般的少女情怀。

林姗等了很久，姨妈这才花枝招展地从楼里走出来："你看我这样打扮好不好?"

姨妈的打扮惨不忍睹，林姗简直不好意思看她第二眼。她婉转地说："你应该穿符合你这个年纪的衣裳。"

姨妈很不满："什么这个年纪？可不要对我说这种话。在我心里永远是年轻的。"

走在街上，姨妈穿红戴绿地招引来众多的目光，林姗真恨不得找个地缝钻进去。姨妈永远自我感觉那么好。

"别人一定认为咱们是姐俩。不过你长得真没有我年轻时好看。你的打扮也太土了，不是黑的就是灰的。改天我给你参谋着买两件漂亮衣裳。"

姨妈差一点儿摔倒，林姗扶住了她："你又没有戴眼镜吧，看台阶。"

其实姨妈比没有戴眼镜的情况更加糟糕，她已经老花眼了。

到了相亲地点，林姗感觉情况不妙，白先生70岁，要比姨妈大很多；情况更加不妙的是，老白看似对姨妈没有一点儿兴趣，却对林姗热情有加。姨妈的脸色越来越不对头了。白先生对林姗连连相劝："来来来，喝水。"

林姗连忙对姨妈说："喝水。"

白先生说："吃饭。"

林姗对姨妈说："吃饭。"

姨妈强挤出一丝笑容，却把脸上的皱纹都挤出来了。

白先生请她们吃了西餐，看了戏剧，打车送他们回来。她们目送白先生远去，姨妈不再拿腔拿调，恢复了本色："他到底长什么样？我没戴眼镜，根本没看清楚！"

林姗庆幸姨妈没有看到白先生的皱纹，但是奇怪她怎么没有看到他头上的萧萧白发。

夜半，林姗迷迷糊糊地接起电话："您哪位啊？"

是白先生，他说："林小姐，怎么才隔了几个小时你就把我忘记了？"

林姗这才想起来是白先生，连忙道歉。

白先生柔声地说："我是说，咱们也互相了解了一下，我对你的感觉不错，不知道你对我……"

林姗愕然，这才知道他搞错了："白先生，我是陪我姨妈相亲的。"

白先生顿了一下："我对年纪大的女人没有兴趣。"

林姗最听不了这种话，他自己年纪一把了，居然不喜欢老年女性。社会风气成什么了？现在的男人不只已经不再找能做自己女儿辈的女人，而是要找孙子辈的媳妇了。他们以为自己优秀到那个程度了吗？只有优秀男人，在各方面才会优秀，才堪其行！

林姗告诉他："我姨妈应该比您小十多岁吧。"

白先生说："在我眼里也是老女人。不过我对你比较有兴趣。"

林姗尽管内心非常恼怒，但还是非常客气地拒绝了他："我们的年龄也相差太大了吧？"

"年龄不是问题，你不考虑一下吗？"

林姗想了想说："多谢光临。"

5. 

可可与严新打交道了几个来回，发现了一个严重的问题，她对他一无所知。她不知道他是干什么的！但是他貌似有一份体面的工作，貌似很有修养的样子。

为了搞清楚这些“秘密”，可可一天突然杀到了严新家里。严新睡眼蒙眬地开门：“怎么突然来了？”

严新的家井然有序，布置高雅，让可可怀疑屋里藏着女人。

可可在严新的屋里像猎狗一样嗅来嗅去，没有找到女人，但是找到女人的用品：洗面奶。严新解释说：“这是我用的。”

可可欣然。

严新不解地问：“你乐什么？”

可可差点儿忘记了她的初始目的：发现关于他职业的内容，她看着他书柜里的书：

“让我猜猜，你是做什么职业的？建筑？”

严新说：“那是我的专业。”

可可追问：“你改行了吗？外贸？”

严新神秘地摇头。

可可还是紧追不放：“法律？政府职员？大学老师？”

严新摇头：“你猜中了我请你吃法国大餐。”

可可泄气地说：“你总不会什么都不做吧？”

严新说：“还真叫你猜对了。”

他这样说，可可反倒不相信了。

6.

这一天中午，他们吃的自助海鲜，下午看了芭蕾舞剧，晚上又在一个幽雅的西餐厅吃饭，之后还逛了商场，买了些品牌护肤品，基本没走路，抬手就是的士，一天下来花钱如流水。

可可还是没有忘记自己的任务：“你真的不要上班吗？”

她宁愿美好地相信他是在休假。

严新说：“上班，是很久以前的事情了。工作是为了什么？生活！如果工作付出的是生活的代价，我宁可不去工作！你也太俗了，动不动就是钱。”

“钱，我没有提钱啊。”

“你提工作，就是提钱！钱是为生活服务的！很多人舍弃了生活去追求金钱，简直就是本末倒置！”

可可还是想不通："那，你的花销从哪里来呢？"

严新笑而不答。但是很快暴露了秘密。可可从洗手间里出来，听到他在打电话：

"快给我打钱吧，我都没有的用了。哎，我说你们留着钱干吗呢？老爸，你怎么那么爱钱呢？不留给我花，给谁花呢？"

可可明白了，他的工作就是什么都不干，她无法想象，一个生活得井井有条，非常有生活质量的人原来是个啃老族。可可陷入了矛盾之中。严新的年轻、热情是她所渴望的，而他的生活方式又是她所不能够接受的。

严新回过头来，看到了可可。

可可责问他："你怎么能向父母要钱？"

"你怎么偷听我电话？"

可可转身跑了，严新追了上来。可可想，他年纪尚小，目前选择这种生活方式，应该给他机会："你还年轻，遇到挫折向父母求救是正常的，但是，在你不工作的时候，能不能考虑把生活开销降低呢？"

严新认真地说："你认为我该降低哪项开销呢？偶尔下饭馆，不能取消吧？出门打个的，不能取消吧？新片上映的时候我需要看电影，周末的时候上山赏赏风景，一个人的时候去钓鱼，每个月添两件衣裳，还有网络，电话，彩铃，这个需求不能少吧？如果取消了我将与时代格格不入！"

可可有些愤怒："可你不能要求别人为你的奢侈生活埋单啊。"

严新无所谓地说："那不是别人，那是我父母。再说，我生下来就是这种环境，你要我再不这样过，我会受不了！我借的钱，会一分不少还的，以后我会去工作，但是当下，我不想工作，我只想好好享受生活，享受爱情！"

"那你有没有想过，你父母如果没有钱了，你怎么办？"

"至少他们现在还有钱。到了我该负责的时候，我该负责的。"

可可提出质疑："你现在连自己都养不起，将来怎么尽责任！"

严新愤怒了："你瞧不起我！原来你也是个恶俗的女人！"

7.

姨妈再上门的时候，完全换了一副表情。林姗打开门，让姨妈进来。姨妈冷着脸在屋里屋外地找。

林姗一再让姨妈坐，姨妈表情颇怪地说："不敢。"

林姗不解地问："姨妈，你在找什么？"

姨妈依旧在屋里找："那个白老头呢？"

林姗愣住："他怎么会在这儿？"

姨妈冷冷地："人不可貌相，海水不可斗量……没想到你……"

潜台词是：没想到你连个老头都要跟我争！姨妈愤然而去，林姗才反应过来，姨妈相亲败在了林姗手下，对她产生了误解。

林姗啼笑皆非。她想说，就是让她做姨妈的对手，她也会毫不犹豫地推诿的。

8.

可可正在衡量得失，毕竟，随着年龄的增长，邂逅爱情的机会越来越少了。严新讲究生活质量，是个典型的小资，细致温存，也算是个百里挑一的家伙，放弃他算不算可惜？

这天晚上，严新送来鲜花，表示追悔之意："我错了。"

可可接过鲜花，笑了，她原谅了他："我试试看你的表现。"

严新抱着可可转了个圈："你要是不同意，我就死定了。"

谈恋爱就是物质与精神的双重消费。精神的消费是靠物质来支撑的，没有钱，不消费，如何来浪漫？就是两个人做饭，只做白菜土豆也没有什么浪漫可言，怎么也得有个烛光晚餐。可可给严新规定了，两人只是逛街，且逛的是地摊，就是消费，她打算这段时间适度消费。只转不买地省钱。可可去了趟卫生间出来，就看到严新在付账，他买了一打T恤。

"你居然买这么多？"

“便宜啊。”

他不但给自己买，也买了可可的。且只要出门，就要买得满满地回来，好像手里的钱烫得慌。

这些天下来，两人在快餐店吃的饭，坐地铁公交出行。这天晚上，严新像个孩子一样赖在海鲜自助餐厅门口不走了。

取餐的时候，遇到了一群旧友，大呼小叫一番，严新埋单的时候，为难地说：“我的钱不够了。”

可可看了看单价，吓了一跳，怎么要几千块？

“我顺便给他们也买了。朋友之间，不需要在钱财上计较。”

这倒也是真的。总不能让他连朋友也不交。习惯得一点一点地改，逼着他戒掉各种习惯，他最终只能戒掉自己。可可忍着心痛刷了银行卡。

接下来是严新的胜利，他倒不去吃二百元的自助了，肯德基，麦当劳，一餐一百多元，还要饿着肚子出来，还不如去吃海鲜自助呢。严新父母一直没有给他打钱过来，他们也在试图给他“断奶”。

可可快要支付不起了。这天严新又要借钱时，可可把他拉到了电脑前：

“你要是实在没有什么事情做，就上网吧。不许出门。”

网费也就一百元一个月，加上电费二百元到头。

只有牛奶、方便面、鸡蛋、冻饺侍候。

9. 

一个星期后，可可再去看严新时，他的情绪还好，见面就亲热地叫：“大姐。”

可可一愣，她以为严新只是随口而出的一个词。

可可被叫得母爱大发，不得不像照顾婴儿一样地照顾他。看着可可端过的牛奶，严新说：“以后能不能买些进口奶粉？我喝了鲜牛奶会腹泻的。”

两人关系骤变，可可马不停蹄，照顾婴儿一样照顾着严新。可可恋爱的目的是希望有人呵护她，遇到此种情景心中未免感到失望。

不仅如此，情况越来越不妙，严新竟然越来越黏，他说话都带着撒娇的口吻：“姐姐，能不能给我按按肩膀，好疼哦。”

可可喜欢和心爱的男人在街头散步，接受别人的礼赞。这天，当她想把头靠在严新的肩膀上时，严新竟然躲开。他已经是第二次躲开。可可不解地问：

“你为什么要躲开？”

严新说：“我不习惯。”

“是不习惯我跟你这么近距离，还是不习惯我把头靠在你的肩膀上？”

“这有什么区别吗？我真的不习惯，你自己有肩膀，为什么要把头靠在我肩膀上？”

“别的女人都是这样做的。”

“……可是我就是不习惯。”

两个人僵持了一会儿，可可要把头靠过去，严新依然躲开。

10.

与年轻人谈恋爱的好处是他们通常不记仇，这一点，让可可觉得自己也尚是年轻人。这天，她主动去找严新，还没进门，就被一双手蒙住了眼睛。严新的声音：“妈咪！”

可可以为他在叫自己“猫咪”，这倒是个不错的称呼。不料他又说道：“妈咪，你喝什么？”

可可怀疑自己听错了：“你叫我什么？”

“妈咪啊！”

可可一震。问题严重，她的身份又开始变化：

“我不喜欢这个称呼。”

“这是我们之间的昵称。”

“我不能容忍这个称呼。”

“我觉得挺好的啊。很多老夫老妻都这样叫的。”

“可我们不是老夫老妻。”可可想说，就是老夫老妻的时候，我也希望我们是新夫新妻的感觉！

“再说，我这样叫你的时候好像回到了童年期。”

可可想了想，镇定地回敬他道："是的，爹爹。"

严新听到后大吃一惊。可可再回过头来时，严新已经没有了影子。

严新不能够接受这种平等的关系。也许他压根儿就不想平等。

11.

几天后，严新再次出现在可可下班的路上。可可看着严新，严新只是嚼着口香糖，嚼得可可腮帮子也痒痒的。

可可走近他："你要是再不说话，我就走了。"

"我说，我说。我想了想，觉得我错了，我太不解风情了。你把头靠在我的肩膀上，是我的荣幸。"

可可如愿以偿，严新又提出了要求：

"我想跟你商量一件事情。"

"你说吧。"

严新欲言又止："这些天我心情很脆弱，我以前做的是一份高薪工作，我不想要那么大压力就辞了职，现在再去找，连连碰壁，这个社会已经没有我的位置了，人在脆弱的时候，潜意识地会逃避。好在我已经意识到了。前些日子，我实在是太软弱了，太不敢面对现实了。"

严新的理性让可可备感欣慰。接下来，严新带来了一项令可可瞠目结舌的决定："我仔细想了想，最好的办法是回大学深造，如果你愿意的话，我希望你供我到硕士毕业，最好能出国读书，等我找到一份高薪的工作，再与你一起分担生活的重担。"

可可觉得自己瘦弱的肩膀支撑不了这么艰巨的任务，她脸色大变道："等等，我现在就答复你。看来，你真把我当成妈了。可就算我是你妈，你这么大了，我也管不到你了。"

在寻爱的道路上，可可第一次夺路而逃。

12.

几天后，鬼使神差，林姗居然接到了白先生的电话。她推辞不掉，只好准备了一番去赴约。

白先生从林姗眼前过，林姗竟然没有认出来。

林姗明白了之所以没有认出他的原因，白先生的萧萧白发已经变黑了，一下子由老年跳到了中年："嗨！白先生啊。你变化真大。"

"奇迹，我的头发居然变黑了！是自己变黑的，绝不是染的！"

林姗忍着不让自己发笑。看到白先生身边有位与她年纪不相上下的女友，紧紧地搀扶着他，仿佛生怕被别的女人抢走似的。

"这是我的女朋友，小猫咪。"

女友懒懒地向林姗打了个招呼。白先生肉麻地照顾着小女友，设想林姗在暗中嫉妒和后悔着。

不料，吃饭时一个东西一不留神地掉到了盘子里。是一颗假牙，白先生这时候绝不会说，他返老还童到假牙也会变成真的。

第三章
爱情的最
佳年龄

1.

人们期盼着爱情，可谁也识不清爱情的真面目，爱情在人生的任何时段，都会以任何方式伪装而来，尤其是你对爱情的幻想已经到了破灭的时刻，它会雪上加霜，落井下石，推你到人生低谷。

灯光灭了，坐在摄影机前的黄海波还有些傻乎乎的样子。秋波以其一贯利落的动作，收起了工作台本，一面看看手表："今天就这样了。"

"你辛苦了，我请你吃晚饭?"

"我在节食。"

秋波很累，再说，相貌平常，土里土气的黄海波也没有任何观赏价值，秋波像是跨越障碍一样跳开了他，又觉得自己有些过分，于是回过头来，有些歉意地，但眼睛依然没有看他："对不起，我今天还有事。"

钻石王老五黄海波第一次遭到了拒绝，他大概在想，他若是行为不放纵，别人就看不清他大款的真面目。

2.

车站，拥挤的人群。下班时间段，这个城市的人们仿佛惊蛰之后的虫子，从各个角落里爬了出来。

好容易来了辆的士，秋波奋不顾身地跑过去，的士却从她身边穿行而过，与此同时，秋波的鞋子也飞了起来，落在了马路中央。

随后一辆疾驶而来的保时捷一个急刹车，秋波惊魂未定。

从车里走出来的黄海波戴着墨镜，换了一件粉红色的西服，模样大变。他走到路边，捡过鞋子，说了一声"红蜻蜓"牌的，然后放在了秋波脚下。

秋波呆住：她遭遇爱情了吗？

“我带你一段路吧！”粉西装说。

“你认识我？”秋波有些惊讶。

黄海波表情暧昧，秋波这才认出了黄海波。他最好的化妆品不是粉红色西服，而是这台保时捷。

3.

健美教练胡佳颜每天接触的人不少。她带着挑剔的目光在这些人群中寻找着。一条一条或肥胖，或短的腿，佳颜满是遗憾地从这些腿前走过。她终于看到了一双健美的双腿，三维符合标准，她带着欣赏的目光锁定了这个帅气的小伙。

佳颜试探性地走近那个男子，不等她搭话，一个鲜嫩嫩的女子跑了过来，两人挽着手走开。看着这天设地造的一对璧人，佳颜心里说不出的遗憾和恼怒。真是十八无丑女，这小女子本来也不漂亮，跟自己一比就是嫩啊，自己本来也是一大美女，被她这一对照，可真是老啊。

“胡教练。”

一个满头是汗的胖子突然出现在她身边，叫了她几声，佳颜才回过神来，看都懒得看他。

胖子连声地说：“你看我啊，你看我，你看我经过这一阶段的锻炼，有变化吗？”

佳颜草草地、懒懒地看了他一眼，连忙把眼睛擦干净，就是忘记刚才的影像。不等佳颜回答，胖子自问自答：“瘦了吗？瘦了吧！精神吗？精神吧！”

佳颜勉强地点头。在胖子面前，佳颜有着深深的挫败感，胖子的活动计划是她设定的，可这么强的活动量，他怎么会越练越臃肿呢？

“那，那我能请你吃饭吗？”胖子很激动，显得越发诚恳。

“等你再瘦一圈的时候。”佳颜决定绝不能心软。

“我都约你多少次了，你一点儿面子都不给啊！”

虽然如此，佳颜感到被一个胖子追逐是件耻辱的事情。所有的眼光好奇地盯着他们。

4.

林姗在自己的朋友目录里翻来翻去，居然没有找到一个可以作为婚嫁对象的人。原因可以归结为下手太晚了，好男人已经被别人拿去培养了，她又不想要被培养过的男人。最后，林姗终于干了一件始料未及的事情，她锁定了一个在婚恋网上认识的网友。此人未婚，基本条件符合林姗的要求。两人短信交流几个月了，但是从来没有见过面。林姗决定主动进攻。

林姗看左右无人，这才拨通了手机：“你好，你好，你是风过无痕吗?”

“哦，你是烟花三月吧?”

对方的声音倒还不是那么令人反感。两人客套之后，相谈甚欢，可是对方就是不提见面的事情，林姗越发失落。

办公室有同事经过，林姗连忙做贼一般挂断电话，等同事走过，她见前后无人，又开始打电话。

5.

秋波又熬夜做片子，累得连话都懒得说，再次见到黄海波，眼睛都没有看他一眼，多一个字都不肯说：“片子看了？感觉怎么样?”

秋波很懒散地梳理着头发，透出几分妩媚，黄海波竟然有些看呆了，所答非所问地：“你梳头发的动作让我觉得你是女人。”

言下之意是：以前我一直以为你是中性。那也没有关系，反正秋波也不会喜欢黄海波：“片子你满意吗?”

黄海波有些吞吐：“还好。只是……”

秋波忙了一圈，回到原地，黄海波还在吞吞吐吐。

秋波有些不耐烦了：“只是什么?”

黄海波坦言道：“只是你们把我拍得太丑了。我有那么丑吗？”

秋波盯着黄海波，想透过时光隧道，发现他曾经的动人模样。可由于缺乏深刻的爱，她越看他越觉得他难看，她微笑道：“是摄像机太欺生。你多上几次镜头就好了。”

林姗打来电话诉苦，做贼一样声音很小。秋波听不清楚：“你能不能大点儿声啊。”

林姗一定是四顾无人，这才有限地放大了声音：

“现在的男人都怎么了，我跟他网上聊了那么久了，他就是犹抱琵琶半遮面，不跟我提见面的事情。你说我怎么办？”

秋波快人快语：“你要是感觉还不错，你跟他提啊。”

林姗有些胆怯：“我怎么好逼迫他？”

秋波替别人拿主意永远比自己拿主意坚定得多：“不提你就永远见不了面啊。现在的男人都没有主意，你要替他拿主意，把握方向。你要是不想错过，就赶紧打电话定见面时间。恋爱是比工作更加艰辛的事情，你应该把工作的劲头拿出来，像一头母狼一样扑上去！要不，你就是一头被饿死的母狼！”

林姗不满地说：“我怎么也是一只小绵羊才对！”

秋波挂了电话，黄海波还在等她：

“刚才是跟你开玩笑呢。片子我很满意，向你表示谢意。我想约你一起吃午饭。”

秋波毫不留情的拒绝：“抱歉，我男朋友约我了。”

6.

林姗绞尽脑汁想着如何见到风过无痕，她觉得自己真的变成了一头母狼，在诱惑一只孱弱的兔子出动。

电脑上，风过无痕出现了，林姗咬紧牙关没有理他，风过无痕开始招呼她，她拒绝回应，过了一会儿，手机响了，虽然这个晚上，林姗感到些许的无聊，但是她想，再也不能给他发信息了。

果然，风过无痕发来了一条短信：抽个时间见面吧。

林姗想，她得把握住主动权，加快事件的进程：“我只有明天下午有空。”

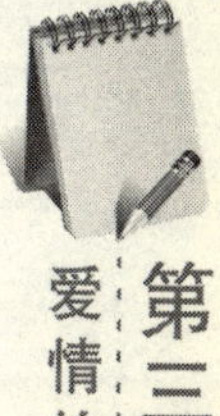

风过无痕回答："那好，明天下午六点，你到我家附近来。"

林姗追问："在你家附近？"

风过无痕解释："因为我晕车，你能不能有点儿牺牲精神？"

林姗想了想，为了找到爱情，她决定万死不辞。

一路上，林姗晕车，的士停下了，林姗从车里走了出来，看到四周一片苍茫，前面是一条大河。

林姗疑惑地问："司机，你没有搞错地方吧？"

司机肯定地说："不会错的，不过你要小心。"

林姗心里一惊："什么意思？"

司机抛出答案："这里前两天还出过命案呢，我建议你还是不要在这儿约会陌生人。"

林姗在工作上精明，生活上却是傻瓜一个。接连被看穿了心思，她很不好意思。她没有想到，和风过无痕见面原来是这个地方，她有些傻眼。不过想到向往的爱情也许就在眼前，她还是咬了咬牙决定坚持到底。暮色苍茫，林姗耐不住心里的恐惧。她开始给秋波打电话："我现在马上要跟网友见面。如果我蒙受意外，你一定要报警为我昭雪。"

林姗已经把电话挂断了，她发现前面的芦苇丛里钻出一个人来。风过无痕终于犹抱琵琶半遮面地出现，让林姗看不清他的庐山真面目。

7. 

林姗和风过无痕走到了护城河边，林姗觉得，自己随时有可能被风过无痕推到这条河沟里，她不无惊恐地回过头来。

风过无痕神秘的一张脸，让林姗觉得他不是强盗就是被毁过容的人。

林姗小心地要求道："你能把口罩摘了吗？"

风过无痕反问："一定要摘吗？"

林姗决定，就是死也要死个明白。

风过无痕神秘地："我是想告诉你，前几天的命案是我犯下的！"

果然被猜着了，林姗摸到了包里的家伙。

风过无痕笑道：“开玩笑呢，你不要被吓着了。”

风过无痕背过身去摘了口罩，当林姗鼓起勇气，她松了口气。她看到的是一张还算清秀的脸。

风过无痕皱着鼻子：“这里很臭。”

是的，真的很臭，林姗几乎要被臭味击倒了。可是她不明白，他为什么会选择一个这么臭的地方约会。

下起雨来，林姗冻得发抖，风过无痕发出邀请：“我家就在这附近，去我家吧。”

林姗的脑海里出现了各种抢劫案，凶杀案，强奸案，碎尸案。她不由一冷，连忙摇头。看到她那紧张的样子，风过无痕笑了：“你有多重?”

骨感的林姗最怕别人问及她的体重。风过无痕突然回过身来，想来搂林姗的腰，林姗一下子以意想不到的速度跳开：哪有第一次见面就这样轻薄的！林姗怒道：“你再敢向前走一步，我就不客气了!”

风过无痕看到林姗手里的东西，有些犹豫，他非常不甘心地说：“我们至少可以做朋友嘛。”

林姗断然地：“我觉得没有这个必要。”

风过无痕非常失落，又假装不在乎地扬长而去。

林姗松了口气，看了看自己的啫喱水，网上婚介彻底恶心了她一把。

8.

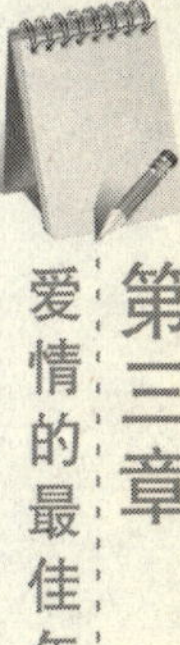

与此同时，佳颜被她最不希望的人追逐着。

佳颜擦着湿淋淋的头发，走出了健身房，突然一声惊雷，吓了她一跳。在她身后悄悄出现的人影，再次吓了她一大跳。

佳颜警觉地：“什么人?”

树影后先是露出一个大肚子，接着是一把小红伞，一张嚼着口香糖的脸，雨伞上挪，胖子出现。

胖子踮起脚来，把一把伞顶到了佳颜的头上，不无得意地：“我观察了你几天了，你没有男朋友，我们约会吧?”

佳颜纯粹是出于对胖子的同情才答应了这个约会，接下来她就开始同情自己了。

佳颜被胖子拖到了麦当劳，胖子穿过人群抢了一个座位，和人争执起来："我先来的，亲爱的，你快来坐啊！"

这个称呼如五雷轰顶，让佳颜感到耻辱，非常耻辱。胖子还在大呼小叫："亲爱的，你快来坐啊。"

佳颜觉得所有的目光都在嘲笑她。他们已经坐了半个小时了，面前的桌子上空空如也，胖子滔滔不绝：

"我就这样炒了十年股，前面挣到的钱又在后面全部赔进去不说，还搭进了二十万！"

卖报的走了过来，胖子从口袋里掏钱。掏了半天，也没找到零钱。

佳颜为他付了钱，胖子又大呼小叫起来：

"嘿！你说我买哪款车好啊？"

佳颜肚子已经开始叫了，口唇发干。最主要的是，她受不了别人这么看她。

胖子摸出了一个矿泉水瓶："我自备了水，你要喝什么？我想你可能不喝饮料的，喝我的白水啊。"

9.

秋波冲到屋里，丢下皮包，打开冰箱，用最快的速度从冰箱里取出所有可供食用的东西。在最短的时间内，她做出了三道菜，拿出一瓶红酒，又放了回去。

酒壮色胆，秋波倒不是怕黄海波借酒怎么着，只是想，跟这个人喝红酒实在没有气氛，在别的方面，她可以受尽委屈，情感上，她却不能将就。反过来说，也许是知道自己在感情上不能将就，所以就在其他方面受尽委屈以成全对感情的洁癖。

门铃响了，黄海波西装革履出现在了秋波面前。秋波悄悄看了黄海波一眼，因为没有心动，她有些感伤，觉得自己总是遇人不淑。

秋波给黄海波送上一瓶水，黄海波凑近了秋波，端详着秋波挂在墙上的照片：

"这是你吗?"

秋波遭到了一重打击，她假装毫不在乎地:

"你也可以认为不是。"

黄海波悠然道:"岁月不饶人啊，我都不敢把你和照片上的人对号。"

好像买东西之前要杀价。秋波越发坦然了:"我不羞愧我的变化，因为我没有虚度。不过你这样说，好像你不会变化似的。"

黄海波看着她说:"看你那么敏感!你现在可比以前胖一些，我喜欢丰满一些的。"

好像是因为他喜欢，她才变得丰满了。秋波心里越来越不是滋味，黄海波却越来越猖狂。本来，一个男人要去一个女人家里，就是一种暗示，如果一个女人接受，就说明她接受了这种暗示。黄海波披着黄金甲的外衣，保时捷向来所向无敌，他趁机要摸秋波的手，秋波闪开了他，摆上碗筷:"请。"

把这么个根本无法产生爱意的人弄到家里来，秋波突然感觉索然无味，她觉得自己彻底地错了，既然要进入婚姻，就应该在二十几岁进入，省得后来不断地相亲，实在是花费了太多的时间成本和情感成本，却又没有什么收益，反而败坏了爱情的胃口。

黄海波象征性地动了筷子，借机还要摸秋波的手，秋波巧妙地躲开了。暗示不起作用，黄海波开始明示，指着自己身边的位置说:"坐这儿来。"

秋波心里发怒，表面上却不说什么。黄海波没有得逞，越来越无趣，他开始打哈欠。秋波趁机赶紧下逐客令:"时间不早了，我看你也很累!"

黄海波对自己的失败很不甘心:"怎么，你决定不留我吗?"

秋波的笑容已经很勉强了，难道凭着保时捷，他就所向无敌吗?

黄海波的语气里透着蛮不讲理的自信:"如果我要留下来呢?"

秋波在不动声色地斗智斗勇:"我想你不会没有住处吧?"

黄海波恼羞成怒，站起来告辞:

"不用送了。"

秋波安静地回应:"出于礼节，还是要送的。"

黄海波头也不回地走了，秋波走到镜子跟前，把笑脸收掉，满脸懊丧。

第四章 一个萝卜以外的东西

1.

我们在抗拒着生理年龄，同时也在抗拒着心理年龄。

秋波家里，大家一面上网一面聊天。林姗突然想到了黄海波："黄海波的事情对你有负面影响吗?"

秋波反问："黄海波是谁?"

林姗看了看秋波说："你就是会装。"

秋波明白，作为单身女人，她必须无比强大。虽然她心里也挺犯恶心的，但是她已经想通了，生活里不可能不遇到蟑螂臭虫之类的玩意儿，赶出去就是了，根本都用不着去消灭它，自然会有别人去消灭它们，黄海波丝毫影响不到她对生活的美好感受!

秋波看着电脑，突然一声惊叫："天哪，我的心理年龄居然有60岁!"

可可正对着笔记本，一脸欣慰的笑："22岁，我的心理年龄只有22岁。"

林姗看了看可可无忧无愁的脸："我真是嫉妒得发晕。"

佳颜冷笑："荒唐!"

可可解释说："因为我的心理年龄很小，我完全可以找一个二十来岁的男生。我讨厌那些三十多岁的已经被生活改造过的老男人。"

秋波开玩笑："你不会以为跟你一样大的男人都是老男人吧?"

难道他们不是老男人吗?可可想，过了三十岁的拒不考虑，二十多岁比较合适，比她小五六岁也能接受。一定要找个未婚的。绝不降低要求!

林姗笑她："老牛吃嫩草?!你这样很不像话哦。"

可可得意，别忘记了，她的心理年龄只有22岁。

佳颜打趣："老牛吃吃嫩草也没有什么不可以的。可可，我支持你。明天去看看单位里有哪个小男生可以现扒来吃了。"

可可神秘地说："给你们看一样东西。"

可可拿出备受耻辱后新做的身份证：

“你们也去把年龄改了吧，我跟你们说，改了年龄之后的感觉很美妙，自信多了。”

佳颜表示反对：“虽然我已经很沧桑了，但那是内心，从外形上，我永远风华正茂。”

林姗也不同意：“我这个年龄，正是干事业的黄金阶段，给人以充分的可信度。我改了年龄等于自绝生路。”

秋波缓缓地说：“嗯，如果你是22岁的处女，倒还是有些说服力。”

她无意中泄露了一个秘密，林姗和佳颜惊讶地看着她：

“处女？谁谁谁？可可？”

秋波知道自己失口了，不再说话，林姗和佳颜一愣，随即哈哈笑起来。

佳颜笑得喘不过气来：“我好像见到假古董一样。”

林姗也幽默了：“妹妹，你比熊猫还稀奇。”

可可急红了脸：“你们、你们……我并不以为可耻，我为我的贞洁骄傲！”

佳颜说出一番理论：“看你怎么理解贞洁了，从身体上来讲，你是贞洁的，可你要是活到现在，都没有对一个男人想入非非过，那就遗憾了。”

可可连忙表白：“我，别的不敢说，我想入非非的频率比你们还要高。”

佳颜反驳她：“想入非非又保持处女之身，就更遗憾了。爱情是人类青春期特有的产物，就像希腊神话一样不可再来，就像时鲜水果一样，过了季就没了，现在这把年纪，就是谈恋爱，也是勉强地谈，一对大男大女，傻乎乎地拉着手，你想想，能有什么感觉？”

可可呆住了，一时间泪水就要涌出。三个人都发觉自己说错话了，抱有歉意。

秋波小心地问：“可可，我们没伤着你吧？”

可可狠狠地抹了一把眼泪：“你们……都太武断了！我一定有能力拥有一场完美的爱情！一定能！”

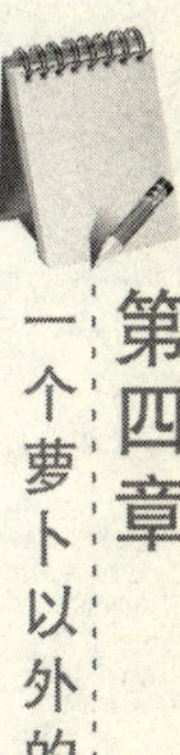

2.

为什么这个时代会有那么多的单身男女？是因为他们都太古灵精怪了，老是想用一个萝卜去换回一个萝卜以外的东西。真真是佳颜的同学，原来是一个准灰姑娘。爱情对真真是个奇迹，她结婚后一翻身，就变成了准白雪公主。

佳颜进了真真的家，环视着复式公寓的豪华气派，简直是震惊得发狂。这原本是她应该过的日子嘛。命运真是捉弄人。真真不无炫耀地问："怎么样？"

佳颜话里有话："呵，你简直就像变魔术一样。"

佳颜的意思是你简直太会嫁了。

真真真诚地说服佳颜："结婚吧，结婚挺好的。"

佳颜冷笑，不是每个人都能用结婚来变魔术。

真真有些不相信："你不是还没有男朋友吧？"

佳颜从不隐瞒："真让你说对了。"

真真来了兴趣："给你介绍个男朋友怎么样？"

真真变魔术一样拿出了一张照片，照片上的人非常一般，即便他是世界上的最后一个男人，佳颜也绝不会多看一眼，她因此带着几分不认真问道："嫁给他能改变我的命运吗？"

真真有些脸红，佳颜笑道："开玩笑呢，我可没有福气靠白马王子来拯救。"

佳颜刚回到家里，真真电话追过来："刚才我说给你介绍男朋友，可是认真的，好多话当着面不好说，所以才给你打电话，哎，真的，见一见吧？"

佳颜正在喝水，想到那个形象让人不舒服的男人，水洒了一身，她慌忙擦水。

佳颜上班的时候，真真又打来电话。佳颜接电话的时候一头撞到了器械上，疼得她直皱眉。

真真的说服工作很认真："我不能看着你这样对自己不负责。"

佳颜反问道："不结婚就是对自己不负责吗？"

真真有一连串理由："难道你这种态度是对自己负责吗？你不结

婚，年纪大了怎么办？老了怎么办？将来一个人死在屋里都没有人知道。”

佳颜终于知道了，男人喜欢统治具有传统思想、尤其是继承传统糟粕思想的女人。她已经很不耐烦了：“真真，你已经第十次打电话了。要是还为那件事，请免开尊口。”

真真表现出的执著令人发狂：

“你又没有见他本人，怎么知道没有感觉？见见面才知道的。也许见了面会有感觉的。奇迹随时有可能发生的，是不是？你总是要付出一点点的努力，才能得到更多的回报。”

真真的银针终于点对了佳颜的要害位置，佳颜有点儿被说动了，她太渴望爱情的奇迹了。

3.

可可过一段时间，就会有一种受不了的感觉，每当这时候，她通常会冲回到家里去。她会在任何一个时刻，任何一个钟点冲回去。受不了的情况包括心灵受伤、孤独等等一切可以预料以及无法预料的负面情况。

大半夜，可可回家惊动了她父母，他们寻了过来，才发现弄出动静的是可可。

可可正安静地坐在沙发上，表情有些迷茫。父母叫了她几声，她几乎没有听到。父亲害怕了，用手在她眼前晃动，她依然没有反应。妈妈担心的声音都变了：“是不是在夜游？”

可可虚弱地笑笑：“想你们了。”

父母见她开腔，这才松了口气。

妈妈还是看出了她的心事：“可可，出什么事了？”

可可在夜里变得很柔弱，她就是突然间想家了。但她已经调整了消极的情绪，俏皮地：

“就是想突然杀回来，看看你们是不是还是那么恩爱。”

妈妈抚摸着她的额头：“以后可不要这样吓我们。”

可可撒娇：“妈妈，我想喝红酒。”

喝了酒，可可原形毕露：“妈妈，我突然觉得孤独，我从来没有

过的孤独。”

可可有一个温暖的家，这个家可能是她至今没有嫁掉的重要原因。还有谁能这样无私地给予可可所需要的一切呢？可可的家是复式公寓，顶楼原没有那么大，是她父亲托了关系办了手续加大的，顶楼外面有花园般的平台，虽然她不常住了，但特意为她保留着。每当她回来的时候就感觉又回到了襁褓之中，回到襁褓中的她不是这里不舒服，就是那里不舒服。

清晨，可可懒懒地醒来，早餐已经摆到了眼前。

妈妈是位社会研究工作者，她合上一本杂志，忧心忡忡地说：“大龄男女越来越多了。你什么时候嫁啊？”

可可露出了消沉：“我想出家了。”

妈妈吃了一惊：“胡说什么？这孩子！”

可可懒懒道：“现在女的比男的多出几倍，我都没有希望了。”

妈妈突然非常严肃地：

“你要坚信一点，男性依然比女性多得多，这是经过调查统计的。”

可可在阴雨天看到了阳光。

“只是男性都集中在乡下，优秀的男孩子太少。不过，我怎么也没有想到，我的女儿会被落下。可可，你真的想结婚吗？”

4. 

每到星期天，可可就会听到楼上不断传来咯吱吱的声音，还有模糊的呻吟声。可可以为楼上有位偏瘫的病人。

有一天，可可实在受不了了，冲到楼上去。门开了，出现一个半裸的男人。

可可认真地：“你们家既然有病人，我建议你们去换一张舒服些的床。”

可可突然看到他身后零乱的被褥和女人，突然间明白，她脸红了，夺路而逃。

5.

结婚的人有一个惯性，想把所有未婚女人拉进她那样的生活里，不管这个人是不是艳羡她。仿佛是两种主义，两个革命阵营的改造。结了婚的女人，还有着可怕的执著和偏执，以及耐心。佳颜被真真的唠叨打败，来见那个约会对象。

在车上，真真不停地上下左右打量着佳颜："怎么不化妆？"

你得承认，这个浓妆艳抹，不化妆不出门的时代，素面朝天是需要勇气的。可真真不这样认为："不过你还是要上些妆，这对人是尊重。来来来。"

真真非要强迫佳颜化妆。佳颜看到小镜子里被画得花大姐一样的自己，简直怀疑真真的真正用意："我不喜欢化成这样。"

"你要听我的，才能嫁个好人，这点我比你有发言权。"真真还不停地挑剔着她的衣服：

"想娶你做老婆的男人，不喜欢你这样暴露。"

佳颜反驳道："想娶我的人绝不会认为这是暴露。我觉得我的装扮清新又健康。"

两人的谈话其实已经格格不入了。佳颜下车就后悔了。一个长得像老式桑塔纳式的男人，正坐在公园门口。真真走过去，对他说：

"人来了。你们找个地方去谈吧。"

贺生的声音同他人一样地发蔫："有什么好谈的？"

真真小声地："那找个地方去坐坐吧？"

贺生却不晓得小声："有什么好坐的？再说，去哪里坐，都要花钱的。"

真真有些意想不到，又怕佳颜听到，连忙说："那我付账。你先带她去吧。"

贺生认真起来："我是男人，我在乎。我还要维持风度和底线呢。那我跟她 AA 制好不好？要不我看，也别在乎什么地方了，就在这儿见见就行了。"

佳颜听到，真是恨死自己的妥协。贺生见了佳颜，眼睛亮了：

"我请你去快餐厅？我们去快餐厅坐坐吧，我知道那里又便宜又

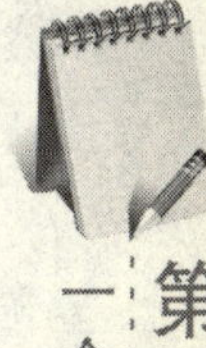

好的。”

佳颜扭身就走，一面伸出手去狠狠地把脸上涂的脂粉擦掉。

6.

真真却穷追不舍，电话响了，佳颜正在洗澡，她披着浴巾出来接电话，却重重地摔到了地上。佳颜痛得直叫“倒霉！”

电话里传来了真真的声音，佳颜又叫了声倒霉，赶紧挂了电话，对方又执著地打来。佳颜火了：“你到底要干什么？”

真真耐心解释：“我是真心想成人之美！成你之美！”

想来，真真也很无辜，佳颜气得无话可说：

“他是你什么人？今天他的表现你也看见了，你凭什么把个没人要的货色死命往我这里推？我还要打扮取悦他！”

真真好脾气地：“他人挺好的，他这是真实，不装！”

“我宁愿他装一装。他这样一点面子不给自己，我真怀疑他是不是还有自尊心。”

真真温柔地：“好了，都多大年纪了，你不要太激烈了，我已经把你的地址告诉他了，他可能要对你发起进攻了。他心地善良，对你挺有感觉的。我觉得他这是老房子着火，不可救药了，你的命运就要改变了！”

佳颜听了，怒火上涌：“哎哎，你凭什么又把我的地址给他？”

真真电话已经挂了。放下电话，响起了门铃声。佳颜打开门，贺生站在她面前，还是那身旧西装，旧公文包，声音还是那么蔫：“能进来坐吗？”

佳颜没好气地：“有什么好坐的？”

贺生耐心地：“我们总可以谈谈吧？”

佳颜以子之矛还子之盾：“有什么好谈的？”

一时间冷场。

贺生顿了顿，干咳了两声：“我想问你个问题，我追求你，能追到吧？”

佳颜反问：“你说呢？”

贺生真诚地：“你告诉我答案吧。”

佳颜说出了他的心里话："你的意思是，如果我答应你，你就来动手，如果我不答应你，你基本上就不去费那事。"

贺生坦言承认："为了提高效率，基本上是这样的。年龄不饶人，我耽误不起了。"

佳颜无情地关上了门。

7.

第二天，佳颜准备去上班，打开门，贺生居然还坐在门口："有点儿意外吧？我想了一夜，决定……追求你。"

佳颜态度很强硬：

"感谢光临。不过我告诉你答案，没戏。"

贺生态度有些转变："我已经有答案了，只要我们好好相处，我一定能够征服你。"

佳颜讥讽道："你倒挺自信。"

贺生追上去："你去上班吗？我送你！"

贺生用了一晚上的时间来陪佳颜，佳颜觉得自己太倒霉了，老是被这些奇形怪状的人看上。不过，真真提醒她了，不要伤害爱自己的人，因为这世界上也许仅有那么几个。佳颜决定不歧视对方，两个人刚刚培养了一些同志间的感情，但是晚上回家时，却再次产生了纠纷。佳颜要打车，贺生拦住了她：

"我们坐公交吧。还有最后一班公交，我已经打听好了。"

最后一班公交人很多，佳颜通常都是打车。

贺生反问道："你挣多少钱啊，敢这样花。"

佳颜挣得不多，但她不在乎花几个小钱。

贺生很认真："我是男的，我在乎。"

佳颜被他的率直感动："那你快回家吧，我自己回去就行。"

佳颜上了的士，贺生又叫住了她："真真跟你说了没有？我月收入两千，但工作稳定。我没有房子，但有些积蓄，同时我要照顾我妈，我妈偏瘫多年。"

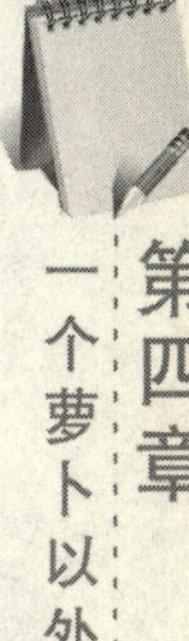

8.

贺生的实话让佳颜绝望得要死。她怀疑自己是不是太缺少真诚了？可是，没有真正的爱情，她实在是没有勇气与他一起水深火热。

真真为了撮合这桩婚事，还真是费了心机，她再一次亲临现场来做佳颜的思想工作。她已经跟在佳颜后面唠叨了一晚上了，佳颜为了冷淡她，已经把整个屋子都清洗一遍了，不过，她走到哪里，真真就跟到哪里：

“他真的特别好，他从来不装，这年头有谁不装？”

“我纳闷了，你说他好，他到底有哪里好？”

“就算像你说的，他是台老式桑塔纳，有什么不好？”

佳颜急了：

“他有多高？我看样子不过一米六八。”

真真纠正：“一米六九。”

佳颜站直了身体：“我跟他在一起永远就没有了穿高跟鞋的机会。”

真真看了看她高挑的身材：“你已经够高了，不用再穿高跟鞋。”

佳颜反问：“你老公一月收入多少？”

真真老公月薪两万。她说：“哎，佳颜，你也不能光看收入，要看人品，是不是？”

难道你不觉得这所有加在一起不就是他的质量吗？

真真抛出了一句话：“佳颜，你不能跟我比，我们的命不一样！”

这句话把佳颜惹翻了，真真认为佳颜是什么命呢？受穷的命？她没好气地：“我也没打算跟你一样，可凭什么我就得找这种质量的男人？”

真真还是不肯放弃：“佳颜，我特别想促成一桩婚事，因为我都这么幸福了，我常常觉得我要对得住我的福气，你的态度也要正确啊，你怎么老想用一个萝卜去换一个萝卜以外的东西？”

佳颜再也忍不住，拍案而起：“够了！”

9.

这个周末，为了躲开楼上的声音，可可决定出门。走在街上，她发现自己被人尾随。可可曾经无数次梦见被人尾随，当然后面的人是白马王子。可是当她回头看时，这个人怎么看怎么像逃犯。

可可感到总是有人在自己门口走动。可可冲过去，门口却无人。可可回到屋里，却似乎又有动静。可可要疯了。但是她告诉自己，她必须适应单身女人的生活，必须能够自己解决随时出现的各种意外。她举着一把锄头，突然间打开了门："不许动!"

那个男人却冲到她的跟前，大叫了一声："范可可!"

可可这才认出了，眼前的男人是她的大学同学于鸿，但于鸿的面貌变化也太快了，从当初英姿楚楚的小男人，变成了一个残花败柳的中年男人，省略了一个男人最迷人的成熟期。面对着于鸿，可可有一种心痛的感觉。

于鸿最近状况不太好，失了业，又住在地下室。可可想到有个朋友住地下室住得秃顶，不由得不寒而栗。于鸿心态倒很好："住惯了觉得还行。除了没有氧气。我常常见到你，但是又不能确定是你，于是就尾随了你。"

可可突然发问："你还没有结婚吗?"

于鸿还沉浸在相遇的喜悦中："没有想到真是你。"

可可追根到底："你真的还没有结婚?"

于鸿笑了，月光下他面容清新，让可可依稀回到了青春时光。

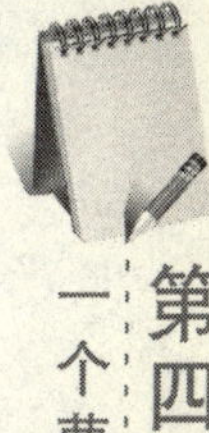

10. 

夜晚，可可想起妈妈的话。旁观者清，妈妈的话让可可有些清醒了：是啊，他们这些男孩女孩，个个都古灵精怪的，不知道想要什么，都把婚姻当作交易了，拿着一个萝卜出去，就是想换回一个萝卜以外的东西来。就是一个萝卜换回一个萝卜的事情，他们也不

肯做。可可自问：这是她没有嫁掉的原因吗？可可决定要好好改造自己，敞开心胸接纳一个男人，开始一段幸福而平凡的生活。可是，该对谁下手呢？

于鸿找上门来。可可打开了门，似乎有点儿意外。

时间好像回到从前，时间真的回到从前。可可突然觉得，如果一切可以从头再来，也许她会选择于鸿的。

于鸿很容易满足：

“你屋里阳光真好啊。我喜欢这样的阳光。我都几年没有享受这样的阳光了。”

可可想，他赞美我的房子，就等于是赞美我。

于鸿又提出了一个要求：“我跟你商量件事，既然你还没有男朋友，我能不能住你这儿？我给你付房租？”

可可一愣，笑容可掬。她想，对方想住进来，其实就是跟向她求婚一样：

说什么房租呢？可可想：我把这个萝卜送给你了。

11.

都说要与一个人住在一起，才能彻底地了解他。不过人跟人在一起，总是免不了个性上的冲突。

可可进了屋，闻到了一股奇怪的味道。找来找去，是于鸿双足发出来的。可可打开了窗户。于鸿被惊动，从乱七八糟的床上爬起来：“是不是我的味不好？”

可可善良地否定。于鸿又坐在电脑前，一面抽烟，可可闻到味就又咳又流泪。她开始有些后悔弄个男人住进来，以前她的小巢多么芳香四溢啊。

于鸿郑重地：“对了，我想跟你商量一件事。”

可可点头答应。

于鸿又吞吐道：“算了，我不说了。”

可可到厨房去煮冻饺，不料闻到芳香四溢，只不过这次不是香水，而是菜肴的香味，她打开锅，不由惊讶，天哪，于鸿竟然做出了可口的饭菜。

于鸿出现在厨房门口："我的要求就是，以后我能不能顺便帮你把饭也做了？"

可可吃了一顿美餐，笑逐颜开，她要洗碗，于鸿抢了过来说："水凉，我来吧。"

可可实在是觉得于鸿在爱着自己。她幸福得不得了。有个男人呵护着，真不是件坏事情。

过了两天，可可在超市里看到于鸿买东西，也许是他没有那么多钱吧，他把选好的烟退了，买回了鱼肉，可可悄悄地把他退的两条烟买回来，晚上摆在他面前说："别人送给我的，我也不抽烟，你抽吧。"

可可想：她要送出去的是一个萝卜，而不是去交换一个萝卜以外的东西。在奉献中她感到了幸福和快乐。

12.

可可每次和女友们聚会回来，都有一种茫然若失的感觉。她觉得和于鸿在一起，除了能吃到好吃的东西，精神上实在是太枯涩无味了。相比之下，女人们的生活率真，丰富，五颜六色。她又换了一种思维，如果不和女友们聚会，会不会不会觉得于鸿很无聊？

可可看着于鸿，这些日子，她跟于鸿没有任何进展。于鸿的眼睛不是直直地盯着电脑，就是直直地盯着电视。可可实在不能忍受对方对她熟视无睹，坐怀不乱。

于鸿咳嗽，可可趁机给他递上了水，才找到了谈话的契机："你每天都在网上干什么呢？你不感觉孤独吗？"

于鸿的眼睛由于长期盯着电脑眼袋发乌："怎么会？有很多事情可以干。我告诉你，一个人的世界是最有质量的，是最有境界的。你在朋友们当中能认识李白、苏东坡吗？能结识苏格拉底吗？你只有一个人的时候，才能跨越时空与他们交流。我无时无刻不在与他们交流。"

可可真是惭愧自己的肤浅，她发出了暗示："你不想与我交流一下吗？"

于鸿说得一本正经："我住到这来，已经很打扰你了，怎么好再

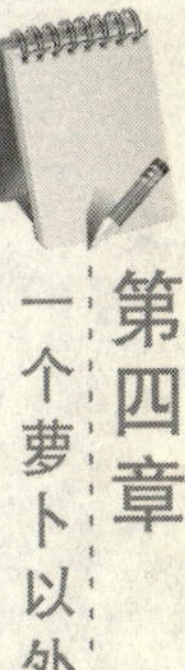

占用你的时间呢？”

可可真心请求：“你就打扰我一次吧。”

于鸿看了看表：“好，我给你半个小时时间。”

跟于鸿待在一起非常乏味，使可可开始动摇。她偷偷溜到阳台上去给妈妈打电话：“妈妈，你说，我如果不考虑拿一个萝卜去换回一个萝卜以外的东西，我能拥有爱情吗？”

13.

妈妈坚定了可可的信心。有一天可可本着学习的心理，好奇地打开了于鸿的电脑，不料跳出“动物世界”的画面，所有图画惨不忍睹，让可可心惊肉跳，他并不只是在工作，顺便他还在频繁地浏览黄色网站。那些裸体的金发碧眼的美女，那些妖娆的充满欲望的肉体，原来一个男人，即便是在没有钱，没有工作的情况下，口味也不肯降低。可可怀疑，于鸿之所以不看她，是因为她不够漂亮不够性感。

可可恼怒万分。这天晚上，当于鸿又要打开电脑的时候，可可阻止了他：“你就这么整天上网，不准备做点儿什么吗？”

“现在还没有到时机，我在等待时机。那时候一定会大干一场的。”

可可没好声气地说：“你这样把自己锁在家里面，机会会来找你吗？”

于鸿小声道：“我也不想这样，可我跟你们不一样。”

可可不解，怎么不一样了？

“你们多好啊，有房子，收入又高，不像我们一无所有，要面对这么多生活难题。”

可可大声道：“机会是均等的，机会是自己创造的。”

于鸿不承认：“是你们的命好。你却在这里高唱机会是自己创造的。”

可可认为命运是靠自己创造的。

于鸿却说：“别说这些骗人的话了。你生下来什么都有，是你自己创造的吗？我们活得挺累的，挺艰难的，什么都没有。像你们，有房子，还不用付房租，多好啊。”

可可咀嚼着他的话，总是觉得有点儿不对头。她是不用付房租，可她要付月供，她的房子不是从天上掉下来的，是辛辛苦苦买来的。

于鸿还是坚持：“你付的是月供，房子到头来是你的，你还是不用付房租啊。”

可可简直无语了。

“你如果在这个城市有那么巨大的失落感，为什么不回家乡呢？”

于鸿死死地盯着可可，半天才恶狠狠地说：

“我的青春就是在这里熬没的，所以，我就是死也要死在这里！”

14.

爱是什么？水中月，镜中花。人生是一场大梦，爱情是梦中的一场幻觉。幸好可可还没有到四大皆空的境界，她庆幸自己是红尘女儿，勇敢地进入世俗生活。

可可拎着一大堆东西，兴致勃勃地进门。屋里没有人。可可到处找，发现屋里空空荡荡，于鸿的所有东西都已经失散。最后她在桌子上找到了一张字条：

“我走了，我们同在一个屋檐下，但是存在太远的距离，只有再见。你们有房子多好啊，能在家里晒着温暖的阳光，很羡慕。谢谢。于鸿留字。”

她付出了一个萝卜，得到了羡慕的哀怨，和不被正视。可可说不上什么心情。

这个夜里，可可又回到了父母家里。妈妈的话也不一定全是对的，时代变了，一切都变了，妈妈的好心愿已经与时代有些脱节了。

15.

男人跟女人无法相恋的原因是谁也不肯在感情上先埋单。佳颜从咖啡馆出来，又碰到了让她头痛的男人。贺生跟在佳颜身后，说

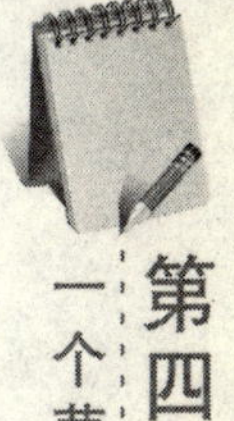

个不停。旁人对这一对看上去不太般配的人投来好奇的目光。

“我要是喜欢谁，早上会做好早饭，送到她跟前，就是牙膏，我也会挤好了给她。她想吃什么，我会跑遍整个城市去给她买，只要她一声令下，我跑得比兔子都快。她要是有病了，我准会像呵护孩子一样呵护她。呵，我对我妈都没有这么好啊。”

“你还不快抓紧时间，再过两年，连暗算你的人都没有了。”

佳颜大踏步而去。

贺生喊道：“我已经等了你很久了，我丢下我偏瘫的妈等了你很久，这是从来没有过的事情。”

佳颜听到这句话，犹豫了一下，她的心打动了。

他们有了第一次正式约会。贺生把餐牌推到了佳颜面前：

“你不要管我只有两千元的收入，随便点，随便点好了。”

不用看菜单，佳颜也知道，就是把这个餐馆的所有菜点光，也花不了几百元。

佳颜为了替他省钱，特意点的都是青菜，贺生却不动筷，解释说感觉青菜粘喉咙。

因为话不投机，时时感到如鲠在喉，这是佳颜有生以来最难过的一顿饭，她惊讶地感到时光可以拉得如此之长。埋单，总共46元，贺生从服务员手里接过筷子，把最后一根剩菜打到饭盒里。

佳颜说不上什么滋味。过日子的男人就是这样的吗？日子，就是这样过的吗？自己以后就要过这样的生活吗？

佳颜走了很大一段距离，感到自己背后有双眼睛，盯得她好不自在，她猛然回头，果然她的老式桑塔纳正在以一种说不清的表情打量着她。他眯着眼睛，上看下看，左看右看，打量着她。

佳颜一惊之下，不小心崴了脚。贺生推着叮叮当当响的自行车又追了上来：

“我送你吧。”

佳颜无法想象再去坐在一个男人的自行车后座的滋味。这样的爱情太古老了。

贺生的想法是：“我有自行车，带你一站。你可以省下1元钱车费。”

这句话虽然可笑，但是佳颜却有些被感动了。但她又不是货物，又没打算卖给他，他怎么用那种眼光挑剔她呢？简直是侮辱。恐怕她拒绝不了他了。他花了46元请她吃饭呢。

16.

佳颜拐着脚去倒水，机器里没有水了。她给送水公司打电话，对方说电梯停电，要明天才能送来。佳颜看贺生丝毫没有要动的意思，只得说："你能不能去楼下买些水来？"

贺生稳稳地坐着："凑合喝白开水也行。我不挑剔。"

佳颜一跳一跳地去烧水，突然间想起眼前还有个大活人："你能否去烧壶水？"

贺生解释说："你家，我不好动."

佳颜只好一跳一跳地去烧水。两个人待了一下午，又乏又累又烦躁，佳颜打着哈欠说："你可以回家了！"

贺生倒是乐在其中："别这样嘛，我至少可以陪着你。两个人在一起总好过一个人。"

佳颜可没有这样觉得。

贺生不以为然道："说假话，你这个人擅长说假话！"

佳颜恨不得叫他闭上嘴！她的耳朵累了。下午，佳颜的肚子饿了，鉴于她目前活动不便，恳请贺生下楼去买点吃的，或者是买些菜做顿便饭——吃什么她不介意。贺生依然说：

"那你去吧，这是你家，我不合适。我感冒了。你总不能让一个感冒的人来照顾你吧？"

佳颜明白了，原来他只是习惯用嘴来照顾人。贺生有一串理由：

"可是我感冒了，出去迎着风，会更加严重的。我不能生病，我要照顾我的老母亲。不错，我是要为你做这做那，可只有你为我做了这些，才能为你做。万一我白做了呢？"

如果喜欢一个人，何必会介意这个呢？贺生嘿嘿一笑："那你先为我做吧！"

两个不相爱的人，像两个奸诈的商人，谁都不肯先为对方做一点点事。佳颜可以不计较金钱，但是先在感情上为一个不爱的人埋单，她是不会去做的。

两人战斗了好几天，从所未有的疲惫，从未有过的沮丧。就好

比两种相克的食物，配在一起就是毒药。

请神容易送神难，瞅准时机，佳颜赶紧把贺生拉了起来。到了街上，她对他说：“再见。”

佳颜拄着拐棍，撒腿就跑。当她跑出一头汗，一抬头，贺生站在眼前，受伤地看着她，佳颜奇怪地看着他脸上亮晶晶的两行分泌物。那是眼泪吗？

当晚，真真怒气冲冲打来电话，给了佳颜致命一击：“胡佳颜，你知道你为什么单身到现在？你必须好好思索！因为你不愿意侍候男人，所以你不会有家庭和孩子！佳颜，男人是尊贵的，女人是卑贱的，就应该侍候丈夫和孩子。你错过了贺生，他是多好的一个过日子的人啊，你以后会后悔的！我跟你绝交！”

第五章
恋爱泛
滥的季节

1.

秋波常常在夜里被身体上的不安搅动醒来，打开台灯，看一阵子书，把多余的精力消耗掉，继续入睡。困扰未婚人群的一个问题就是性苦闷。可她想，就是一夜情，也要有灵魂的参与，偏偏，“情”是最稀缺难得的东西。

也许随时可以找到性，但是却找不到情。秋波不知道她的女朋友们是不是像她这样躁动不安。总之，她们在不停地折腾着，仿佛要把生活折腾成另外一种样子。生活却报复性地维持原样。

秋波其实心里藏有一味毒药，只是这味毒药已经成了别人的丈夫。

每年春天，秋波都会去看余姐，其实，她是居心叵测地去看余姐的丈夫甘庭。秋波第一次见到甘庭，她呆住了。对方深邃的眼神，高大的身材，真诚的面孔……令她晕眩。秋波已经好多年没有这么眩晕的感觉了。

秋波好像喝的不是茶，而是烈酒，她一下子变成了个烈性女子，她把自己藏在一个角落里，醉眼蒙眬地偷窥着甘庭。她陶醉于看他的感觉。她突然打断了众人的谈话，没头没脑地问：“余姐，你为什么不早介绍我认识你爱人!?”

以后每次秋波到余姐家的时候，看到甘庭，她便觉得没有白来。不见甘庭，她就像被霜打了一样。

最美妙的是这样的时刻：门开了，甘庭突然出现。秋波突然精神百倍，整个人像是冬眠醒了一样，出语幽默，博得满堂精彩。

秋波迷醉于对方看她的眼神，那是一片深深的海洋，里面有无尽的爱意。

这个春天，秋波被杜丽娘附身，她再也无法忍受没有爱情的痛苦。

秋波终于想到，她可以实现她的爱情冒险，在生病的时候，约上甘庭，然后趁机晕倒在他的怀里。这是个荒唐又不无创意的想法。秋波抱着这个想法睡了。

第二天醒来，这个想法固执地缠绕着秋波。

第三天第四天都是如此。她想，这应该不是一时兴起的天真想法。而是她在今年春天要完成的一个心愿。主意拿定，她开始给甘庭打电话："甘庭，是我。余姐在吗?"

余姐出差了，过两天回。秋波心里说：太好了，嘴上却说："那太遗憾了。我想约你们一起喝茶。"

秋波说完，生怕甘庭说出拒绝的话，连忙挂了电话。

2.

星期五过去了，度日如年的星期五，但是甘庭没有约见秋波，连个电话都没有。一个品质好的男人，首先有良好的约束力，能以后天的教养对抗人性的弱点。秋波更爱甘庭了。

见好友这么痴狂，佳颜好奇心重了："他到底是谁？让我们见见那厮。"

秋波拒绝透露他的任何消息。瞧瞧，还没怎么着呢，就站在他的立场上了。可怜的，她是否能确定爱上的是他本人，而不是一相情愿地爱上自己的爱情？不，这时候，他就是她的爱情。她梦想的爱情和他，终于统一了。

佳颜想帮助秋波："我相信爱情，但我更相信，百分之九十九的人一生是撞不到爱情的，但是你也要允许他们拥有一份平淡朴素的感情，而那百分之一拥有爱情的人，不知道能拥有多久，会不会将爱情变质。爱情只是人世间的一个传奇，或是过于瑰丽的梦想。忘记他，过不了多久，你就会发现，你狂热爱过的人只不过是个凡夫俗子，酒囊饭袋，一样会打嗝放屁说粗话，那时候想起现在，就跟得了流感一样。听我的，像丢垃圾一样丢开他！"

秋波的爱情处在单相思阶段，无与伦比的美妙。单相思很美，但不可置否，它同时也是很不成熟的，卑微的，你之所以暗恋他，只是因为你无法得到他。一个独立成熟的女性应该从暗恋的队伍中撤出来，那毕竟只是南柯一梦。

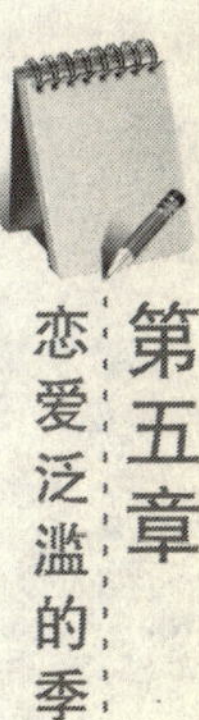

可可突然跳了起来，指着前方："快看快看！哇！啊！"

佳颜和林姗也看呆了。秋波懒洋洋地把目光投过去，眼神也聚焦了。几个女人用爱慕的目光目送着甘庭等人从眼前过去。

佳颜赞道："玉树临风！如见天人！如果你是为了他，倒还值得！太值得了！"

秋波回答："正是他！"

3.

秋波思考再三，觉得自己这小半辈子过去了，好容易遇到了个可以爱的男人，终是不忍放弃，决定跟余姐好好谈一谈。可当余姐坐在对面，秋波却缺乏了勇气。

余姐看出了她的心思："有什么事情这么难以启齿？"

秋波十分的歉疚："我觉得很对不起你，可是我无法说服自己，可是我不说，也同样对不起你。我还是决定说，你坐稳了，我……爱上了你丈夫。"

余姐表现得很平静："我知道。"

秋波心里画了一个大问号。

"我周围的女人，很少有人不爱他。但这里面也只有你爱得最凶。不过，最强烈的爱也是最容易熄灭的。"

秋波惊道："你都知道，为什么不阻止我？"

"这个不是我能阻止的，只能叫你自生自灭。如果我在未来的日子出了意外，我倒乐意成全你们。"余姐的话令秋波非常感动。

"谢谢你的理解。可我不希望你为这个出意外。由于现在是春天了，由于我已经，已经老大不小了，我有个很不合理的要求。"

余姐的宽容让人感动："你说吧。我很理解。"

秋波鼓起勇气："我想和甘庭约会，仅仅是一个普通的约会。"

秋波等待着余姐的耳光或者讽刺，不想对方十分平静地说："可以。"

"你不追究吗？"

"你总有你的理由。我相信他，也相信你。同时我会帮你说服他。"

秋波觉得自己被余姐看得透透的了，她一阵惭愧，同时又一阵幸福慌乱的感觉。她发自内心地感谢说：“我谢谢你，真诚地谢谢你帮我度过这个心理周期。”

她虽然已经是成年人了，但心理上还不成熟。不，成熟的心理又是什么样子？

4.

秋波在等候甘庭实施自己的计划，女友们知道了，分别电话讨伐她。林姗振振有词地站在道德的边界：

“秋波，你怎么能这样？简直已经越过道德，你赶紧把约会取消了。”

可可的电话打过来了：“你这样做，会使所有的已婚女人看低我们。”

电话再次响了，佳颜诊断：“确切地说，你有点疯了。”

秋波冷静地面对四面楚歌：“我已经决定了。”

佳颜不解：“你到底要干什么?!”

秋波突然眼前一亮，甘庭大踏步而来。她木然地丢了电话，手机里传来佳颜喂喂的声音。

秋波陶醉地看着甘庭。每一次见面都是新感觉。她对他再次一见钟情，春心荡漾，乍喜乍悲，世界本来是黑白色的，因为他而变得五彩炫丽。

甘庭上了车，秋波像是把甘庭劫获一般，飞速地开着车，逃离着那个城市。

甘庭提醒道：“不能太快了，警察会来抓捕我们的。”

车里静悄悄的。秋波享受于甘庭坐在身边的滋味。

“秋波，有什么事吗？”

秋波一面开车一面说：“我出事了。”

秋波说出这句话，才感觉潜意识里是想与甘庭一起私奔。

甘庭彬彬有礼：“我能帮忙吗？”

甘庭的回答让秋波心里非常感动，一瞬间她几乎放弃了自己的计划。汽车疾驰在公路上，时光一分一秒地在过。

甘庭看了看她：“你冷静些了吗？”

秋波想：我只想跟你有一场浪漫的经历。

甘庭很有分寸地：“你不觉得我们之间的友情更加珍贵吗？”

原来，他早已经知道她要做什么！近距离望着甘庭明净的脸，秋波提醒自己不能再占用过多的时间，她一咬牙，一加油门，汽车撞到了前面一台车的后尾上。

车撞坏的刹那，秋波终于趁机倒在了他的怀中。可是就在那一瞬间，秋波想到了余姐，爱情是令人绝望的，这么优秀的一个男人，却是别人的。她只在甘庭的怀中轻轻地碰了一下，就不无犯罪感地逃了出来。

这个春天，秋波终于完成了她关于浪漫的梦想。

5.

为了冰封自己对爱情的渴望，佳颜背着行囊去旅行。

段奕带着旅行团来到了滑雪场上。他是滑雪场总经理，兴致来潮时会带旅行团，施展他的嘴上工夫：“呵呵，现在北京流传着一个笑话，说是地铁票降了，地铁挤得不得了。有一哥们说，我老婆都在地铁上被挤得流产了。上海的哥们说得更过分：那算什么啊，我老婆都挤得怀孕了！”

众人笑，佳颜也笑了一下。转眼到了滑雪场，段奕说：“诸位，方才已经交代过，你们千万要注意安全，不要伤到自己和别人的老婆。现在开始——蛤蟆跳！”

佳颜本来想飞的，却差一点儿摔倒。段奕一个飞步过来，恰到好处地扶起了她。佳颜惊魂未定，紧紧地抓住了对方。她抬起头来的时候，呆住了。穿着滑雪衣的段奕看上去很有味道。宽宽的眼镜，魁梧的身材，稍微有一点儿肚子，焕发着成熟男人的魅力。

佳颜道了声谢，不知怎么有些害羞，她已经很久没有享受这种滋味了。

段奕一走，她又摔下去，段奕很矫健地转过身，将她扶住。倒在一个人怀里的感觉真好。两个人凝视的一刹那，一时间都有些心动，并且也捕捉到了对方的心动。

这几天，佳颜的眼神无不跟随着段奕走，她仿佛又尝到了初恋的感觉。张家口的春天还没有到，佳颜在这里找到了她的春天。

短暂的旅行结束，佳颜不无留恋地上了车。她突然看到段奕带着一个团队过来。她飞奔下车："我要走了，欢迎你到我住的城市去。"

6.

佳颜回来只有两件事情可做，一是回味着段奕，一是准备与段奕约会的行头。可是春天都要过去了，段奕还是犹抱琵琶半遮面，就是不现身。莫非他很快将她遗忘?

电话没有响，佳颜却出现了幻觉，她不停地奔向电话边，拿起电话看它是否坏了。

电话终于响了，里面传来段奕迷人的声音。佳颜醉了。

"我肯定你是在上网。自己的爱情在电脑里，自己老婆的爱情在别人的电脑里。能接受真实的爱情吗?"

佳颜喜欢透射出一个男人智慧的语言，她换了个姿势听电话，仿佛背后靠的就是段奕："什么时候回来的?"

"回来一个星期了。"

佳颜想说：那为什么不打电话给我？她决定举着丘比特的箭单刀直入："见面吗?"

"我也在犹豫这个问题。我想见你，又不想太刻意，我喜欢比较自然的，比如某个时刻，你非常想见我，我也非常想见你，于是乎，我们跨越千里，在某个时刻有一次浪漫的约会，刻意的安排，实在败胃。"

佳颜有她自己的风格："你说的情境我也渴望。有谁不想？可问题是：你多大了？你知道一见钟情是什么年纪的产物吗？你的体内已经分泌不出那个量的荷尔蒙了，如果你再不抓紧时间，我肯定你连恋爱的欲望都没有了。"

短暂的沉默证明段奕已经被说服了。

佳颜快刀斩乱麻："如果你决定不见面，我安排别的事情了。"

7.

佳颜对即将发生的爱情越来越有信心。她无意中看到建筑物墙壁上透着自己明艳动人的身影想，连我自己都爱自己了。他没有理由不爱我！

段奕迟迟不到，佳颜有些着急了。看看表，不过刚过了五分钟。两人通了电话，按照彼此的提示，互相找了半天，佳颜才发现，段奕就在她不远处，同样也在寻找她。

段奕像一只大鸟一样飞来。他穿着旧式风衣，戴着旧式眼镜。

佳颜突然感到陌生，段奕不像是这个时代的人，也不像是这个城市的人。他到底像什么呢？反正，再见到他，与当时在滑雪场见到的感觉全然不同。佳颜感到无比失望。

段奕也仿佛才看见她一样，投来陌生的目光：“与我上次见面不太一样。准确地说，是漂亮了，但却少了那份亲切感。”

感觉常常是这样的靠不住吗？在一个城市里还有的好感，到了另一个地方便消逝得无影无踪了吗？

佳颜问他：“那我们还往下进行吗？”

段奕犹豫了一下：“不管怎么样，陪我吃餐饭吧？”

这句话还是让佳颜不舒服。一般男人都会对她说：我陪你吃饭。虚伪而好听。

佳颜一直想找回在滑雪场的那种感觉，但是很奇怪，这种感觉被她弄丢了。她越是看段奕，越觉得陌生。段奕也同样，时不时回头，惊诧地看着她。

段奕走在小餐厅前面，看着菜牌停住。佳颜不喜欢这不体面不卫生的地方。

段奕已经进了餐厅。上了炕，盘腿坐下。佳颜不喜欢这样的坐法，具体地说，她不喜欢脚上散发的那股味儿。虽然也许是她的敏感。

段奕像是发现了惊喜：“猪油渣小白菜，这里居然有猪油渣！好多年没吃这道菜了。”

佳颜吃惊地看着他把白色的油渣往嘴里送。段奕还有解说词：

"我的肝被一层白油包着，不管它。我喜欢率性的人生，想干什么，就去干好了。你尝尝，极品。"

佳颜勉强地吃了一口。她想起来了，段奕好像是七十年代刚从乡下回城的知青，他的风衣也是周润发时代的流行服饰。果真，他十几年前离开的，偶尔回来。说实话，他已经从内到外发生质变，不符合这个城市的审美标准了。段奕创业艰难，他事业的成功只是他在坚持而已。滑雪场是他的世外桃源。怎么说呢？不管喜欢不喜欢，那里已经是他的命了。他回到城里来，反倒不适应。在那里比较符合他的性格。

段奕津津有味地吃着，甚至还把一瓣瓣的蒜和大葱放在嘴里。虽然佳颜也很率性，但是她接受不了第一次见面就如此率性的人。

分手的时候，段奕问："你会跟我走吗？离开这个城市，到我的滑雪场去，一起经营我们的事业。"

佳颜久久不能回答。一个城市和一个男人，她该选择哪一个？

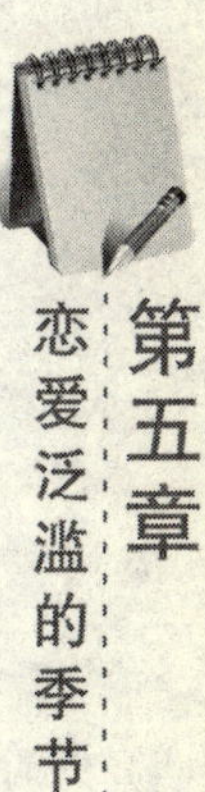

第六章

为爱改变

1.

夏天来临，日子开始变得像季节一样疲惫。每个人都有一种误解，仿佛这个闷热的夏天永远都不会过去。

绿灯变红灯，一声刹车，秋波只感到被重重一击，她被人追尾了。这次不在她的预算之内，她傻眼了，汽车已经被撞得惨不忍睹。

刘大可从车上下来，看着被追得一塌糊涂的车，冲她嚷道：

“小姐，你为什么要停啊，踩一下油门不就过去了？”

秋波呆了。众里寻他千百度，蓦然回首，那人却在灯火阑珊处。眼前这人，让秋波心潮澎湃。尤其是他生气的样子特别酷。秋波一声不吭地任他发泄完，反倒自己像是做错了事情：“对不起，我是新手。”

大可不耐烦地看看表：“你说吧，怎么处理？”

秋波小心地：“能不能叫交警啊。”

大可断然道：“是我全责。”

秋波小声乞求：“我们还是叫交警吧。”

大可做了决断：“我都说了我全责。你跟着我去保险公司定损。”

秋波欢喜异常地上了车。她感觉这个人是上帝派来的。不，这个人本来就是上帝，他英姿勃发，文质彬彬，一定是上天看到了秋波的渴望，怜惜她，才派这么一个男人来的。秋波很想追上去问一句：你从哪里来？

秋波一走神，已经看到不到对方的车。她很着急，绝望地停下车来。着急中她向林姗打电话问询：“我没叫交警，我跟着他去定损，可我现在跟丢了。”

林姗问：“你要他电话没有？”

秋波想到自己犯了错误：“我弱智了，没有记下对方的车牌号，也没有要对方的电话，甚至连对方去哪里都不知道。我该怎么办？”

林姗没好气地：“自己找个地方修车吧。”

突然间秋波眼前一亮，对方正在前面不远处等着她。

2.

定损罢，两人从修车厂走出来，大可告诉她过几天就可以提车了。秋波突然想到：“哎，你怎么回去?”

大可无语，秋波建议：“现在是交通高峰期，不如，我请你喝茶，不，我请你喝酒。”

秋波喜欢这样的相遇，是偶像剧里滥俗的情节，不过自己演来，却不觉得怎么滥俗。

大可喝了酒。秋波没有喝酒，人已先醉。她遇到的男人，要么不爱，要么爱得一发不可收拾。她凝视着大可英俊的脸庞说：“我下了蒙汗药了，因为你追我尾，还冲我发了脾气。”

大可道歉：“刚才是我火气太大了，不过，你开车也太面了。”

秋波辩解：“我没出过状况。”

大可说他这个月已经追尾三次了，秋波连忙说：

“所以开车还是要面一些的好。对不起哦。遇到我就让你损失了一笔钱。”

大可喝了口酒，认真地说：“你知道你今天做错了什么？你应该先记下我的车牌号，然后立下警示牌，再给交通队打电话。”

秋波反问：“可是给警察打电话，你不是要受罚吗?”

大可愣了一下：“即使我受罚，你还是应该打。”

秋波突然觉得，这个男人心眼真好。她仿佛找到了多年前失散的宝物。她真想问：你从哪里来？为什么在这之前，我在这个城市一直没有见过你?

秋波准备了三天去提车，遇到了刘大可。她看到他的时候，不知怎么心里有点儿慌乱。

大可问：“车修得还满意吗?”

秋波回答：“外伤修好了。”

“有内伤可以打电话给我，终身保修。”

准备了三天的会面在三分钟之内草草告终。秋波心里有说不出来的失望。

3.

春天过去，秋波在平静中担心自己爱的萌芽是否也随着春天的过去而消失。已是深夜，疾风暴雨，秋波突然接到了大可的电话：

“我十分钟后去找你。”

秋波从楼上飘然而来，看到大可冒雨而来，一瞬间她有些感动。两人相偎在雨伞下，这是秋波渴望多年的画面，那时候她还是少女，本来就是个情种，言情小说又看多了，爱情就成了人生最重要的目的。

秋波仰起脸问：“为什么选择雨天出来?”

大可的回答很简单：“有空，突然想来看你。”

秋波喜欢这样的相会，不需要太多的约定，一个男人冒雨来看她。

大可问到了她的车：“怎么样？你的车有内伤吗?”

秋波动了情就变得机智起来：“车没有，我有。我现在不会开车了。真的，只要我一刹车，就想到会被你追尾，总有一天，我会因为不敢踩刹车而出事。”

一个女人遇到了喜欢的男人，自然是会撒娇的，尽管形态还是矜持的，一颦一笑都是情。

大可安慰她说：“不要太紧张，过段时间会好的。我走了。不耽误你休息。”

尽管是几分钟的相会，却在秋波内心掀起涟漪。她知道，大可虽然只与她相会了几分钟，却赶了一两个小时的路程。

烟雨蒙蒙中，秋波举着伞，依依不舍地送别大可。

4.

佳颜通过某个婚恋网站，认识了汪琦。对方一米七四，硕士学历，国企总经理，未婚，月薪两万，有房有车。

佳颜看着汪琦的照片，决定抓住有可能幸福起来的时机：

“我像淘宝一样淘到了你。能问个问题吗？你那是多少年前的照片？”

每个人在一生里都想打破常规，寻找到令她惊喜的那个奇迹。佳颜一贯速战速决，因为激情来得快，退得也快。

见到汪琦的时候，佳颜愣住了：天上掉下个宝哥哥。

汪琦很幽默：“货真价实吧。你比我想象得还有气质。我这样说，不是说你不漂亮。”

美貌和帅气真是最大的财富，佳颜感慨，什么时候它都所向无敌。

汪琦细心叮嘱道：“你应该找个餐厅等我，这样，既不会吸到汽车尾气，又不会晒伤皮肤。对了，记得出门前用防晒霜。”

佳颜想，这样细致的关怀倒是个例外。但是接下来，汪琦问道：“我们是到你家里吃饭还是在就在餐厅吃？”

佳颜想到了黄海波，不禁有些警惕，到家里是吃什么？饭还是女人？

“既来之，则安之。如果你不介意，我请你。”

汪琦回答：“我介意，我饿了。”

佳颜刚刚点了两个菜，汪琦就非常果断地制止了她：“够了。”

佳颜一愣。她还没有经历过如此遭遇，她感觉服务员看他们的眼神都变了。这年头男人怎么都这样？点两个菜好像把他们的心肝挖出来一样。

汪琦解释说：“这里东西不贵。可也没有必要浪费，不够了再点好吗？”

漂亮是男人和女人最光彩的名片，汪琦由此得了印象分。可他的行径又让他失去了印象分。

回来的时候，汪琦让她走里面，说里面安全。

佳颜道谢：“谢谢。很多时候我都忘记了自己还是女性。也许是因为单身太久了。”

汪琦深情地看了佳颜一会儿，更加深情地轻声责备道：

“女人就是女人，永远是女人。以后不许乱讲这样的话，太有失身份了。”

佳颜爱极了他说话的口吻，每个人都贪痴恋嗔，像馋嘴一样馋

着被人爱。

汪琦又说出一句别有用心的话："现在时间还早，能去你家吗？"

佳颜又是一愣。一个小时内，对方已经第二次让她感觉不适了。如果汪琦长得差一点儿，不适的感觉可能会更加强烈一些。她提醒他："我们是第一次见面啊。"

汪琦反问："去你家有什么不便之处吗？"

佳颜找借口："我家还远得很。"

汪琦靠近了她："不怕。以后不是还要住过来吗？"

5.

佳颜还拿不定主意是不是要与汪琦交往下去，对方的电话就追来了："爱情是需要机遇的，机遇是一去不复返的。如果你觉得我还不错，就跟我交往吧。不要再犹豫不决。"

这个男人像卖菜一样急于把自己卖掉。佳颜知道，幸福绝不是那么简单，面对着汪琦火热的激情，她反倒嗅到了陷阱的味道。

汪琦穷打猛追，对佳颜发起了进攻。邮箱里的信，QQ 里的留言，电话里不断轰炸来的信息，佳颜被意想不到的爱情包围。

林姗看到，说："恭喜你遭遇爱情了。这简直是网络爱情的神话，你被他追得穷途末路之时，就是你的成功之日！"

佳颜正在喝冷饮，听了这话，喷了林姗一身："我怎么觉得你的话不怀好意？"

林姗很真诚地："因为我在这个阵地上失败过，故我太景仰你这样的勇士了。"

佳颜面对好友的恭维反而越来越清醒："我断定你更加不怀好意。说真的，我觉得他的职业身份不太对头。如果他真是什么国企总经理，他怎么会搭地铁出行？就算他偶尔搭地铁出行，也不会吃饭只点两个菜。"

林姗惊叫道："什么什么？你们第一次见面，就像老夫老妻似的只点两个菜？"

佳颜沮丧地："我最近有很多这样的败笔。可反过来说，我相信他个性里有好的一面，温存细心且帅气！人总不可能面面俱到，如果我总是刻意求全，恐怕这辈子要打光棍了。”

林姗肯定佳颜是爱上他了：“如果你想结婚，就要对他的缺点忽略不计。也许他是商人身份，在找女朋友上面也动用了商业伎俩，你就对他网开一面，大发慈悲吧。人只有在紧紧闭上双眼的时候，才能进入婚姻。”

佳颜认为，这种伎俩可是关系到道德问题：

“我虽然很想结婚，可也不能跟一个道德有缺陷的人过一辈子！”

林姗拒绝回答：“你既然有主意，就不要向我讨教了。”

佳颜急了，一把抓住林姗。林姗手里的饮料洒了她一身：

“亲爱的，你说，为了圆他的谎，他接下来会不会告诉我，他辞职了呢？”

手机响了，佳颜慌了。林姗沉着地鼓励她，佳颜按下了免提键，汪琦的声音传了出来：“亲爱的，我想跟你商量一件事情。我有可能会辞去工作。”

被佳颜不幸言中。

6. 

这是两个人的第二次会面。佳颜在看报纸，汪琦在抽烟，偶尔目光相碰，各自心怀鬼胎地避开。

汪琦耐不住，先开口了：“亲爱的，你还没有发表意见呢。”

佳颜想，现在的人，怎么能这么轻易地管人叫亲爱的，或是宝贝呢？简直是对这个词的玷污。佳颜看着他，一字一顿地：

“这是你自己的事情，你需要自己权衡得失。不过我不明白，国企总经理，这么好的位置，我怎么那么替你心痛啊？”

汪琦解释说：“我们领导人品有问题。总之，我是一言难尽啊。”

佳颜想了想：“我有个主意，你介绍我去你单位，以你目前的职位，给我捞个肥缺，也算是肥水不流外人田，日后再把江山从那奸人手里夺回来。”

汪琦根本不接她的茬：“接下来的事情是，如果我离开了单位，可能会搬家。房子，我当然有，并且很大，但是那是在老家，我能住你那里吗？”

佳颜还没有想到会有男人来投靠自己，这简直是她没有想到的，娶一个男人回来？有多少男人要娶她进家门，她还不乐意呢。她要找的当然是个优秀的男人，要不也不至于这么挑来挑去的。优秀的男人到了三十多岁不至于连个房子都没有的住。这个年头，一个人只要人品和技能还过得去，还是可以挣到住的地方的。反而言之，连住的问题都没有解决，他就不能归划到精品男人中。

汪琦走了，佳颜一个人呆坐着，三个女伴出现时，她也没有看见一般。

秋波起哄："明天他就要嫁给你啦，明天他就要嫁给你啦……要我们帮你布置洞房吗？你要是想要一个男人，就收容他，换一句话说，在他英雄危难的时候，美女拔刀相助！——古往今来，姻缘都是这样促成的。"

佳颜气得骂："你们良心都被狗吃了？谁再说我跟你急！"

可可同情地说："我觉得那个男人好可怜的，骗术也太低了。"

林姗分析："他至少应该等你欲罢不能的时候再进行下一步，对了，你什么时候欲罢不能？"

佳颜骂道："你以为我跟你一样到了发情期吗？"

"人是随时可能发情的。比如他，遇到你就发情了，不顾一切地要住到你这里来。每一步都被你料想到了，不过我觉得你可能很难有成就感吧。这个游戏应该再深奥一些才好吧？你应该揍他，他太低估你的智商了！"

可可还在追究到底："这场恋爱简直是场打假行动。什么总经理，有房有车，恐怕连硕士学历，未婚也是假的。一个智商健全的人为什么会编出这么小儿科的谎言？可如果这么一个低级的骗子竟然能够得逞的话，我就更加气愤了。"

佳颜见女友们没有丝毫同情心，气愤得起身要走，被众女友按住："佳颜，我觉得你应该深入虎穴，搞清楚他的真实来路，免得别的女人步入你后尘。总是有比我们更加头脑简单，心地善良，更加容易动情的女人吧？我们是女人中极难对付的那种。你要帮帮那些不如我们心肠硬眼睛亮的姐妹们。看在全世界女性的利益上，你坚持一下维权到底。这是利国利民的好事情，等你把他放到黑名单里，就 OK 了！"

佳颜火了："还嫌我不够狼狈啊？谁再跟我提他，我跟谁急！"

7.

佳颜不主动，可可决心为民除害，深入虎穴，经过几天的努力，她终于把汪琦钓在她的直钩上了。可可惊叫一声："这个家伙是个变态狂，竟然发这些图片过来。"

林姗看了看："这些图片是病毒携带。"

连聊天软件上都显示着病毒，可可简直怀疑病毒就是这些人自身生产出来的。林姗看了看她的聊天记录："哎，几天了，你跟他一直不痛不痒，什么实质问题都没有谈到啊。"

可可为难地："我该怎么说?"

林姗指导："目的是让他爱上你。怎么矫情怎么来。"

可可拒绝："这些话还要被你们审阅，说不定，他身边也有一大堆人在为他出谋划策。我不擅长跟陌生人调情。你有什么进展?秋波?"

秋波也正在电脑上忙："这家伙不见兔子不撒鹰，就是不肯暴露底细。看来，还得佳颜同志亲自出面了。"

佳颜正在看书，听到这话不由暴躁："谁能把我的大脑格式化了，忘记这个败类?"

电话又响了，佳颜接起电话，愣住了，电话是汪琦打来的，对方告诉她，他决定去日本深造。

可可看着佳颜突然变青的脸色："后悔了吧?看来你是误解他了，没准他真的要去日本。你又失去了一次绝佳的结婚机会。"

8. 

三个女友正在为佳颜惋惜之机，汪琦不经意中撞到了佳颜手里。佳颜去洗手间，有人撞到了她的身上，定睛一看，汪琦的身边还带着一个小孩子。

佳颜犹豫了一下，不妥协的精神又上来了："你今天肯定是烧了

高香。”

汪琦看到佳颜，一点儿也不心慌：“你好。”

佳颜话里有话：“我姓胡，你呢？”

汪琦不动声色：“我保证我告诉你的姓名是真的。”

佳颜看着孩子：“做骗子也用真姓名，有胆量。这是谁啊？”

汪琦毫不忌讳：“我儿子。”

这个男人毫不在意的样子让她气愤，佳颜又受了小小刺激：

“跟你还挺像。”

汪琦疼爱地看着儿子：“肯定不会是冒牌的。喜欢吧？”

佳颜被汪琦的厚颜无耻激怒了。他不该忘记羞耻。如果他有一点点羞愧，也许她会原谅他。汪琦反唇相讥道：“我用不着请你原谅。你也太把自己当人了。”

佳颜盯着他道：“可你是人，千万别把自己太不当人了。”

两个人盯着，已经开始用眼神格斗。

这个人到底还有多少秘密？

汪琦毫不妥协：“我的秘密太多了。这犯法吗？”

佳颜审视着他：“不过我奇怪，你就没有一点点道德约束吗？”

“你犯不着跟我讲大道理，我懒得听。我又没把你怎么着，你也不能把我怎么着。”

“你是没有把我怎么着，你也不在乎把我怎么着，可这么可爱的孩子，你别把他教坏了。”

两人目光落到孩子身上，孩子无辜可爱的表情。汪琦很快又回复了得意的状态：

“我儿子如果知道我做的一切，会很自豪。”

看着他恬不知耻的样子，佳颜怒火中烧：“你出来一下。”

汪琦跟了出来，不等他回过神来，佳颜狠狠地甩了汪琦一个耳光：“我懒得教训你这种东西，这是为了你儿子教训你的。”

汪琦面不改色，抹了脸上被打过的地方，笑了笑。

佳颜虽然打了他，但感觉像被他打了似的。

9.

佳颜把汪琦拖到黑名单中，不久，她又亲证了汪琦的报应。

佳颜下楼时，看到一群人在扭打一个人，佳颜上前阻止，才发现那个被打倒在地上的人正是汪琦。他满身是伤，满脸是血。

佳颜说：“你们再打下去，会出人命的。”

对方质问：“他是你什么人?”

佳颜诚恳地：“他与我没有关系，但请你给他一次改正的机会。”

那人还要打汪琦，佳颜不顾一切上前保护着他：“不能再动手了!”

汪琦复杂的眼神投到了佳颜身上。

那个人看在佳颜面上，走了。佳颜转过身来，汪琦已经踉踉跄跄地走了。没走几步，跌倒在了地上。佳颜连忙地扶起了汪琦。

把汪琦送到了医院，佳颜准备走，汪琦连忙说：“谢谢你。”

佳颜没有看他：“举手之劳，不用谢。”

“把你的银行卡号给我，回头我把药费还给你。”汪琦终于下定决心回过头来说：“对不起，我也不知道我是怎么变成现在这个样子的。如果不是你，我还不知道我现在变得有多么可憎，虽然我认为我有足够的理由性格扭曲。可你说得对，为了儿子，我要认真地生活。”

佳颜笑了。

恋爱失败，可及时扭正了一个人的人生方向，佳颜很是欣慰。

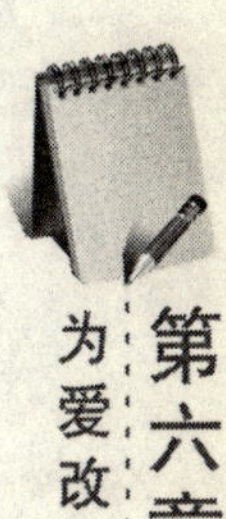

第七章

最远的距离

1.

最远的距离不是物理距离，而是人心的距离，躲躲闪闪，无法靠近，缘分在其中已经消磨殆尽。

秋波和刘大可已经约会数次，照秋波的感觉，如果这时候还没有对对方产生厌倦感，基本就可以鉴定为爱情了。可是，她跟大可的感情突然陷于停滞。刘大可仿佛从这个世界上消失了一样毫无音讯。秋波很害怕这次爱情像以往一样，莫名夭折。秋波妈妈对她下了最后通牒，如果她还不结婚，他们就替她去参加相亲会。

那个恼人的相亲会！那些恶俗不堪的人！秋波和父母相对而坐。他们双方各怀鬼胎。

妈妈叹气：“你是我们精心栽培的成果。我们不能眼看着我们的成果无人问津。”

秋波强硬：“没有结婚并不意味着失败，只是我没有作出选择而已。”

妈妈观点不同：“可对我们来说就是失败，对你来说也是失败！”

秋波烦躁：“你们养我并不是为了把我嫁出去。”

妈妈强调：“可我们希望你过正常的生活。”

秋波说着说着又要发火了：“谁说我现在的生活不正常不健康？我有我的生活，你们有你们的生活，我们互不干扰，OK？”

爸爸赶紧来和稀泥：“你不要跟我们中英文相杂地说话。如果你是个烂果子我们也认了，可我们不甘心自己的好成果烂在地里。”

秋波万般无奈，只得请大可来救驾。她想，这也是考验刘大可的时候。

2.

这个城市，并不缺乏相遇，而是人与人之间无法靠近。对于刘大可，秋波并不是十分有信心。他很少给她打电话，更少发短信，聊 QQ，他只是定时地问候一下，又很亲切，让秋波琢磨不透他的意思。如果秋波对他没有感情，会很轻易地断定他对自己也没有感觉，可秋波先动情了，就看不出真相，且对大可抱有一丝幻想。

谁先动情，谁就输了。任何事情都是一场博弈。大可出现，秋波却矛盾重重：

“还知道我是谁吗?”

“你怎么了?”

秋波幽幽道：“你这么久没有来，你再不来，我以为你把我忘记了。”

秋波拉着他要上楼，大可迟疑：

“这么晚了，就不上去了。”

秋波有些不快：“……可是你不是都答应见我父母了吗?”

大可解释说：“对不起，刚才电话里没有来得及说，我还有急事，要马上出差，替我向他们问好，改日我一定正式拜访二老。”

秋波失望地低声说：“……不勉强你。”

秋波转身就走，大可拉住了她：

“秋波，你听我说，我们都很忙，不能像二十岁出头的小孩子一样天天腻在一起，我如果天天来看你，天天给你打电话，你会很快厌倦的。我们顺其自然好不好?”

秋波感伤地说：“我们从来没有腻在一起过。也就谈不上什么厌倦。”

秋波真想问：你匆匆来了，又匆匆走了，是什么意思？可是，她问不出来。为什么一个女人在三十岁花好月圆、心智最成熟、事业最辉煌的时候反倒就跌价了？无论多么漂亮的女人，过了结婚的年龄，再想要去找寻婚姻，好像真是难于上青天了。

秋波无精打采地回到家里，看到她身后空空，父母脸上露出失望的表情。秋波头一次觉得他们很可怜。

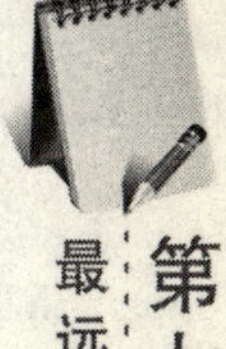

3.

秋波在雨夜里柔情百转，她拨通了大可的电话：

“是我。”

“我知道。”大可好像很紧张。

“你不方便吗？”

“不，没有。”大可说，可是秋波感到他真的不方便，他生硬地说：“今天跑了好几个地方，真累。”

秋波只得挂了电话：“那你早点休息，拜。”

这时，秋波听到电话里面传来一声气若游丝的女人的娇喘，她心里顿生疑团。她再要去听得真切些时，电话已经断了。

电话里传来了嘟嘟声。秋波看看时间，已经是零时。那声若有若无的娇喘始终回荡在秋波耳畔，令她坐卧不宁。莫不成，大可真的不是单身？或是个隐婚族？如果是，他为什么不对自己直言呢？

4. 

林姗太瘦了，瘦得手碰到别人身上，都会给人带来痛感，瘦得眼角额头都是皱纹，如果她有一些脂肪，会把皱纹撑起来的，还有就是气血不足使她的眼袋总是青青的，肿肿的，像是个热水袋一样挂在眼睛下面。

为了矫正自己这种体质，周末，林姗去远郊徒步。

林姗背着背包撞到了一个人身上，眼镜跌到了地上，她透过那个人四下里望，已经没有了人。林姗看看表，迟到了一刻钟，队伍已经出发了。

林姗连忙问那个人：“对不起，对不起，你有没有见到一群人？”

甘时雨从地上拣起了眼镜：“你找的是一群野驴吧？”

林姗认出了这个人居然是甘时雨。

甘时雨热情地伸出了手：“幸会！我特意在这里等你。咱们快去追赶大部队吧。”

他们一路走一路说着话。甘时雨说：“我算是队伍里年龄最大的了，经验也最丰富，所以每次活动，都是由我来发动。你怎么了?”

林姗很惭愧自己体弱：她走不动了。这个团队以被人帮助为耻。林姗为难地：“对不起。那你先走，我慢慢追上去?”

甘时雨扶着林姗走了几步。林姗愁苦不堪，她身上某个器官的怪叫还是被甘时雨听到了：“什么声音？你听到了吗?”

林姗连忙遮掩。甘时雨却不肯罢休：“到底是什么声音？让我再听听！哦，你，你……”

林姗脸红，狼狈不堪：“这里有厕所吗?”

山没有爬成，甘时雨送林姗回家。经过一路的照顾，林姗已对他颇有好感：“不好意思。耽误了你今天的野游。”

甘时雨发出邀请：“下一次有低强度的活动，我再请你参加。你怎么样了?”

林姗奇怪，一回来，她就好像不再痛了。

林姗微笑送他远去，甘时雨又返回身来：

“既然你好些了，咱们再找个地方聊聊?”

5.

秋波发现消除烦恼的最佳方式就是工作。工作是真正的爱人，只要你不背叛它，它通常就不会背叛你，工作是有良心的，你全情投入，就会有回报。

秋波疲惫不堪地从办公楼出来，看到大可陪着一群客人进了餐厅。秋波一眼看到了大可，大可只是淡淡点了一下头。秋波茫然若失，他这是怎么了?

秋波郁郁地走着，大可追了上来：“回来几天了，没顾得上跟你打招呼。我送你回去?”

上了车，大可拥抱了秋波：“太忙，别生我气。”

秋波想从他身上嗅出异味，她感到他身上只有冷冷的气息。

大可感觉到了不对头：“怎么这样看着我?”

秋波想到了那声若有若无的娇喘，像是一堵看不见的墙。也许

是自己的猜测。和好吧，不要再跟自己过不去。一阵激情上来，秋波正要去拥抱大可，是的，让一切都不存在，只有爱，既然，这么久了才遇到他，就不要放过他。哪怕醉生，哪怕梦死，这么多年，没有时间和精力好好恋爱，今天就奢侈一把，哪怕纵情过度。

就在这时，秋波在座位上碰到了件东西，拿起来一看，是一支口红。鲜艳欲滴的颜色透着暧昧和挑逗。她看着大可："谁的？"

大可毫无表情："不是你的吗？"

秋波看着他。

大可又说："那可能就是哪个同事落下的，她们顺便搭我的车。"

秋波不相信这样的解释，她想他辜负了自己的期待，她一直在等待着与他的约会，他却把机会给了别的女人。失落和气愤涌了上来，把心里的爱变成了恨："我认识你有日子了吧？你是不是认为我配不上你，或者我已经足够老了，你不用像年轻人谈恋爱那样跟我谈？你可以想什么时候给我打电话就打电话，不想打的时候可以忘得干干净净？"

大可态度真诚："我认为我们此时的相遇花好月圆。"

秋波感觉不是这么回事："可我感觉到，我就是路边的一毛钱，在没有人的时候，你会去拣，可是要弯腰，你又懒得费劲！更不要说遇到任何的风吹草动！"

大可安慰她道："你怎么了？我这不是忙吗？不要胡思乱想了好吗？"

秋波的愤怒还没有发泄完："也许你不承认你在躲着我，可你得承认，你摆在我们面前的鸿沟，让我不知道如何与你走近。你都回来多久了？我才见到你？你在哪里我根本都不知道，甚至，你的职业，你的朋友我统统地一无所知。这几个月来，我跟你相处的时间都没有与朋友相处的时间长。"

大可很耐心很真诚："我们这个年纪，这个职业，都很忙。你不会喜欢一个无所事事的男人吧？"

"不错，我们都忙，在当下，在我们这个年纪，每个人活得都很累，如果想谈恋爱，想结婚，彼此是需要付出一点点努力和真心的，总要克服着懒怠和随意给自己和对方一点时间来相互了解，你可以视我为鸡肋，如果这样，我也会坚持不住，总有一天视你为鸡肋！虽然我不想这样！"

秋波气愤地下了车，大可似乎满面疑惑地看着那支口红。

6.

秋波无聊地坐在汽车里。她时不时看看手机。可大可一如既往地连个道歉的电话都不肯来一个。难道在三十岁，也失去了被男人宠爱的机会？他连句“抱歉”也吝啬出口？她悲哀地想，如果她是二十来岁，水灵灵的年纪，他断然不舍得这么对她的。他应该不是不会爱，只是懒得对她好而已。

一切来得那么猝不及防。在需要爱和关怀的时候，男人已经和你讲条件了。

秋波突然看到，前面不远处，爸爸带个女人走过，秋波一愣，不错，是爸爸！爸爸带着那个女人进了一家海鲜店，他为女人开门，他为女人拉开座位，赔着笑让女人坐下，他笑盈盈地给女人递上了菜单。

秋波隔着窗户，看到了女人尚有几分姿色，正处于可以卖弄风情的年龄，其程度像是蜡烛熄灭前的火光。这样的女人不可小窥，在感情上，她是豁得出去的垂死挣扎。

凭着经验秋波断定，爸爸绝不是第一次跟这个女人约会，但也没有发展到可怕的程度。爸爸只是在跃跃欲试地展开一场婚外情。

秋波回到了家里，审视着妈妈问：“妈，你认为你了解爸吗？”

妈妈丝毫不领会秋波的意图：“过了一辈子了，我不了解别人，还能不了解他？”

秋波在深入：“你是觉得自己了解客观存在的他，还是你理所应当地认为他就是你想象的样子？”

妈妈愣住：这有什么不一样吗？

门铃响动，爸回来了，表情镇定：“今天手气不错，钓着了几十条小鲫鱼。都送给老李了。”

妈妈看到爸爸回来，赶紧端上了丰富的菜肴。

秋波故意说：“哦，我爸又受到特殊对待了。不过，爸可能已经吃过晚饭了？”

爸爸连忙否认，当他拿起筷子，开始挑三拣四：“跟你说过多少遍了，这个菜还是酱油多了。这个蒸过了。你总是做不好饭。难道

你一辈子没有希望做好饭了?"

秋波觉得妈妈很可怜。

7.

晚上，秋波收到了一封陌生人邮件。那男人有女朋友，可是厌倦了，他竟然问尚未谋面的秋波是否愿意做他的长期性伙伴，他甚至可以把他的裸照先发过来。秋波久久没有说出话，世风日下，世风日下!

秋波突然想到，大可会不会也是这样的男人?毕竟，男人在生理上从来不肯委屈自己，她无法断定大可在遇到她之前有多少女人。

最痛苦的事情莫过于物理距离如此接近，而心理距离如此遥远。秋波对他的行踪一无所知，允许对他的感情提出质疑。

秋波想，如果我能放下，这场恋爱又会像以前那样无疾而终，对于幸福，是要有些争取的，得到手的幸福，是要去维护的，否则的话，我会永远一个人孤单下去。我盼望有一场轰轰烈烈的爱情，再没有爱情，我宁愿选择惨烈地死去。

8.

接下来的日子林姗和甘时雨开始约会。林姗在打一桩很令人头痛的官司。这天他们俩一起回家来时发生了事情。

林姗从信箱里取出信和报纸，一面进屋，她拆开信，微微变色。甘时雨问及，林姗连忙遮掩。

林姗一直有些心不在焉，甘时雨几次跟她讲话，她都没有听到，甘时雨瞅了个机会，悄悄地拿过了信看，被林姗发现了。

甘时雨表情镇定:“你会经常遭到这样的恐吓吧?”

林姗说实话:“如此露骨的恐吓还是第一次。”

甘时雨笑谈:“这不是你安排好的来考验我的吧?”

林姗也笑了:“我也希望是。”

甘时雨把信撕毁：

“不要在意这种低级的威胁，它在伟大的人格和坚强的内心前，是起不到任何作用的。”

甘时雨的表现比较令人满意。林姗甚至想到：如果没有他，自己该如何应对这一切，找一个男人，就是为了应对一生中的这一天。

接下来，事情又有了发展。又一天。两个人刚进了屋，听到一声动静，林姗再过去时，不由变了脸色，墙上插了一把刀。林姗大吃一惊，扑到了甘时雨的怀里。甘时雨尽管非常害怕，还在尽力掩饰：“简直是岂有此理！猖狂至极！是谁？有本事站出来？”

林姗哆嗦着：“你看清了吗？这把刀是从哪里扔进来的？”

甘时雨胡乱地按着电话，却总是按错：“会不会是你前任男朋友的恶作剧？”

林姗很羞惭地说：“我已经很久没有恋爱了。对了，最近我在打一桩棘手的官司，很可能是那群人干的。”

“你只要把门窗关好，就不会有事。我会陪着你。”甘时雨检查过了。他的电话响了，他满脸无奈的表情。

林姗关注到了：“怎么？你有事吗？”

“没事，我只是有点儿事情要去办。你放心，我不会走的。这时候我应该陪在你身边，守护着你，不要你受到任何的惊吓。”

林姗感动地：“你真好。”

爱上一个朴实无华的男人，就跟买到了一件纯棉棉袄一样实惠。可甘时雨终于找到机会：“可是亲爱的，我的这件事情不能耽误了。”

他必须得走。

9. 

甘时雨黄鹤一去无影踪，林姗受到的威胁不断升级。

林姗在电梯里，一个人一直背对着她。林姗感觉怪异，那个人转过身来，是个怪面人，

电梯正好停了，林姗一声惊叫，冲了出去。

林姗跌跌撞撞地冲到了自家门前，无意中踢到了门前的包裹，里面溅出血肉模糊的一团喷在了门上。她一声惊叫瘫软在地。

林姗抖抖索索地爬起来，家里已经无法待了，她向外面跑去。

甘时雨，她比任何时候都需要他！

突然一阵雨，林姗全身已经被雨水淋湿，她向甘时雨家奔去，使劲地敲着门。一个陌生人开了门，林姗就往他怀里扑，那人诧异地骂道："你干什么你？大半夜的瞎敲什么？"

林姗看清了来人和他身后的门牌号，原来自己慌乱中走错门了，连忙道歉。

林姗找到甘时雨时，甘时雨睡眼蒙眬。林姗一把抱住了他。甘时雨一只眼睛睁，一只眼睛闭，看上去十分可笑。

林姗喝了甘时雨倒的热茶，情绪有些平静了。

甘时雨温和地对林姗说："我觉得你这是自讨苦吃。跟你商量件事情，可不可以不要做这个行业了？"

林姗怀疑自己听错了。甘时雨来了个三百六十度的大转弯，林姗一时转不过来："你是说，我不当律师了？"

"平凡的人生也另有滋味。"

林姗反问："你是要我做全职太太？"

"我不是要你做全职太太，是希望你重新选择一个其他行业，将来主要精力用在家庭上。"甘时雨解释说。

林姗有些痛心，不，非常痛心："可我一直奋斗到今天，牺牲了所能牺牲的一切，才在这个行业站住了脚。工作已经与我的生命一样重要。"

甘时雨退了一步："那，你能不能不打这桩官司？"

林姗想了想，毅然地："不，我不能在这时候退却。"

甘时雨抱住她："一个女人不需要有血气，我是心疼你。"

林姗犹豫着："可如果这时候选择撤退，我会很痛心。这是一个很重要的官司，我一定要把犯罪嫌疑人给予治裁。"

甘时雨亲吻她："我最近很忙。可能不能时时地保护你。"

林姗不要他做什么，只要陪陪她就好。女人习惯把男人想成定海神针。甘时雨为难地："我有一大堆的工作要去做。你看，做这些事情需要安静。可你现在，把我的心情都弄坏了。你应该了解，一个像我这个年纪的男人有多累，每一步有多么关键。林姗，知性的女子是不应该在这个时候给我出难题的。"

林姗明白了："多谢你把我定义为知性女子，可我不是。我只是个需要你怜爱的女人。”

甘时雨无奈地看着林姗孤独离去。尽管歉疚，他却没有追上去。

10.

已经过了凌晨两点，林姗在看书，窗户外面窗帘飘起，一个黑影闪过。林姗吃了一惊，慌乱中给佳颜打电话求救。

佳颜的电话迟迟没有人听。林姗又拔了另一个号码，甘时雨暴跳如雷的声音：“是谁啊大半夜的打电话！”

林姗连忙求救：“是我，我现在的情况有些危险……”

甘时雨吩咐：“报警啊。”

林姗连忙说：“我是想跟你说另外一件事，我并不怕死，我准备面对，可万一我出了意外，你能不能帮我处理后事？我不想让我的父母亲历这种事情……喂？”

林姗说到这里，自己都感动了，甘时雨一片默然：“……”

林姗：“喂，喂！”

甘时雨沉默了很久：“林姗，我一向很敬重你的成熟稳重，你也不看看现在都什么时候了，我要不要休息了？这时候有事情，你应该报警，要不，我替你报警？还有，你应该明白，我跟你来往，是谈谈情说说爱，是为了快乐在一起的，而不是整天提心吊胆。你为什么总是要对我说这些恐怖的事情，你到底是怎么想的？难道你觉得我还不够累吗？”

林姗吃惊地把电话移开，电话里传来了嘟嘟声，良久，她呆呆地挂了电话。

林姗逐渐变得强大起来，她操起了一把利器到了窗户边，猛地拉开了窗帘，又走到了门边，打开了门。

让暴风雨来得更猛烈些吧！

11.

林姗推开了保安，向着一间别墅冲过去。她疯狂地按着门铃："董志杰，你出来，你出来！"

董志杰出现，他见到瘦瘦弱弱的林姗时，露出意外的眼神。

林姗一时间有些犹豫，这种被逼急了的疯狂行为不符合她的性格："是你干的吧？你要干什么？！"

董志杰："你竟然敢闯到我家里来撒野！"

保安来了，拦住林姗，林姗突然间有了勇气，摆脱了保安："你们听着，是我受到了要挟，而不是他！董志杰，我郑重告诉你，这个案子我是管到底了。你所做的一切都是咎由自取，你要是还不迷途知返，有什么就冲我来吧。有胆量你就在光天化日之下把我谋杀了！"

看着林姗不顾一切的样子，董志杰掩饰不住吃惊的表情。两个人长久地就这样对峙着。

深夜，当林姗精疲力竭地回到了家，眼前一亮，三个女友背着大包小箱地出现，原来，佳颜从舞池下来，看到了几个未接电话，她感觉不妙，赶紧去找林姗。她们搬过来与她做伴。林姗感动地抱住了朋友们。

12.

经过无数天艰难的陈述，林姗终于成功地将董志杰打败。法庭上，三位女友激动地鼓掌。

董志杰沮丧的表情。林姗坚定的表情。女友们热烈地迎上来，林姗在她们的簇拥下要离去。

董志杰叫住林姗："林小姐，等等。"

林姗回过头来无比坚定地看着他。

董志杰的话让人意外："我很倒霉遇见了你，虽然我栽在了你手里，但我生平没有见到过这么正直勇敢的女律师，我拜倒在你的人格面前，我心服口服。”

林姗只能说：“你好自为之。”

“林小姐，还有句话，我想对你说。虽然徒刑让我绝望，如果你能接受我的爱情，算是挽救了我！”

所有人都吃了一惊，三个女友鼓掌。林姗脸红了，微微犹豫了一下说：“这个世界上爱我的人并不多，我要对你说声谢谢。”

第八章

爱情与艳遇

1.

自上次不欢而散，很久以后，秋波才和大可有了下一次约会。

秋波欣赏着一束花。她的一个女朋友结婚，就是因为男的送了她一束花，因为她生平从来没有接到过那么多美丽的花。秋波的妈妈当初结婚，是因为爸爸给她做了一套沙发，而坐上沙发是妈妈一直以来的梦想。

大可从来没有为秋波买过花，他的解释是："男人碰上你们这些女人，有点儿麻烦，因为你们能力太强了，男人想讨好你们，都不知道该做些什么。男人能做到的，你们同样能够做到，甚至比男人做得更好。"

秋波觉得，他们相识的目的茫然，就像他们此时的散步。她有时候觉得自己一点儿也不了解他："我能听听你对婚姻的看法吗?"

大可回答："不同时期，答案都不一样。我现在认为，婚姻是一定要有爱情的。"

秋波对这个答案比较满意。

大可接下来的话就不是那么好琢磨了："但是婚姻只是形式。对于你这样大彻大悟、自由洒脱的人来说，形式有那么重要吗?"

秋波一愣，她从前也是这样想，可总是要有婚姻把爱情固定住。尤其是遇到某个人的时候，女人在任何年龄总是妥协于爱情。相比之下，男人对爱情的追求也就在青春期，过了这段时间，他们就被动地等待着被消化。

大可不这样认为："婚姻不能够固定爱情，反而会消解爱情。我身边的无数人已经证明了这一切，两个人兴致勃勃地结婚了，却不无失望地发现，原来与你朝夕相对的人，只是一个没有办法时候的依靠。而不结婚就不一样，爱情永远在那里保鲜。"

与他不同的是，秋波遇到大可以后，改变了主意：爱情需要婚姻来成全。秋波有受伤的感觉，大可解释说："我与你相逢恨晚，就更加珍惜这份感情，我说的绝对是真话。”

他是什么意思呢？回到正题，秋波矛盾了很久：“那，你打算怎样？……”

大可无语。秋波这么问，好像有点儿为难他的意思。

大可说：“我们顺其自然好吗？只要你愿意，我随时可以来看你。你怎么了？”

秋波在想，为什么对于别人来说顺理成章、水到渠成的事情，到了她这里却变得艰难？

大可有些歉意，抚摸着她的头发：

“秋波，男人和女人，一旦确定了关系，就会对对方有要求，就会有埋怨、痛苦产生，也许会有分手。”

可总不能因为怕分手就不结婚。

大可歉意地：“我再想想，好吗？”

秋波伤感地想，也许一个三十多岁的女人，真的到了沿街乞嫁的时候。眼见的许多光鲜靓丽的女明星，也是如此被动地等待着男人的选择，仿佛女人是急于出嫁，而男人却万分不愿意迎娶。更何况自己一个普通人呢？折旧就更加厉害了。

肤浅的男人啊，将女人的定价就定在了年龄上。

2.

爱情与艳遇貌似，其实本质却不一样。

秋波回到家里，突然起了人民内部矛盾。她轻手轻脚地进屋，灯光骤然间亮了，晃得她睁不开眼睛，爸妈从沙发上站了起来，指着一张椅子，示意她坐下。秋波看上去，只见上面写着“审判席”。她强作笑颜：“这怎么回事啊？”

爸爸指着座位：“坐，坐那。”

秋波看到爸妈表情严肃，只得坐到了审判席上：

“怎么？家里丢钱了吗？”

爸爸老话重提：“什么时候结婚？”

妈妈紧跟着附和：“对，什么时候结婚？”

秋波有些烦躁：“哎呀，爸，妈，大半夜回来就问我这事啊。我

好几天没有睡觉了，求求你们，先让我睡一觉吧。”

妈妈严肃地：“给我坐好，什么时候结婚?”

“爸，妈，现在生活已经多元化了，谁规定了只有一种生活方式呢?”

爸爸振振有词却不搭边界：“据调查，人一生的积蓄会在最后两年花完。”

妈妈跟爸爸同一个鼻孔出气：“如果你最终不是死于疾病和衰老，你可以不结婚。”

“你们说得都对，可并不是结婚就有了一切保障，结婚也不是为了将来能够要对方送终。”

爸爸说：“可为对方送终，那是夫妻间必须尽的责任。”

秋波强词夺理：“对方要背叛你，完全可以在任何时候离开你。”

妈妈指着她说：“心理阴暗。难道你没有看到，我跟你爸这辈子不是也过来了?”

秋波看了看爸，质疑：“是吗？爸?”

爸爸有点心虚，嘴上却不肯服软：“当然。”

看着爸爸大言不惭地撒谎，秋波真觉得自己错了。

妈妈追问：“你不是有了男朋友吗？什么时候结婚？你要是有，就赶紧结婚，你自己解决不了，就由我们出面为你解决，总之，你不能拖下去了，这个岁数是个坎，是你意想不到的困难。”

尽管在刘大可这里遭到了挫折，秋波也不承认婚嫁会成为难题。结婚就像是买股票，随时有机会，就看跟你结婚的是个什么样的男人。在爱情上，她绝对是个追梦者：“你们的好意我领了，我一定会把你们的话记在心上。让我先去睡觉好吧?”

妈妈丝毫不肯罢休：“说吧，结不结?”

爸爸像是妈妈的回音：“结不结?”

秋波要被逼疯了，突然间抱着脑袋叫起来：

“你们再逼我，我就用脑袋撞墙。”

爸爸说：“我跟你妈还想撞墙呢。”

爸妈又为秋波的婚事站到了一个战壕里，令秋波哭笑不得。

3.

秋波在喝闷酒，父母的逼迫大多数时候只能起到相反的作用。可是儿女有时候需要催化一下，才能下决心，把爱情变为婚姻。秋波很傻眼，当你爱一个人的时候，就会输到底，无情未必真豪杰，但是无情的人总是赢，真豪杰总是输得惨，她叹了口气：结婚又不是她一个人的事情，她总不能拿两个人的主意吧。

为什么不行呢？刘大可拿不定主意，你可以替他拿主意啊，很多男人都是在女人的逼迫下结婚的。男人们并不喜欢作出决定，他们需要女人帮他们做决定。碰到对婚姻有恐惧的男人，你得帮他战胜这一关。

我不愿意替他拿这种主意，我好像要强迫他似的。

只要你想结婚，就必须拿定主意。好过别人替你拿主意。

在经历了跟自己的一番对话之后，秋波醉意之下打电话给刘大可。他在半个小时后赶到，夺过了她的酒杯："你情绪不好？工作太累了？别那么累嘛……"

秋波直接进入主题："我周围的好朋友都结婚了，何小琼，莎莎，她们看似都步入了令人羡慕的婚姻，过起了正常的生活，很快生了孩子，相夫教子……比我小很多的女朋友也结婚了，我家的小区每年像雨后春笋一样出现一批孕妇……"

大可表现还是很麻木。

"这些孕妇生下了跟她们一模一样的小孩子在院子里玩，热闹得简直像个动物园。"秋波突然间住了嘴，看着大可茫然的脸，她满脸失望的表情："我说什么，你还不明白吗？"

大可问："你要说什么？"

秋波拉了大可跑了出来："你跟我来！"

秋波把大可拉到了婚纱店前，她让他看橱窗里美丽的新娘：

"披上婚纱，这是每一个女人从小女孩时候的梦想！"

大可耸耸肩膀，好像他们俩根本没有结婚这回事一样。

秋波觉得自己的自尊心被砸到了地上，摔了个粉碎。她被激怒了，她步步逼上前，把大可推到了玻璃墙上，面红耳赤地：

“既然种种暗示不管用，我准备明示了，你跟我是不是认真的？”

大可老实承认：“当然是。”

秋波趁着醉意，使自己的勇气踏上浪尖：“那你跟我，到底结不结婚？还是，你一直在回避这个字眼？”

大可诚恳地：“秋波，你冷静些好吗？我记得我已经对你表示过对婚姻的态度。”

“那是你的态度，现在该我表示我对婚姻的态度了。我在这条路上已经走得太久太久，像一场没完没了的长跑，我想结束，我想进入婚姻！但你放心，对于我这样阅历的女人来说，婚姻已经不再是粉红色的梦想，它更多是责任和义务，我找你结婚，并不是想躲进温室，我要步入婚姻，跟你一样是付出了极大的勇气的。说，你到底结不结？”

4.

秋波拒绝了别人，她痛苦，被人拒绝，她也痛苦。逼婚失败，仿佛消耗了所有的能量，只剩下了烦和累。

她果真是那么渴望婚姻吗？她渴求的是爱情，婚姻是爱情的正果。在遇到大可之后，她的爱情附到了他的身上。是他，让她有了答案和方向，有了不可思议的举动，继而交出了自尊，她简直是把自己灵魂的最后一层皮都剥了下来。

此后，秋波尝到了逼婚的后果——大可开始回避她。爱情就是赌谁爱谁更多一些。秋波给他打电话，他很快挂断，她在网上遇到他，他没有理她。

秋波疲惫不堪地倒在了床上。时间在交替，她已经睡了整整三天。

电话响了。手机响了。

秋波不管不顾地蒙起了脑袋。

电话无人接听，朋友们傻了眼。

爱情失散的时候，幸好友情呵护着秋波。友情在这种时刻显得温情，绵长，从来不具有爱情的杀伤力。三个女友守在秋波身边。

可可安慰她说：“一定是你多心了，事情没那么坏，也许他真的很忙，他不是一直都很忙吗？”

佳颜纠正说：“是秋波没空搭理他好不好？”

秋波心力交瘁地说：“我现在才知道，沉默原来是最好的拒绝，它是一堵墙，把我们之间隔开。我也曾经是单身族，发誓不走进婚姻，可我为他改变了，他为什么不能为我改变？哪怕一点点？”

佳颜说：“那是他爱你不够。他怎样对待你，你就怎样对待他。这是最简单的办法。”

秋波否认道：“他对我挺好的。”

佳颜说狠话：“就是自欺欺人，也要看时候吧！”

秋波又不说话了。佳颜火了：“你太让我看扁了！你这是算怎么回事！不就是个男人嘛，就算他有多么出色，放到芸芸众生里，还不是找不到影子！你要么拒绝他，要么接受他的生活方式，不结就不结，非要一头扎到婚姻的淤泥里你才能活下去吗？”

气氛僵了，佳颜怒气冲冲走了，临走前丢下一句话：“你犯不着这样对待自己。善待自己吧，因为我们会活很久！”

5.

婚姻真的是一潭淤呢吗？痛苦的秋波被可可拉去了山中，可可想方设法让秋波开心：“你看一棵松树。你看出什么了吗？”

秋波摇头。

可可启发道：“你从这边看，看它像不像是一匹马？从那边看，你看出来了吗？真的没有看出来吗？”

秋波还是没有反应，可可只好死马当做活马医：“上次来，我许的愿都灵验了。这是一个特别神的庙，你在这里好好拜一拜。”

秋波走了进去，可可不知道该为自己的谎言是喜还是悲。

可可从洗手间出来，看不到秋波。她又走到庙里，已经没有人。她开始打电话，不通。可可着急，找了几圈下来，依然没有找到秋波，她越想越紧张，慌乱之下给大可打电话：“秋波失踪了！”

几个小时后，大可赶到，可可着急之下，说不出话来。她已经急得哑了。

车在山里飞奔。可可由于紧张在不停地唠叨：“山里温度低，她

如果迷了路，会冻死的。我们要不要报警?”

大可冷静地：“今天晴天，秋波从山里走出来也是不成问题的。这样，你先给宾馆打个电话，看她有没有回房间。”

秋波电话一直打不通，房间里也没有人接电话，大可意识到了事情的严重性。

6.

秋波原本进了庙，本要拜那些泥塑，突然间产生了怀疑，她出来的时候可可去洗手间了，她就一个人上了后山。没了可可的唠叨，她反而觉得很轻松，于是越走越远，直至黑暗隐没了山野，她才发觉自己迷路了。

偶尔传来的鸟叫惊得秋波心惊胆战。天上布满繁密的星星，片刻之后，秋波向着一个方向飞奔而去，结果走错路了，她只得又凭着感觉绕了回来。

山中寒冷，如果再遇到毒蛇之类的东西，可就麻烦了。惊慌之下，她在山上奔走了几个小时，精疲力竭。寒气袭上来，完了，她想，自己不是冻死，就是饿死，现在是考验生命极限的时候了。

当她惶惶无助时，看到前面开来一辆车，她不顾一切地冲过去求救。

秋波冲过去时，愣住了，居然是刘大可的车。在前座打瞌睡的可可被惊醒，喜出望外。

7.

车在宾馆前停了下来，可可对大可使了个眼色，下了车，秋波也要下车，被大可叫住。

秋波冷冷地说：“谢谢。”

大可拉住秋波，秋波甩开了他：“我道过谢了!”

大可全然不知情的样子：“你怎么了?!”

“过去的一切，我都忘记了。请你也忘记吧！”

大可去拥抱秋波，秋波挣扎，无奈，不动。大可柔声地、请求地：“请你不要这样，好不好？”

秋波审视他道：“你究竟把我们的相遇当做什么呢？是爱情还是艳遇？”

有什么区别吗？

“爱情是要付出极大的决心和意志去承担的，是有着深重的痛苦的，艳遇不是。”

“避免痛苦不好吗？”

“爱情不是懦弱和没有境界的人能够承受得起的。爱情是深情的，艳遇是薄情的，有时候甚至不需要情感在场，爱情是一起分担着幸福和痛苦，艳遇则是稍有风吹草动便各自飞散，爱情和艳遇不可同日而语。”

大可说：“理论上是这样的，但现实情况不可一概论之。”

秋波悻然：“也许你的一生中有许多次艳遇，我只是其中的一场而已。”

秋波大步离去。看着大可失落的样子，她有心碎的感觉。有好几次，她想回过头来，扑到他怀里，那样，就是再重复了一个心碎的过程。

你既然拒绝了我，索性一直拒绝下去好了，这算是什么呢？回绝了大可，她跟他算是扯平了吗？

8.

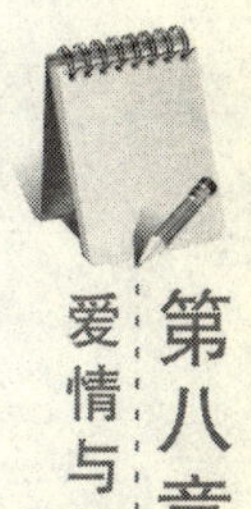

人在无助的时候会相信命运。可可把手松开，钱币撒在桌子上，秋波看着那几枚钱币。三个女友都紧张地看着她。

秋波盯着写在纸上的字，低声道：“别吵别吵，别看我表面上不动声色，脑子正在翻江倒海呢，明天头发都会白几根，哎呀，头怎么有些痛？”

可可连忙给她按摩头，林姗连忙给她喂果汁。

秋波赶紧说：“肩膀也顺带着痛。”

佳颜给她按摩肩膀：“怎么？我们的命相很复杂吗？”

女友们绝望的时候会请秋波来算卦，其实秋波对于命运也很无奈。一方面是她知道，几乎没有人能够正确解读周易，另一方面，她还要帮朋友们在绝望中找到出路。秋波写好一张纸，给了可可。

佳颜低声问道："我今年能有爱情吗？"

秋波解释道："我们四个人中，只有林姗今年有桃花运。"

林姗表情郑重："桃花运与爱情有什么区别？"

秋波回答："桃花运就是艳遇，爱情就是别人以为你苦难深重，你却忘乎所以，乐在其中。不过有时候桃花运能够转化为爱情。"

林姗欣然道："你是说，我今年有结婚的机会了？"

秋波点头："可以这样理解，你的那个男人其实就一直在你身边。"

林姗搜肠刮肚："这个男人到底是谁啊，卦上说了没有？"

秋波累了："反正是个男的。"

林姗还不肯罢休："秋波，你的卦准不准呢？会不会到头来又荒芜了我的等待？"

秋波意味深长地说："你可以不相信不好的话，但你必须相信我的好话。"

佳颜嘶哑着声音问："既然我没有爱情，财运呢？如果没有财运，健康状况呢？"

9.

佳颜抽空在看着杜芒的照片，她终于有机会邂逅一个各方面令她满意的男人，但是对方似乎很沉得住气。佳颜等不到杜芒的电话，便开始数落可可："我说你这人做事就是不着调，没有一点儿计划性。你这样，别人怎么跟你相处？"

可可被佳颜数落得快晕过去了，还是不明所以：

"佳颜，你能告诉我，我到底做错了什么？"

"做一件事情，要跟踪到底，跟踪服务！明白吗？"

可可明白过来："好好好，我再找介绍人催一催。你沉住气，沉住气啊。"

可可告别佳颜，下楼的时候，一头撞到了杜芒身上，惊退。

成熟稳重的杜芒焕发出迷人的光彩。杜芒微笑点头，离去。可可回头打量着杜芒，认出他来，连忙一路跟踪上来。

品牌皮鞋，笔直的西裤，适度的身材，戴着名牌眼镜的杜芒出现。在健身房里，他缓步向前移动，目光落到了佳颜的身上。

佳颜过于劳累，在座椅上睡着了。杜芒换了好几个角度打量她，最后悄没声息地离去了。

可可奔了上来："杜芒来了，来了。"

佳颜从睡梦中被惊醒，赶紧从包里取出粉盒，往脸上扑粉："人在哪里?"

可可四处已经找不到佳人去向："不见了。我看到他往这边走的，他肯定是看到了你狼狈的样子走了，你也真是的，怎么能不顾形象在这里睡觉!"

佳颜追悔莫及："蓬头垢面地在这种地方睡觉，被奥迪 A6 看到了！……可可，你有没有一点儿头绪？为什么不早告诉我他要来!?"

10.

可可历经千辛万苦，终于又找到了一位未婚男士，为此她不惜奔波几十里地去相亲。

可可从长途汽车上下来，汽车荡起一阵灰尘，灰雾散去，眼前出现了一双土布鞋。周欧出现："请问你是范可可吗?"

可可目光向上移动，看到了一个阴柔的男人。她目光落在了周欧的脚上。周欧被她看得很不自在。

四周荒无人烟。可可擦去了钻到嘴里的灰："干吗安排在这儿见面啊?"

周欧解释说："我只认识这儿啊。你说别的地方我不知道坐哪路公交车。"

可可被路上的尘埃折磨得不停地咳，她实在没有兴趣了：

"对不起，我还有事，先走了。"

等了很久，车不来。可可咳得更厉害了。感到有人碰她，很反感，回头一看，周欧将一瓶矿泉水递给她："这里的公交是这样，有时候接着来，有时候半个小时都不来。"

可可惊讶他还没走："你回去吧。"

周欧坚持地："我送你。"

真诚挽救了残局，可可眼神里有了些柔情："我们换个地方谈好不好？"

11.

自从与周欧约会开始，可可便开始恶魔缠身，这个恶魔就是饥饿，可可常常饿得眼发晕，她不得不打断了周欧的谈话："今天能不能就到这里啊。"

周欧兴致正高："精彩部分，让我说完。"

可可肚子开始叫。周欧听到了："什么声音？你是不是有点儿饿？"

可可想，我是非常非常饿。周欧及时地从包里掏出了面包："你先垫点儿。"

周欧的周到又为他赢得了印象分。

可可最头痛的是与周欧吃饭的时刻，几盘菜上来了，难堪的时刻到来了："服务员，怎么这么不实在啊，十几块的菜，怎么就用平底盘子装？"

可可羞愧得低下头来。

周欧振振有词："你们这种服务，我是不会再来第二次的。"

可可低头红脸，周欧全然不觉，指着面前几乎见底的菜盘："再吃点，再吃点儿啊。"

可可只得说她吃饱了。可可在撒谎，她不好意思让所有的盘子见底。

周欧把所有的菜汤都倒到了自己碗里，三下两下吃完了。

可可目瞪口呆。

周欧的脸上粘着米粒："粒粒皆辛苦，不能浪费。"

周欧细细地对着账，才从口袋里拿出钱，一张一张地给服务员。可可不能容忍自己的男友这么算计。但因他未婚，可可决定容忍。

周欧察觉到了："你怎么不高兴？"

可可遮掩："没有啊。"

“对了，你不是说，过几天带我去见你的几位闺中密友吗？约个时间吧，我想请她们吃餐饭。”

一句话扭转了乾坤。可可又对他增加了印象分。

12.

茶餐厅里，三个女人大声说笑，惊动了周欧，他瞪了她们一眼，被三人察觉到了。

佳颜走到了周欧面前，敲着桌子，周欧突然被惊动，吃了一惊：“你干、干什么？”

佳颜咄咄逼人：“你翻什么眼睛？”

周欧有些心虚：“别找事啊。”

佳颜看他不顺眼：“就找事怎么着？”

佳颜看着他穿着一双布鞋，布鞋有些破了。

“你要是找事，别怪我不客气了。”周欧站了起来，却还没有佳颜高，被佳颜盛气凌人的样子吓住，惊吓之下，反而说了实话：“好，明说了吧，我就是看不惯你们，几个女人，大声喧哗，有你们这么笑的吗？你们这个样子，有爷们敢要你们吗？”

林姗和秋波过来拦佳颜，听了这话，反而让开。

佳颜高声地：“你说什么？你再说一遍！”

周欧脸色煞白：“你还打人哪你。”

佳颜要动手：“打你怎么着。”

佳颜逼得周欧连连后退，一不小心，周欧的胳膊弄得脱了臼。周欧变了脸色。

可可赶到，见到这一幕，羞愧极了。她不知道是走是留。佳颜余光里看到了可可：

“我今天有事，不与你理会。可可，你的人呢？”

可可赶紧编谎：“他……有事来不了，嘿嘿。”

13.

周欧伤了自尊，可可在后面穷追不舍："周欧，你听我解释啊。"

"是你的女朋友蛮不讲理，你怎么连一句公正话也不敢说，还竟然说不认识我。"

周欧把门打开，可可跟上来，他推可可出去。

可可央求道："周欧，我告诉你，我的耐心可就要用尽了。"

周欧痛心地："我周欧一直以来，一直在寻找一位好姑娘，我遇到你，感到自己终于碰到明主了。你应该能够理解我说的好姑娘的定义。"

可可被他的这句话打动了。他是真心想要她，才会重视她一直被人笑话的处女身。

周欧给可可两个选择："可我没有想到，你结交的朋友是这样的，我不喜欢你的女朋友，一点儿也不喜欢！要么，你跟她们断交，要么，她们给我道歉！"

14.

可可不想跟好友们断交，就来劝佳颜去道歉。佳颜吃惊地："什么？那个男的就是你男朋友？"

佳颜笑起来，可可被伤了自尊："有那么可笑吗？"

"他跟你不合适。"

可可不快地："合适不合适不是由你说了算。你打伤了他的身体，还伤害了他的尊严……"

佳颜不以为然地："我不是已经给他修复了吗？我向你道歉。"

可可认真地："你得向周欧道歉。"

佳颜不情愿，她很强硬。她生平不向任何人道歉！可可正色道："如果你觉得我这个朋友还有些重要，就向周欧道歉。我跟他能够相识相知很不容易，我很疲惫，相信你也有同感，所以我希望你不要因为一些小的事情害得我错过婚姻的机缘。”

佳颜神情有些暧昧。

15.

佳颜处理了别人的事，却无法处理自己的事，她真希望一切事情能够简单地用暴力直接解决。

雨哗哗地下着，拍打着窗户，佳颜久久地看着外面一棵金黄色的银杏树，人生是那么短暂，短得让她不能在这个时间内去找到相爱的人。她无法想象当她满头白发、满脸皱纹时，还会有谁来爱她。

佳颜拿起了杜芒的照片，她不是耐不住寂寞，而是耐不住心中对爱情的渴望。她想，也许那个男人不会再出现了。这时她接到了一个陌生男人的电话：“知道我是谁吗？”

佳颜已经等得冷却了：“不知道。”

“明天晚上有空吗？我在玫瑰茶座等你。”

佳颜习惯性地回答：“到时候再说。”

佳颜一直没有想到打电话来的是谁，但她还是去赴约。她正在大口咀嚼着冰块时，才想到，所谓的杜先生也许就是杜芒。她赶紧取出工具来化妆，当她刚刚化了一半妆时，眼前突然一亮，一束玫瑰出现，同时出现的还有杜芒。

佳颜情不自禁站了起来，她迅速锁定了对方。这是一个有魅力的男人。佳颜在瞬间便罩在一片爱的阳光下，每个女人一生中都在寻找一个这样的男人，心甘情愿做他的奴隶。

杜芒自我介绍：“杜芒。”

佳颜第一次遗憾自己不够完美：“胡佳颜。”

她已经确定这是个五星级的男人，四A级的男人。佳颜对他只有好感，好感，除了好感，还是好感。

佳颜突然从镜子里看到自己化了一半妆的脸，灯光下异常惨白。她开始患得患失。

杜芒礼节周到，晚餐之考究，让佳颜无可挑剔。佳颜仿佛又回到了从前，被那些小男生倍加呵护的时候。

晚餐后，杜芒送她回家，他目光温柔：“晚安。”

这是佳颜生命里最春光融融的时候，只是感到了阳光，蜜一般的甜，被棉花包融的一种滋味。她迈着歪歪斜斜的步子，一路微笑着走回了家。杜芒的车灯在一闪一闪，为她照路。

佳颜知道，如果不是爱，绝对不会有那么细心的呵护，她突然间感动得热泪盈眶。

佳颜回到家里，满面绯红地对着镜子照，突然间呆住，才发现自己居然犯了有生以来的大错误：她的衬衫居然扣错了扣子。不错，真的是扣错了！她连连大呼："天哪！天啊！"

16.

可可在给林姗梳头："可怜的，你又有白发了。"

白发是焦虑的产物，焦虑对生命是致命的摧残。林姗不肯承认："我没有焦虑。"

佳颜在给可可梳头："焦虑是时代病，是正常态。不是什么丢脸的事情。哎呀，可可，虽然你心理年龄只有二十一岁，可是你也有白发了。"

可可惊叫："天哪，我也有了？快，像锄草一样锄掉它。"

秋波叫："佳颜，来看看我的头发白了没有？"

门轻轻被推开了，周欧轻手轻脚走了进来，看到阳光下，几个女友互相摘白发，于是，他放下了手中的水果，取出包里的照相机拍了下来。

他满意地看着照片里的图像。

这个夜晚，迎来了可可生命中最重要的时刻，可可看到周欧焕然一新出现在自己面前。他终于没有再穿那些个过时的衣裳去影响市容，而是休面时尚。她大惊小呼道："你变样了，恭喜你终于走到现代了!?"

周欧得意地："我本来就是这个样子，我有意拿过去的样子示人，是想让你看到我的生活历程，你是个好姑娘，没有以貌取人。我不会辜负你的，房子，车子，钞票，我一样都不少，我要让你过上幸福的生活。"

可可笑着，轻轻偎依在周欧怀里。

周欧柔声道："可可，我们结婚吧。"

可可千百次想象过这种时刻，她激动得热泪盈眶。

17.

可可准备顺应形势去结婚，佳颜电话阻止了她："你等我，一定要等我来了才能走。要不你会后悔一辈子！"

半个小时后，佳颜闯到了可可家里来："你打算跟他结婚吗？"

"佳颜，我知道你们不喜欢他，但我觉得自己的感觉是最重要的，所以，我谢谢你们了。"

佳颜从包里拿出了几张照片，放在了可可面前。居然是周欧和另一个女子的婚纱照。可可看着照片，目瞪口呆："你从哪里弄来的？"

"礼物送到，仅仅是尽一个朋友的责任，没有拆散你们的意思，我不说什么。拜拜！"

可可上前拉住了佳颜："都什么时候了，你还是赶紧告诉我吧。"

"虽然上了那么浓的妆，也能看出是那个周欧吧？也能看出这照片不是合成的吧？"

可可追问："你到底是从哪里弄来的？"

佳颜爆了答案："一个朋友开影楼，我无意中看到了这套废片子，就拿来了。"

18.

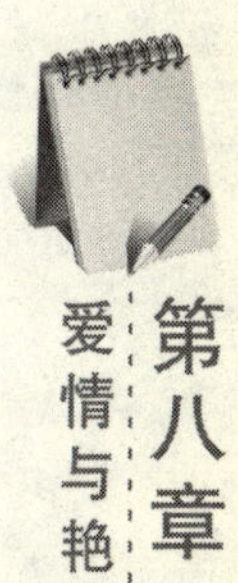

可可情绪激愤之下，大口大口地吃着东西。直到她把满桌的东西吃完了，周欧才发现她有些不对头："你怎么了？"

可可不住地打起饱嗝来，周欧连忙给她递水，可可突然间把杯子摔到了墙上，杯子被碎成万片。

周欧愣住，可可冷峻地看着他："周欧，你对我没有什么隐瞒吧？"

周欧有些心虚："可可，你怎么了?"

可可心痛起来："我……再给……你一次机会，你决定……说不说实话!"

周欧有些紧张，可可更加紧张：三，二，一……周欧终于说："可可，我说，我曾经结过婚。"

可可紧张之下，喝水，突然间被呛，水喷了一地，周欧连忙上前帮她："可可，对不起，对不起啊。"

可可久久地不动，突然哭起来："你说过，你是未婚。你知道我找男朋友的第一个条件就是要求对方未婚，你……怎么能够在这件事情上瞒我！我太不能原谅你了!"

可可哭成一团的时候，周欧正在翻看可可的桌子上的照片，他很容易就找到了答案，非常生气：

"哪来的？哪来的？你不说是不是？我就知道是你那帮朋友搞的鬼。"

这不叫搞鬼吧?

周欧气愤地说："我绝不能让她们的阴谋得逞。我跟你表述得可能不准确，你先听我说……我只是在形式上结过婚，还没有等办仪式，就发生了婚变，所以，是名存实亡的婚姻。不，实际上什么都没有过。"

可可抬起泪盈盈的双眼："你说的是真话?"

虽然千真万确，可可依然不能作决定，周欧最后放下了话："你好好想想，如果你还愿意同我去五台山，就到机场找我。"

19.

周欧就要进机舱了，他不无遗憾地回过头来，突然间看到了可可的身影。

可可扑进了他的怀抱，两人深情凝视，十指紧扣。

到了五台山，尽管二人甜甜蜜蜜，可可心里却十分不安，她悄悄给秋波打电话："我马上要去跟他一起烧香了，我怀疑自己是不是要发生婚变了。"

秋波要她别胡思乱想，自己吓自己。但是可可真的感觉不好，眼皮跳得没完没了。看到周欧走了过来，可可连忙挂了电话，考虑再三，她还是不合时宜地问出了一个一直想问的问题："你能告诉我，你是什么原因发生的婚变?"

周欧不悦地看着他："这时候提这个，多么败兴，记住，我现在的生命是属于你的。"

两人烧了香出来，可可好奇地问："你许的是什么心愿?"

周欧神秘地说："你是什么心愿，我就是什么心愿。"

可可的心愿跟他能一样吗？看周欧神秘的样子，可可越发好奇："说说看，说说看嘛。"

周欧郑重地说："我祈求我们能够生个儿子。"

可可意外，有些失望："我以为你祈求我们的爱情长生不老。"

周欧辩解说："这是一回事。我希望明年我就能有儿子。"

他越说，这次出行仿佛越是与爱情无关了。儿子，是任何一个女人都可以生的，而爱情，却不是随便一个女人能给的。莫非，儿子在他心中比爱情还要重要?

可可心中越发质疑："莫非，你是专为这事到五台山的?"

周欧郑重地点点头："当然，这是头等大事。五台山圣地，很灵验的，你不要有负担，我去求了签，一定会生儿子。"

可可突然一根筋："可如果万一我生不了儿子怎么办?"

周欧反讽："你不是没有生育能力吧?"

可可很健康，可她无法肯定自己一定会生儿子。

周欧还在憧憬中："咱们慢慢生，直到生到儿子为止。我不在乎生三个，四个，还是五个。"

这简直是个晴空霹雳。可可还是觉得以前那身行头更适合他：彻底地反映了他内心的劣根性。可可无法接受一个生活在现代，但内质是封建传统打造的人："谢谢你对我坦言。我们到此为止吧。"

"我到底做错了什么?"可可走了，周欧伤心地喊："为什么？为什么你们都因为这个原因离开我?!"

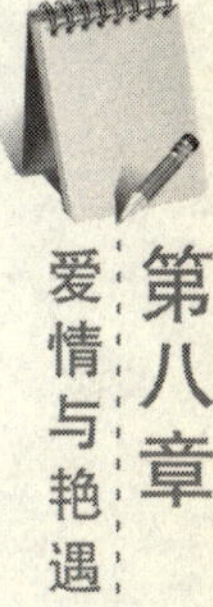

20. 

杜芒偶露冰山一角，却从此佳人一去没踪影。佳颜却进入情绪

低潮期，她受不了这样被人忽视，更受不了自己有好感的人这样离开自己。

可可把秋波和林姗拉到了一边，低声道："杜芒把佳颜回绝了。"

秋波大惊："天哪!？她会有这样的遭遇!"

她们同病相怜，此刻更是。杜芒认为佳颜不够完美。

秋波愤然道："他要是嫌佳颜脾气不好还比较着调。"

可可叹息："我也很意外啊。佳颜好不容易看中了一个男人，结果又是这样，我觉得她自尊心很受打击的。咱们假装不知道，别让她看出来了。"

佳颜已经听到了她们的对话，她假装没事地说道：

"可可！我告诉你一件事情，我把那个杜芒给踢了。我觉得他太不够完美。以后凡事你过过脑子好不好，这种男人别随便介绍给我，省得浪费我时间!"

三人愕然。

佳颜虽然这样说，心里的自信却被打落到底。她也成为自己厌恶的那种女人，开始说谎来掩饰真相。为什么别人那么容易进入的婚姻，对她们却千难万难？耗费心力？

第九章

真假单身族

1.

深夜，林姗被母亲的电话吵醒。当她听出来是妈妈时，更加紧张了。妈妈的声音显示着焦虑：

“夜半突然想到你，就睡不着了。你的终身大事有眉目了吗?”

林姗：“……”

妈妈焦虑不安：“姗姗啊，本来妈不想告诉你，这些年，每想到你，我就失眠……你可不能拖到你姨妈那样的年龄啊。”

挂了电话，林姗失眠了。单身并不可怕，可怕的是很多人为她们的单身感到可怕。渐渐地，就成了心病，成了不能触及的伤疤。林姗心里一向坚强，但是母亲的电话会让她陷入极端的不安。她想起了秋波给她算的卦，那是黑暗中的希望，当人处于茫然的时候，希望的力量是巨大的。

林姗在想，秋波说的那个男人到底是谁呢？她开始留意出现在身边的每一个男人。

有人向她问路。林姗想：是这个向自己问路的人吗?

林姗走着走着，发现有人跟着自己，林姗问自己，是跟在自己身后的人吗？她猛地回头，满面失望，对方是一个奇形怪状的男人。

夜晚，邻居敲门，林姗刻意地看着他：莫非，是这位埋伏多年的邻居?

过往千帆皆不是。邻居借了电熨斗，匆匆离去。

林姗绝望之时问道：“秋波，你给我说实话，我这一生还有结婚的可能吗?”

秋波突然间又被问及这个问题，一时间蒙了。她理解女友此刻的心情。虽然她知道过了这个时刻，林姗又会精神焕发，但此时，她担当着挽救她们一时心情的重任。

秋波的话此刻有着极重要的指导方向：“就是今年你也有结婚的可能，今年是你的桃花年，不仅会遇到心仪的男人，还会有结婚的可能。你要信心百倍地等待着每一个艳遇。”

林姗抱着一丝希望想，那个有可能跟她结婚的男人到底是谁呢？

2.

林姗去参加酒会，一行人频频向林姗敬酒，林姗再抬起头来时，是甘时雨。

甘时雨此时很有风度：“好久不见。”

林姗想，绝不会是这个男人，她转身离去。

林姗去游泳，突然看到个男人在向自己笑，当她看清楚了是甘时雨时，突然溺水。

甘时雨追赶着林姗：

“你听我解释一下行不行？求求你了，给我个机会行不行？我从报纸和网上知道了你的事迹，非常震撼，也为你感到骄傲，为我自己感到惭愧。可人总是要犯错误的，你要允许我犯错误。再说我的错误，也不是不可原谅的，我当时真的很忙，真的。再说，我不是不想保护你，而是觉得你的处境没有那么可怕，如果真出了什么事，我一定会不顾一切，豁出命去保护你的。”

林姗有所打动，停下来，凝视着他。

甘时雨加紧表白：“如果你有个三长两短，我一定会举着你的遗照，替你打官司，为中国最好的律师讨回公道。”

林姗忍不住笑了。

甘时雨也轻松了：“笑了，笑了。你不生气了。”

虽然那时候也晚了，但林姗还是很欣慰。

甘时雨真心地：“林姗，我虽然比较矮，比较胖，可我一片真诚，我认为与你非常般配。我们不要彼此错过了，好不好？”

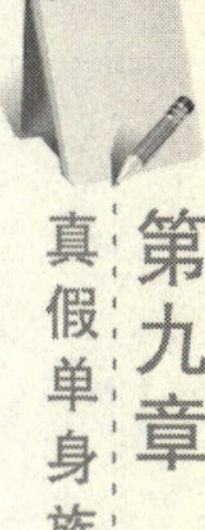

3. 

林姗带着甘时雨和女友们玩，佳颜站在了甘时雨面前，足足比

他高出半头。林姗低声问秋波：

“这个男人是我的真命天子吗？如果不是他，我不知道还会是谁。我周围真的没有几个像样的单身男人。”

秋波深深叹息，说实话，她对甘时雨并不看好，她只得吞吐道：

“从卦上看，至少他的脸不应该这么黑。”

林姗非常明白女友的不满，由此她更加同情甘时雨平常的外貌了。

甘时雨知道自己很让她的朋友们讨厌，连忙说：“幸会，幸会。林小姐，我请你的朋友吃顿饭好不好？”

没有人响应。林姗有些不忍，可可在她耳边嘀咕：“关键时候弃你于不顾的人，你怎么能够相信他？”

甘时雨毫不在意，反而更加彬彬有礼：“那我送你们回去好不好？”

佳颜看着他低声下气的样子，换了脸色：“你还是请我们喝酒吧。”

很快，她们就把甘时雨灌得烂醉，烂醉的模样是可鄙的：迷乱的眼光，流着口水，话语不清，喷着酒气。林姗阻拦道：“行了吧？好了，好了，不要喝了，各自回家！”

佳颜想到那次相亲会上被他追拍的旗袍的漏洞，恨道：“我还没有报一箭之仇呢。”

拒绝：“不用了。”

甘时雨靠在林姗的肩膀上，林姗为了他抛弃了女友。

4. 

秋波接到了大可的电话，她本能地回绝道：“打错的请挂断电话。”

大可说：“我想你。我在你家楼下。”

秋波愣了一下。爱就是爱，爱会有各种微妙的反应。只要他一低头，她就好了伤疤忘记了痛。秋波跑到阳台边，看到了大可守在楼下。

大可抬头看看秋波的窗户，狠狠地吸了口烟。

秋波犹豫着是不是下去。

大可等了一会儿，看了看表，踩灭了烟头，准备上车。秋波冲了上来，从背后紧紧地抱住了他。秋波不能放弃大可，她在感情上太挑剔了，三十岁才遇到大可这么个人，就是从时间上讲，她也不肯轻易放弃。

秋波无聊地向车窗外看去，突然间愣住：父亲和那个女人走在一起。秋波意识到，父亲和这个女人的关系已经正在深入了！关键时候她要力挽狂澜，要父亲悬崖勒马，担当起保护家庭的重任！

秋波二话不说，跳下了车。

5. 

爱是需要信任的，可在爱情中常常与此产生背离。人奈何不了自己的弱点，怪不得爱起来会如此地累。秋波紧紧地跟踪着父亲和那个女人，电话却不合时宜地响了。秋波压低了声音："妈，什么事情快说。"

妈妈说："我想跟你谈谈你的事情，你抽空把大可带过来，你听到没有！"

秋波不耐烦地："妈，都什么时候了，你还在胡乱关心我的事，想想你自己吧！"

挂了电话，抬起头来，父亲和那个女人没有了影子。秋波一着急，向前跑去。她在小巷里跑了几个来回，依然没有看到父亲。她猛一回头，他们出现在她身后。

秋波连忙闪开。

他们在亲热地告别，父亲走了，女人还站在那里久久凝视。女人刚要进屋，秋波站在了她的跟前："我是刚才那个人的女儿。"

那个女人仿佛有些吃惊，少时，她展现了友好的笑容：

"既然来了，进屋坐吧。"

"不用了。我有几句话对你说，请你适可而止，中断和我父亲的来往。"

女人打量了秋波，不软不硬地："看你也是个有文化的人，怎么能说出这种话来？"

秋波反唇相讥：“我看你也是有文化的人，你怎么能做出这样的事情来？”

“这怎么说？我单身，你爸爸单身，谈谈恋爱有什么不对吗？”

秋波愣住：“什么？我爸爸单身？谁说的？”

秋波无法指责父亲的谎话。原来，男人对自己的女人不满，就会扮成单身族去寻找新欢。

6.

父亲固然是父亲，父亲也不可避免有所有男人都有的缺点和毛病。秋波头痛了。她突然渴望见到大可。

这就是女人的弱点，关键时候总认为自己是弱者，想找一个强大的依靠，其实男人通常不强大，就是强大，也未必喜欢被人依靠。年轻的美女除外，还得是有着新的距离感的，他们才偶尔扮演一下绅士，但也不能长久，久了，他们会烦。

人啊人，有着这么多的缺点，又希望对方是完美的。

秋波突然闯到大可家里来，她敲了许久的门，依然没有动静。秋波开始打电话：

“大可，你在哪里？”

大可回答：“在家。”

秋波愣住：是不是所有的男人都在撒谎？他们是在关键问题上撒谎，还是在随便的小问题上撒谎？他究竟在哪里？为什么不肯说实话？

秋波失落地坐在了台阶上，她不是不想走，是被谎言打击得失去了力气。

很久很久，天都黑了，传来了脚步声，走廊里的灯亮了，大可出现。见到秋波，大可一愣。

大可打开了门，请秋波进来。

暴风雨就要来了，秋波强作镇定：“你不在家，你在哪里？”

大可躲开了秋波锐利的目光。倒了杯水，放在了秋波面前。

秋波有力的声音：“你回答我！”

“我在酒吧。”

“酒吧里有什么不可告人的事，你非要对我撒谎?”秋波打破了杯子。

大可头痛地：“我已经脑袋大了，咱们可以罢休，不再谈这件事吗?”

秋波黯然神伤：“面对你的谎言，你不要我去深剖。如果你认为我没有资格问的话，我们可以不谈，你本来就没有给我授权。”

“我们都单身得太久了，单身太久容易随性，我不喜欢被这么管束着，我想你同样不喜欢。”

“你可以找各种借口说我在干涉你的生活，但是，就是作为普通朋友，也应该真诚，我不希望你撒谎，非常不喜欢，不接受!”秋波说。

“我们已经不是二十出头了，我们都很累，用不着为了这些事情……”

不管是二十岁，还是三十岁，多大年纪都应该真诚!

大可的手机短信息适时响了起来，两人都非常警觉。

秋波伸出了手。

大可眼睛里透着拒绝：“你这样不好。”

秋波夺过了大可的手机，翻看起来，她气得面色绯红。

大可解释：“你不要误会，是群发的垃圾短信!”

秋波气愤地把手机扔到了墙上。手机四散，秋波跑开。

大可见状不妙，连忙追了出去。

这算是怎么回事？明明想好了，是要按照朋友的礼节来往的，关键的时候怎么又忘记了呢？如果有了爱，感情是无法控制的。

秋波冲下楼时，眼见被一辆车撞倒在地，车及时刹住，秋波也摔倒在地上。

大可大惊失色，奔了过去：“秋波!”

秋波一动不动。

大可慌了神，声音也变了：“秋波！来人哪!”

秋波缓缓地睁开了眼睛，她知道没有死，她还用不着为他殉情！其实她是希望自己死了的，可她还活着，她不能去赚一个不爱自己的人的眼泪。

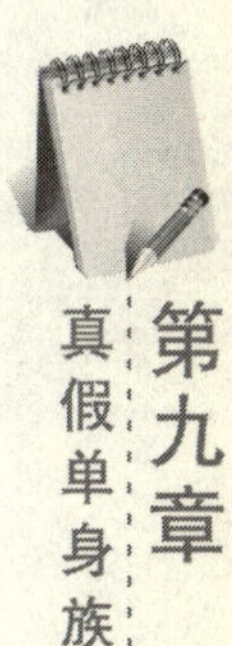

7.

转眼又到了周末聚会，三个人在路上就一直议论着：也许大可是因为感情受过伤，才在回避着秋波？

佳颜不这么认为："感情受过伤就是撒谎的理由吗？男人的自愈能力是最强的，他们最善于忘记。"

可可猜测："那他是有遗传病？或是另有女人？还是双性恋？林姗，你怎么不说话？"

林姗说："你们把各种结果都说了，我还能说什么？"

佳颜叮嘱："等下见了秋波，务必装得没事一般，可别把我这大嘴巴泄露了。"

门铃响，衣冠楚楚的绅士林禹雁笑盈盈地开门。三个人不禁愣住："我们没有走错吧？"

秋波出现在林禹雁身后："介绍一下，林禹雁。"

可可低声道："天哪，你也太神速了吧？"

秋波不以为然地："我好不容易才跟上了别人的速度。"

林禹雁趁秋波和大可感情出现危机，便乘虚而入。佳颜低声对秋波："你随便拣的一个替补竟然比精心挑选的还要好。"

秋波苦笑："你就安慰我吧。"

8.

谈恋爱也如谈生意，有时候得谈许多回才能有结果。林姗再次与甘时雨交往，甘时雨送她回家："过几天我来看你。"

每次与甘时雨分手时，林姗都感觉对方的吻就像鸟匆匆在她脸上一啄，非常仓促，草草了事，又似乎在躲避着什么，这让林姗有更多的不满足。

林姗手抚向被甘时雨亲吻过的部位，她觉得他的匆匆，仿佛预示着他在逃避，在急于奔向下一个目的。总之，像是在偷情，而不是在恋爱。

林姗突然想到了秋波和大可的状况，她猜想甘时雨是不是也有什么秘密？这个念头一旦上来，就挥之不去，林姗伸手拦了辆的士准备杀回甘时雨家。

门一开，林姗就闯了进来。甘时雨见到她，吃了一惊：

“出什么事了？”

甘时雨赶紧将一些什么东西藏起来，林姗看到他表情紧张，起了疑心，转到他身后，看到他两手空空，两根手指却神经质地竖了起来，她惊讶道：“你在干什么？”

甘时雨掩饰：“没什么。”

林姗看着他的手指，甘时雨连忙解释：“哦，哦，可能是我工作太紧张了。这几天我工作进入了状态，有点书呆子气。”

林姗感觉甘时雨的家里一定有鬼，她悄悄地走向一个房间。她轻轻地推开门，四下里张望着。

林姗推开了另一间房门，她拿起一些小玩意仔细地端详。

甘时雨出现在她身后：“这是我的卧室，你要找什么？”

林姗觉得自己很恶俗，她已经在做恶俗的事情，在撒恶俗的谎了。

顶上的一块水泥板突然间落了下来，林姗一惊，忘记了跑。甘时雨上前，拉开了她，两人紧紧地抱在一起。

尘灰散落，林姗抬起头来，地上已经被砸得一塌糊涂，两人吃惊不小。

甘时雨长吁口气：“你来得正是时候。如果你不来，我就睡觉了，那我一定就被砸成肉饼了。”

林姗顺着他的话说：“是的，我……我突然间不安，我正纳闷怎么会这样，原来是我有预感……”

林姗进一步地恶俗。

这个夜里，甘时雨再次送林姗回家，林姗进屋的时候，甘时雨叫道：“等等！”

林姗默契地闭着眼睛等待着甘时雨草草啄她一下，不料甘时雨动情地将她揽入怀抱。林姗抬头，遇到了甘时雨温柔的目光。

那是只有爱人才会有的目光。林姗不能不感动。也许，如果她刚才不是闯到他家里去，他们已经阴阳相隔了。如果那样，她会后

悔吗？他们的爱情在这濒临生死的瞬间开始了升腾。在这样的目光注视下，她觉得自己必须以真诚的态度去面对："我必须说实话，其实我是……"

9.

秋波和林禹雁一起出席一个舞会，林目不转睛地盯着一位长腿美女，表现得心不在焉。秋波将手放在了他的眼前，他才意识到自己失态。

秋波语重心长："你是不是很遗憾？"

林禹雁装糊涂："你说什么？"

"我遗憾我的腿长得不够长。如果有来世，我恨不能变成一只长腿的马，跑到你的面前。"

林禹雁还在装糊涂："你说什么？"

他喜欢长腿女人，秋波也喜欢。

林禹雁温声道："你知道你为什么单身吗？你实在是太聪明了。你不应该这么明察秋毫。"

秋波是因为单身，才没有变傻。她在城外，冷眼看着他们。

其实，秋波很遗憾自己的腿不够修长，并时时为此感到自卑。一天，秋波在翻着林禹雁的相册，无意中看到了他以前的女朋友，不是一个，而是好几个。这几个女朋友无一例外地长着瓜子脸和细长的腿。她了解到了他的审美取向，原来，他是这么苛刻的一个家伙。

林禹雁走了过来，严肃地说：

"秋波，我有一件事情想要告诉你，可又怕你伤心，不告诉你，也怕你伤心。"

秋波预感到什么。她感觉他们之间缘分要断了，她赶紧提前说："一个人无法改变他的胃口。你要是觉得不合适，咱们可以分手。"

幸好，她本来也就不是那么爱他，也不打算那么爱他。她是把他当做疗伤的药跟他接触的。

林禹雁痛心地说："不，完全不是因为你，而是我，我不能再欺骗你了。我……我事先隐瞒了我有先天性心脏病的事情，跟你交往下去，我越来越有负担。”

秋波突然间泪水盈盈。现在来临的爱绝对是痛苦，而不是烦恼，是痛苦就应该勇敢地去承担。她绝不能在这个时候离开他。

10.

秋波汗淋淋地从噩梦中惊醒，她考虑来考虑去，决定趁感情不够深厚时与林禹雁分手。这时候，她接到了林禹雁的电话：“我不太敢睡。我怕我在睡眠中不知不觉地死去。”

秋波想到，如果跟他结婚后，夜夜都如此煎熬，便忍不住崩溃。秋波哭起来，林禹雁猜到了：“你在为我痛苦？”

秋波很鄙视自己：“对不起，我之所以提出分手，是因为我无法承受失去你的痛苦。”

“秋波，如果你不提分手，我也会提的。我不怪你。”

秋波觉得自己对爱的态度不真诚。也许，她应该毫无惧畏地接受他，可是她做不到。

林禹雁说：“你已经做得很好了，我不会忘记你的。”

秋波痛苦。因为有爱，无法回避的人间痛苦开始袭击了秋波。

11.

佳颜在一个会展上偶遇钻石王老五甘时雨。甘时雨正大展社交才华忙上忙下，忙里忙外：“我就是这场活动的主办人甘时雨，欢迎大家有空光临我的公司。顺便说一句，本人全部精力都放在工作上，十分敬业，以至于到了今天，还是王老五。”

甘时雨给大家递名片，当他把名片递到了佳颜面前时，有点儿意外，连忙假装有事走开，佳颜叫住了他：“甘总，我有个问题比较迷惑。很多人是有女朋友的，却要对外称自己单身，是什么动机？”

甘时雨勉强笑：“也许是个人隐私不愿意讲罢。”

佳颜追根到底："那他就好意思撒谎？我看，这种伪单身的人，实在是可恨。"

甘时雨转过身来，两人怒目相对。

甘时雨开始反击："那么，胡小姐有没有男朋友？"

所有人都看着他们。

佳颜悠然回答："其实我没有，但是大多场合我要说有，省去了一堆质问和猜疑的目光。"

甘时雨还是一张笑脸："各人有各人的处事方式。再见，胡小姐。"

佳颜拦住甘时雨，甘时雨当众笑眯眯的，转过身时脸色却凶得吓人：

"你要是再跟我过不去，我就不客气了！"

佳颜追问："好，我来回答你，明明有着女朋友，非要对外界宣称自己单身的人，无非是想骑驴找马，攀龙附凤，找个更好的佳人！"

甘时雨严厉地："你不要破坏我们。我警告你！"

佳颜可不受他的威胁："你再不道德下去，我饶不了你。"

"我觉得你简直是神经病啊。你心理有问题，精神有问题！"

甘时雨开始骂街，转过身来又笑眯眯地对大家劝酒。

12. 

林姗对甘时雨的表现并不知情。经过一段时间的磨合，林姗开始对甘时雨进入了适应期，两人琴瑟相和，但当她给他打电话时，发现了问题。

林姗很难得撒娇："有些想你了。"

甘时雨在干笑："呵呵，呵呵。"

林姗继续说："你想我吗？"

甘时雨还在干笑："呵呵，呵呵。"

林姗敏感地察觉到他身边有人，女人。甘时雨匆匆挂了电话：

"我现在还在加班，明天给你电话好不好？"

林姗放下电话，拿起外衣，冲下楼去，又停了下来，她开始觉得自己很无聊。她回到了家门口，又走了出来，这次，她的脚步变得坚决：无聊就无聊一次吧。

这次，林姗采取了高超的跟踪办法，她借了秋波的车，在甘时雨家门外守了一夜。

天亮了，陆陆续续有人走出，林姗刚刚打算走时，甘时雨从楼道里走出来。

林姗看到甘时雨，笑了。她刚打算离去，发现甘时雨的嘴巴不停地在动。原来，他是在和走在他前面的那个女人在说话。他们不停地说着，频率很快，林姗疑惑，取出了望远镜。

她看清楚了，甘时雨虽然和那女人隔了一段距离，两人却在不停地说着话。

她更看清楚了，这时，女人上了甘时雨的车。

甘时雨载着女人在前面走。林姗开车在后面跟，一不留神，她的车撞在了马路边上。

路边有个路人见状，哈哈大笑。

林姗下了车，那人收了笑脸，灰溜溜地跑了。

林姗重新发动了汽车。甘时雨的车停在了某单位门口，女人下了车。甘时雨正要前行，林姗的车拦住了他，甘时雨正要发火，见是林姗，转为心虚，两人都沉默着试探对方。

林姗先发话了："她是谁?"

甘时雨撒谎："顺路带的女同事。"

林姗揭穿了他："同事会住在你家里?!"

甘时雨气愤："你，你跟踪我！变态！没有结婚的老处女都变态！我原来以为你例外，没有想到你也是这样！"

林姗冷静地："不是你说我变态，我就变态的。"

两人僵了一会儿，林姗的冷静让甘时雨收敛了些："我早料到会这样。我就直说了吧。不错，那是我的妻子，前妻，怎么着吧。"

林姗呆住了："原来你并非未婚，而是离异!"

甘时雨承认："是的，我是离异。我没有瞒你啊。"

可为什么说自己是单身?

甘时雨认为："离异和未婚都是单身，没有什么区别!"

林姗纠正他："不，区别很大。你要把离异说成未婚，就是欺骗，是一个人的人品问题!"

甘时雨咆哮:“在我看来，离异至少表明我正常!”

林姗退了一步:“既然已经是前妻，她为什么昨天夜里住在你家里?”

甘时雨恨恨道:“一定是胡佳颜在挑拨，她没有安好心。林姗，你为人厚道，行事光明磊落，可不要上了她的当。”

林姗很清醒:“你应该知道，我非常在意一个人的品行!你太让我失望了。”

他竟然还跟前妻保持着关系，他们总不可能住在两间房子里，什么都不做。还好，还好，没有对甘时雨太动心，也就被他伤得不是很重，希望很快能够复原。可是不管怎么样，心里还是冷冷的，吃一堑长一智，越发难以相信男人了。可她突然又想，如果甘时雨爱她多一点，还会这么不约束他自己的行动吗?

看来，还是爱得不够。要想长久，要想稳固，还是要找个相爱的人生活在一起。爱是唯一能够将二人联结在一起的纽带。

13.

秋波一方面在为与林禹雁的分手感到难过，一方面是为对方的健康状况感到痛苦。虽然分手了，但沉重的牵挂压迫着她，每天睁开眼睛的第一件事情，就是发短信问候他。

得知林禹雁还健康地活着，秋波心里的一块石头落了地。可不到十秒钟，她又陷入了对他的担心。

秋波一抬头，看到了一双美腿，林姗满面为难地站在她的面前。

林姗把秋波带到了那台被撞坏的车面前:

“亲爱的，我只能开到这了，你自己开回去吧……”

秋波这才看到了自己的爱车被撞伤。林姗想到秋波要骂她，不停地打着喷嚏:“我给你修，你先开回去，过两天我给你修。”

林姗已经跑得没了影子。秋波叹道:“我可怜的车啊。自打跟了我，就没有不受伤的时候。”

秋波一回头，大可捧着一束鲜花从旁边的鲜花店里走了出来，秋波不禁悻悻地:“有进步啊，会送花了?”

大可看到了她，有些意外，灵机一动，把花递到了她的跟前:

“希望你好心情。”

秋波看了看路边大可的车，她走过去，把车门打车，露出了一双美腿：“花恐怕不是送我的吧，行动挺迅速的。”

大可被揭穿，非常难堪。

秋波盯着那双美腿，若有所思地：“原来你也喜欢长腿美人。好看的东西，谁不喜欢呢？”

14.

秋波参加了一个时装展览会。每遇到马蹄一样的细腿，她就想到了林禹雁的最爱，不由自主紧紧跟过去。

被跟踪的人发觉了，两人一齐回过头来。秋波一愣：那男人就是林禹雁，他仿佛无奈的表情，不会认为她是在跟踪他罢？

秋波没话找话地：“你身体好些没有？”

林禹雁是如何回答的，秋波没有听清，只看到美人听了这话，笑得很暧昧。

秋波很纳闷。美人去洗手间时，秋波跟了过去：“刚才我问他身体时，你似乎感觉很好笑？”

美人带着浓重的口音：“你是问候他的心脏吗？我当然好笑。”

美人神秘地笑笑，秋波跟了过去。美人又说：“他是不是对你说自己的心脏有问题？”

“没错。”

美人来揭晓答案：“林禹雁最大的理想是要找一个长腿美人做老婆，可是又有好多女孩子缠着他，他只好编了自己有病的消息，故意要对方炒他鱿鱼。”

这怎么可能？是林禹雁主动追求她的！

美人得意转身：“你要是不相信，那就更可笑了。”

秋波是说，怎么可能有好多女孩子缠他！他也太幽默了。秋波没忘记回头道谢：“美人！谢谢了。祝福你永远有一双美腿。也许有一天，你会用这双美腿把厌倦了的男人踢开，也许会包括林禹雁。”

也许。

秋波一脸微笑地走了过来，林禹雁感到有些不对头。秋波对着

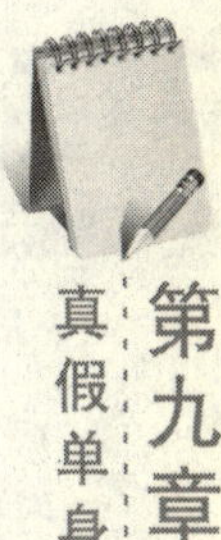

他端起了一杯酒，却迟迟不饮。林禹雁下定了决心来接受一切：“我骗了你，你浇在我的头上，表示对我的鄙视和痛恨吧。”

秋波笑着一饮而尽：“我为什么要恨你呢？因为你是这样的人，我多日来的内疚一洗而空，本来我以为自己犯一个要懊悔终生的错误，现在看来……太好了，真的太好了！”

林禹雁一愣。

秋波欢快地转身而去，一路走一路跳着，高跟鞋子绊了一下，竟然被她踢掉了。

一个人只要不背负感情的债，就不会活得那么累。秋波觉得林禹雁对爱情的态度比自己不真诚多了，她又回到了充满阳光的生活里。

有什么能比这更加好呢？

15.

秋波一直在进行魔鬼般的训练，练着练着，她疑惑停了下来，她发现自己的腿，本来没有这么粗的，现在越练越粗了，肌肉块也出来了。而且形状越来越难看了。

佳颜走过来：“是有点儿肌肉了啊。”

秋波着急加生气：“我要的是一双纤长紧致的腿。”

佳颜解释：“每个人体质不一样啊，你恰好就是这种体质，有肌肉的腿总好过一双被松软脂肪包裹的腿。”

秋波不练了。

“其实你的腿已经很好看了。”有人说。

二人抬起头来，佳颜见是大可，知趣地走开。

秋波左右张望，见只是他一个人，便回敬道：

“总不能老当怨妇，再说，我就是自杀了也没有人管，还会被人贴上标签：变态，有病。咦，你的长腿美人呢？”

大可回答：“分手了。”

长腿美人更喜欢胖胖的，短腿的腹大的有钱男人。大可的腿还不够胖不够短，肚子还不够大，钱也还不够多，结局只能是分手。大可郑重地：“秋波，我向你道歉。”

道什么歉？无非就是，他不是单身族，撒谎称是单身族，这对秋波造不成伤害。

大可说：“也许是我让你多虑了，为此道歉。”

秋波回答：“烦恼是庸人自己生产的，不关你的事。”

大可凝视着她说：“你还是不肯原谅我。背负感情的债很难受。”

秋波感慨道：“为什么我们两人在一起，要有那么多烦恼？我们不能凭借着真诚和智慧，把烦恼降到最低程度？”

“我同意。可有些时候……”他指着跑步机上的香烟和打火机：“是你的吗？”

秋波一愣：“当然不是。”

大可诡异地一笑：“你没法证明不是你的。有些事情，是解释不清的，比如我手机上的短信，比如我随口而出的一句话，如果你硬要较真的话，可能就会造成误会。”

两人凝视着，秋波想了想：“你在狡辩。可是这不一样，真的不一样。”

第十章

爱情与阴谋

1.

秋波拿了一条链子在手上比画着。售货员不得不提醒她：

"小姐，这是脚链。"

秋波质问："你们是给停止发育的人专制的脚链吗？这么小谁能戴？"

佳颜好奇地："你准备买个腿链戴在手上吗？"

买首饰是最愚蠢的行为。买首饰的人是最愚蠢的人，自己掏钱买首饰的女人是头等愚蠢的女人。

一位老太太不知被谁撞了一下，眼见要跌倒，周围人们惊乱成一团，佳颜一个箭步飞上去扶住了她。在老太太就要倒下的一刻，佳颜用自己的身体保护了她。

老太太已经痛苦地指着自己的心脏，秋波见状，赶紧打电话。

病人家属还没有到，秋波和佳颜在病房外等，秋波的公司催她回去，佳颜一个人陪着老太太。

老太太看到佳颜，手指着她。佳颜以为老太太怀疑是她推倒了她，连忙解释说：

"阿姨，不是我。"

老太太还是指着她："我知道你是个好心眼的姑娘。是你送我到医院的。你有朋友吗？我儿子也没有结婚，我看你行，你做我儿媳妇好吧？"

佳颜苦笑着摇摇头，她赶紧假装打水往出跑，撞到了一个人身上。她抬起头来，愣住了：对方正是她千思万想的杜芒。佳颜愣住，不禁想，真是善有善报，报应来得如此快。

老太太看到这一幕，笑了："姑娘，你跑不了的。儿子，你给我牢牢抓住她。"

杜芒再看到佳颜时，他的目光令佳颜心神动荡。

2.

佳颜与杜芒梦幻般的第二次约会在花妖舞厅。由于对方是个让她挑不出什么毛病的完美主义者，佳颜与他打起交道来格外小心。

她看到了一双锃亮的皮鞋，笔直的裤腿，抬起头来，杜芒微笑着站在她的面前。杜芒的风度令她心仪。

精致的美食，优雅的派对，杜芒和佳颜在跳舞，舞池中好像只有他们。佳颜用了全部的力量来恢复她在杜芒心中的良好形象。

佳颜在杜芒的带领下飞速地旋转，旋转，整个舞会迎来了高潮。

夜晚拥抱告别时，佳颜近距离地发现了杜芒的秘密，他的眉毛很奇怪。第一眼看上去是浓眉大眼，再看上去，浓眉下面有真正的眉毛。

灯光太暗，看不清楚，佳颜一面与杜芒拥抱，一面睁大眼睛看。这次她看清楚了，杜芒的眉毛似乎是画出来的。

佳颜小小吃了一惊：男人也会画眉吗？

3.

佳颜思索再三，认为男人爱美画眉毛也不是什么过错，她目前再难找到杜芒这样满意的男子。

佳颜和杜芒亲热的时候，发现他的头发有些怪，仿佛头皮中央是谢顶的，周围的头发支援了上去。她后悔自己为什么没有早发现。

杜芒一面接吻一面说："你专心点。"

不知道怎么了，感觉越来越不好。看来一见钟情已经不灵了，第二眼就看出了对方的毛病。看来，佳颜比他还要苛求完美。佳颜拿自己很无奈，看着杜芒费劲的样子，只好假装高潮。

"你好像有点儿夸张。"居然被他看穿了，佳颜惭愧得要死。

疾风暴雨般结束了，佳颜吹好了头发，从洗手间出来，杜芒已经在沙发上沉睡过去。佳颜看第二眼时，发现杜芒睡着的样子似乎与平时有点不一样：他睡觉的时候也会张着嘴？样子好像有点儿蠢！

他的脸色也不如平时好。他的头发经过汗水的洗礼，趴在脑门上。

佳颜脱下了他的鞋子后发现，发现他睡着后并不像平时那样威武，好象他睡觉的时候身高有缩水的现象。佳颜看来看去，最后发现他的皮鞋内暗藏机关——是一双加高了鞋底的鞋！

呼噜声传遍了屋子，越来越大，越来越有节奏，震耳欲聋，佳颜赶紧起身，关了窗户，以免被外人听到。

呼噜声止了，佳颜听到了一阵奇怪的声音，她不禁毛骨悚然，四下里找寻声音的出处，最后发现是杜芒在磨牙。

佳颜松了口气，她随即发现，杜芒睡着之后，根本跟任何一个恶俗不堪的男人没有什么两样。佳颜惊恐地看着睡着的杜芒。

杜芒突然睁开了眼睛，看到佳颜，吃了一惊，揉了揉眼睛，脸涨得通红："天哪！"

杜芒转身而逃，佳颜连忙追了过去：

"你怎么了！"

杜芒愤怒地："你怎么能这样！"

佳颜莫名其妙："我怎么了？"

"你怎么能不征得我同意，偷看我睡觉！一个有教养的人根本不会像你这么做，睡觉是一个人的隐私！"

佳颜拦住了愤怒的杜芒："你听我说，很多人都会打呼噜。你用不着为此害羞。"

杜芒简直不能容忍她的修养："这个时候你应该假装没有看到。我不想我打呼噜的时候被你看到。哪怕你是我的女朋友。"

就是现在看不到，以后也会看到的！

杜芒不同意："以后也不会看到。这一生，我们会分床而卧，相敬如宾，你都不会看到我打呼噜的样子，生病的样子，摘掉假发的样子，我也不会去看你打呼噜的样子，生病的样子，摘掉假发的样子，如果我们偶尔同床，你我也应该在化过妆喷过香水，穿上体面的睡衣之后才相见。你的睡衣必须是我所认可的。只有我们把自己打扮得尽善尽美，才能保持完美的爱情。记住，是你终结了我们的爱情！"

两人相持之下，杜芒的假发落了下来。两人都吃了一惊。佳颜知道这下彻底完了。杜芒恼羞成怒，戴上了假发，摔门离去。

佳颜在一个完全没有意料到的情况下终结了自己的爱情。

4.

所谓缘分就是足够多的真诚。

过去的几年，林姗就是在办公室里熬出来的。在一个职业上熬很多年，做到不可替代，否则中年以后的生活不堪设想。而这样的煎熬，是考虑人忍受的极限。生存是一件很烦恼的事情。林姗就这样被熬成了灭绝师太。

她庆幸地想，没有恋爱她至少还是个女强人，如果失去现在的工作，她不知道自己能是什么。

在电脑前专心地工作，不小心把笔撞到地下了，林姗弯腰去拣，两个同事进来，没有见到她，就开始议论。

同事甲说："你觉得咱们公司老得最快的人是谁？林姗啊，你注意到林姗的脸色没有？已经变得和她漂染的头发一样黄了。"

林姗不好意思坐起来，她只好弯着身子，任同事议论下去。

同事乙接着说："可不是嘛。再熬下去，她这辈子就别想嫁出去了，谁愿意娶个黄脸婆啊。真是够可怜的。"

领导过来通知她晚上加班时，她忍不住抗议："凭什么加班的时候第一个就要轮到我？"

领导习惯性地说："你怎么了？林姗？照顾一下有家室的同志嘛。"

林姗数到三之后，觉得忍不住，于是决定不再克制自己：

"虽然我是单身，我也要谈恋爱要生活！你不可以让我用全部生命来工作。"

领导说："等你恋爱结婚之后，我们一定考虑不再要你加班了！"

林姗宣布："从现在起，我有家庭了，我有个一岁的离不开人的小孩子要照顾，所以我迟到早退，都是有理由的，鉴于公司如此有人情味，请给我提供一些必要的照顾！"

领导吃惊地问："你什么时候结婚的？就算你结婚了，怎么能一下子有那么大的孩子？"

林姗说："我昨天晚上跟一个带着一岁孩子的男人结婚了。现在我什么都有了，丈夫，家庭，孩子。我跟别人没有什么两样，我不

用周末再加班了。”

林姗说完，抛下了目瞪口呆的领导，扬长而去。

这天林姗正常下班，竟然感到一天被拉长了，时间无处打发，想来想去，她想到了一位以请客出名的黑先生，此人三教九流都结交，常年请客，家里时时宾客满堂。

5.

贪痴恋嗔，人总是无法拒绝某些诱惑，才会拥有一段感情，继而品尝苦果，可如果不贪，连这段感情都不能有。

大可和秋波几度分手，又走到了一起。

秋波在剪花枝，她把一盆花放好，大可从身后拥抱了她。秋波张开了沾满土的手，发现手划了一道口子，她惊叫起来。

大可赶紧去拿创可贴，帮她擦抹伤痕，发现所谓的伤痕原来只是一道印迹，秋波有些难为情。

被宠爱的女人都是这样，秋波也不能免俗。

她是被她的爱情宠爱着。秋波原来有些担心自己已经不会撒娇了，变成石头一样坚硬的人。这种担心纯属多余，撒娇的本能像是野草，洒上一滴雨露，它就发芽。

秋波又去送大可出差，他们自从相识以来，不是你出差，就是我出差，不出差的日子又在闹着误解，或者累，或者情绪低沉。真的应该在二十出头的时候恋爱啊。可真的在那时候恋爱的人，一定也会后悔浪费了青春。人生只有一条路可走，走上这条路时，就会羡慕走在那条路上的人。

虽然也就三五天，对秋波来说，就是三五年。她的这种真情表白，大可总是从不回应，还要装作很漠然，这让秋波很诧异：这个家伙，真的是这么无情吗？

“再见了。”大可说：“我宁愿你回去多休息一会儿，看你熬得眼圈都黑了。”

大可想到了什么，从包里拿出一瓶香奈儿香水。秋波打开香水，给大可喷，大可躲避着：“这是女人的香水，你干什么？”

秋波笑：“香水是标签，别的女人闻到你身上的香水味，就知道你已经被订购了。”

小陈赶到了，看到这一幕，在旁边笑。大可介绍说：“这是我公司的小陈。”

秋波对小陈说：“我嫉妒你每天能跟他待那么久。”

6.

林姗到黑先生家，已经有好几天了，她喜欢这里的气氛，来的是天南海北的人，毫无顾忌地聊天，在相识的路上，人生变得很有趣。

不料几天后情况发生了变化。吃饭的人已经走光了，只留下了林姗。看到黑先生走了过来，林姗连忙说：“我这就走。”

“你不走也可以。这里有准备好的房间。”见林姗惊讶的表情，黑先生解释：“我是说如果你累了，我们有准备好的房间提供给客人。”

林姗对他的好奇忍不住迸发了。与自己一起吃饭的人是亲人，能把自己的饭分给别人的人，必然有着博大的，非同一般的胸怀：

“黑先生，你为什么会喜欢请客？”

“可能是因为我有一点点钱，也可能是因为我有着太多的寂寞。我是个单身老男人，平时的时间无法打发，可是我又不想去进行生意场上的应酬，白天那样的应酬我已经厌倦了。想交个朋友，可人与人之间又有那么多差异，话不投机总比酒逢知己要多得多，所以我找到了人类的一样共同爱好：吃饭。在这一点上，我和客人们基本上是能够很融洽的，彼此都有了比较快乐的光阴，我也算是做到了我想做的事情。”

林姗问道：“那你为什么不结婚呢？”

“结婚能消除寂寞，或者孤独吗？”

林姗想了想，回答说：“不能。”

两人都笑了。隔着黄昏金色的阳光，在这间宽敞的客厅里，面对着黑先生，林姗享受到了久未得到的安详。她觉得，跟这个人沟通，真的是很不费劲。她开始越来越喜欢坐在这里的感觉。

7.

林姗因为是单身族，遇到女同事们讲婆婆妈妈的话题时，她常常被排斥在外，她既不知道该如何开口，也不知道该如何回应。这次，因为她已经属于已婚阵营了，女同事们理所应当地把她拉入了八卦话题："林姗，说说你家老公吧！"

老公？林姗突然想起，自己是有丈夫的人。

女同事好奇地："能让林姐心仪的人一定出类拔萃，给我们看看他的照片吧！"

林姗没有为谎话准备证据，但同事们好奇心却不肯泯灭："对啊，你们怎么认识的？你们认识多久了，就闪婚了？你们还打算生孩子吗？"

林姗被问得瞠目结舌，任何事情都是一加一大于二的结果，她觉得自己撒谎真是得不偿失。

女同事都不是省油的灯："林姐，虽然你结了婚，你不会把恋爱过程也省过去了吧？你下班应该叫他来接，现在你们是新婚，就算他有孩子，就算他再忙，也应该来接你！"

林姗难堪万分。她想，这个谎话看来是维持不了多久了。

加班结束，林姗为了不被同事们看出究竟，飞一样地下楼。她一愣，甘时雨赔着笑走上来："我就知道你今天加班。"

林姗想，自己只是他兴致来时想喝的一口酒，他从来不考虑她的情绪，她的处境。不能再跟他纠缠下去了，于是冷着脸说："请让开。"

甘时雨今天脾气出奇的好："嘿嘿，林姗，你先听我解释解释行不？"

两个人纠缠时，两位女同事走了下来，见状，向甘时雨打招呼："你好，林姐，这是你爱人吗？"

林姗正不知道如何回答之时，一辆车停在了林姗面前，黑先生从车里露出头来。林姗为了摆脱甘时雨，逃一样地上了车，留下同事们惊羡的眼神。

8.

当天夜里，当黑先生把一盘菜端到了林姗面前，林姗做了一项重大的决定。一个人对一个人的好，就是给他做饭，就是把自己的饭分给他，反之，一个人肯给她做饭，肯把自己的饭分给她，其实就是对她好。这些年来，就是最累的时候，除了几个女友给她做过饭，再没有男人肯这样照顾她。就是这样的真诚，让林姗感动了，事情突然变得简单起来，她说道："你想结婚吗？咱们结婚吧！"

林姗说完这话，自己也吃了一惊。所谓爱情所谓婚姻一下子变得十分简单，只不过是在饿的时候有人给你做顿饭。

黑先生沉静地说："林小姐，你想好了吗？结婚是件很慎重的事情。"

林姗就是因为太慎重了，才结不了婚。同样是过日子，别人都能顺利地结婚，她不相信自己结不了。

黑先生说："看来我们想到一起了。我不想每次请客的时候，回答同样的问题，更不想面对人家猜疑的目光，可我又不能放弃请客的爱好。"

林姗想，有这么一个仗义的丈夫也不错，至少他特点鲜明，品质优良。愁苦了自己这么久的事情，仅仅在几分钟之内得以解决，真是意想不到。

9.

几天后，事情发生了变化。

堵车，秋波眼前一亮，看到小陈在拦的士，他一连拦了好几辆，都被人劫走了。秋波停车示意小陈上车，小陈推辞道：

"真的不用送，我自己回去好了。"

秋波说："你客气什么，只不过是举手之劳。"

秋波本来想问起大可，可一时间堵车，她没有来得及问。小陈

反而说："您把我送到前面的路口，我就到了。您赶紧回去照顾刘总吧。"

秋波突然间想给大可一个惊喜，那是一种久违的年轻的感觉。她没有回家，直接奔向了大可家，她兴奋轻快地上了楼。她刚要敲门，又犹豫了。她又在想是不是先给大可打个电话通知一声，她想了想，最终没有拨电话。

她想象大可见到她的意外惊喜。可过了很久，没有人开门。秋波又开始敲门，敲门声把邻居都惊动了，大可的门紧紧地关着。

阴冷的门，书写着拒绝。

秋波看了看表，已经是夜里二时。大可去了哪里？他这么劳累，为什么不先回家？

她开始给大可打电话，手机不通。秋波的心里充满着不安。是的，她缺乏安全感，她对他毫无把握，爱他又不能约束他。

秋波在车里睡了一夜，第二天，她从昏睡中醒来，看了看表，凌晨七点，她抬头看大可家的窗户，依旧是老样子，整整一夜他又不知道在哪里消磨。

秋波鼓起勇气给他打电话，她在听到自己心脏剧烈跳动的同时，听到了他的声音。秋波突然间没有力气回答，挂了电话。

10. 

刘大可第二天晚上出差回来，他打电话秋波不接，便直接来到办公室楼下等。

秋波很异样地看了他一眼，她等待着他自投罗网。

他们到了餐厅吃饭时，大可说："我才回来。"

秋波食不知味地吃着。她想，她不能表现得异常。她向他笑笑说："好像你很累。"

大可说："你也累了。"

是的。秋波想，真的很累。恋爱真累，真爱真累，怪不得人要变质，怪不得人会变得什么也不在乎，或者虚情假意。这么大年纪，在这么重的生存压力下谈恋爱，真是需要非常耐力的。大可去了洗手间，秋波看到了他的公文包，那里面有她要知道的秘密。

她下意识地拿过了公文包，她想里面有他的机票，她犹豫着要不要动，他的外衣搭在椅背上，服务员上菜时无意碰落了外衣，秋波拣起来，正看到有个纸条落在地上，拿起一看，正是机票，昨天的日期，大可偏偏说是今天回来的，昨天夜里他在什么地方？他为什么撒谎？

秋波耳边响起了女人的娇吟。她想起了上一次去找大可，大可说他在家里，是一个与今天一模一样的谎。

莫非，这个男人已经有女人？一个无法离弃的女人？那么，他与自己待在一起，算什么？

大可回来了，满面镇定：

“早点回去休息吧。”

秋波从酒店出来，一通呕吐。

她抬起头来，满眼感伤。难道错过了适当的结婚年龄，再找到爱情，找到婚姻，就千难万难？难道她真的已经很老，命运也不会再给她机会？既如此，就放下吧？只有放下，才能消除万般苦恼。

11.

林姗决定神不知鬼不觉，稀里糊涂地走入婚姻。她不让自己有一刻是空闲的，这样可以避免深刻的思索，过多的思索会成为行动的绊脚石。这天，她来找黑先生。

保姆说：“黑先生不在。我已打电话要他回来。”

林姗在等的时候，感到了一双锐利的目光盯得她后背发冷。一位身份不明的女食客出现，她在一边不断地打量着林姗。中年妇人走到了她的跟前，她非常突兀地问：“你猜我有多大年纪了？”

林姗很客气地说：“应该跟我差不多啊。”

“你仔细看看。”

林姗盯着她除去了眼镜的眼睛，心里想衰老真是可怕，但是老到让人看不出年纪，则是更可怕的事情。怪不得民间有句俏皮话：中年夫妻亲一口，噩梦连着好几宿。虽然这个女人很优雅，也只是能远观而已。她十分违心地说：“我能不说吗？四十？”

“我穿了塑身衣。否则，我的身材不会是这样。除此之外，我的

腿走起路来，是僵直的。”

林姗从没有遇到这样自曝身世的女人，她简直无语了。

“我已经一把年纪了，我曾是这里的女主人。”

林姗差一点摔倒。

女人说出答案：“所以，你知道黑先生有多大年纪了？他的心理年龄比生理年龄更老。”

林姗想：只要他有爱心，豁达就好了。

女人说：“年纪相差太大了会在生活上有障碍。我前夫他对请客之外的事情毫无兴趣。他只想要找个人跟他一起撑起个门面来一起请客。我曾经是黑先生的妻子，现在成了他的食客。你跟他生活绝对不合适。不要犯错误，年轻人。”

林姗很庆幸自己能够结婚了，转眼之间她的婚姻之梦被这个女人击得粉碎。

林姗问：“你为什么要提醒我？”

女人回答：“为了你们俩都不犯错误，或少犯错误。因为人在有了一番经历之后，是很难复元的。我怕他受伤，他不是垃圾，到时候不是你想丢就丢得掉的。婚姻是个泥潭，坏婚姻是地狱。”

林姗想了想：“谢谢。让我自己来做决定好吗？”

12.

月光从葡萄架中漏过来，林姗一直注视着黑先生的举动。黑先生剪了葡萄，送到了林姗面前。这真是一副温暖如春的画面。温暖，是因为他对她好，但同时，她面对他，只是面对一个中性，而不用有去面对男人的那种感觉。

每个人都是一个磁场，当你同他接触时，会真切地得到一些信息。

林姗终于开口：“因为我们要结婚了，我也不可避免地想问你一些必须问的傻话。你爱我吗？”

黑先生：“……”

林姗问这个问题，好像很为难他。

黑先生说：“你对我这个年纪的人问这样的话，有点儿可笑。你还年轻，爱是随着人的生理年龄消逝的，就像工作累了，没有任何热情一样。”

林姗也觉得有点儿可笑，可她期待着奇迹。

黑先生说：“很多事情，其实顺其自然更好。”

林姗知道，可做不到。

黑先生问：“你还是要知道答案吗？”

当然。

黑先生说：“我这个年纪，这个经历，已经磨逝了所有的激情。抱歉，我已经找不到爱的感觉，顶多是喜欢吧。我不知道这个算不算是爱。”

林姗问：“那你要同我结婚，是为了什么？”

黑先生回答：“为了……为了这空空荡荡的屋子里能有个女人，为了不再回答客人关于配偶的问题和好奇的眼神。这个理由够吗？”

林姗明白了：

“谢谢你的坦白。这个理由有点儿简单，但事实的确是这样。我想如果要结婚，总是要有一些更加正式的理由吧？”

黑暗的夜里，黑先生带着一丝苍凉，目送林姗远去。

13.

灭绝师太林姗最终又回到了未婚族的行列当中来。

上班时间，同事们在聊天，林姗走了过来：

“絮絮叨叨怎么像家庭妇女！”

同事悻悻地走开了，领导奇怪地看着她：

“林姗，你最近怎么了？”

林姗问的是另一个问题：“要加班吗？”

领导愣住。

林姗追问：“要加班吗？”

领导看着林姗：“林姗，你是不是不很开心？我在你的脸上怎么没有看到新婚的幸福？”

“我藏起来了，省得有人嫉妒！”

14.

感情挫败的秋波无处可逃，只好逃回到父母家里。她一面吃饭，一面听爸妈说话。

妈妈说："我看报纸，二十六岁到二十八岁是生孩子的最佳年龄。"

爸爸说："可不是嘛，最迟不能超过三十五岁。能不能生个健全孩子是一回事，就是生下来，也没有精力带了，年龄不饶人啊。"

秋波放下筷子："爸，妈，你们知道你们自己的特点吗？你们的特点就是：不管我的情绪如何坏，或者如何好，都能被你们逼疯！你们太有这个潜能了。你们说话的时候，从来不考虑场合，不考虑我的情绪。"

爸妈反驳道："我们是被你逼疯的！"

"你们在生我的时候就应该想到也许我嫁不出去，结不了婚！你们别想方设法说给我听了。现代人普遍晚婚晚育，四十岁也能生孩子。"

妈妈的目光从镜片底下透过来："不错，四十岁也能生孩子。可你知道三十五岁以上的产妇要做多少样检查吗？你知道那些检查有多么痛苦吗？她们得要承受多少！你非要把自己往女强人的路上逼啊。"

秋波把碗一推："你们是要我有婚姻呢？还是要我幸福呢？还是要我生孩子呢？你们要是让我生孩子，我就生个孩子好了！"

父母亲惊讶地看着她："婚姻，幸福，孩子，这是一回事，你为什么非要把它拆开呢？"

秋波像是绕口令："如果爱情并不意味着婚姻，婚姻并不意味着孩子，幸福并不意味着婚姻，选哪个，你们究竟要我选择哪个?!"

父母亲为秋波的一串看似无理，实则有理的绕口令傻眼了。

深夜，秋波失眠了，她看到妈妈发给她的一个网页，上面是一系列关于大龄产妇在怀胎十月间所要做的可怕的检查，秋波越看越紧张。

秋波也有把别人带疯狂的潜能，她毫不犹豫地把这些可怕的检查发给了女友们，顺便附上了一句话：一定要在三十五岁之前生育！

秋波想：这下，要怕大家一起怕，要失眠大家一起失眠，要神经大家一起神经。

她呼呼地睡着了。

15.

林姗觉得自己失去了婚姻的一只翅膀，便不可再失去事业那另一半翅膀，虽然对于大多数人来说，可能连一只翅膀都不具备。

林姗收到了秋波的邮件，看过后无情地删掉。她想，她已经瘦到这种程度了，没胸没屁股，严重地气血不足，还他妈的生什么孩子啊？再生出一个跟自己一样的女儿，长得不漂亮，偏偏又自立自强，来重复自己的悲剧吗？再说人类凭什么要把这个地球爆满啊？

林姗一气之下，报复似的工作了三天。她伸了个懒腰，起身到门口，看到了放在门口的盒饭，她食不知味地吃着。

吃完了，林姗继续工作。

凌晨的时候，林姗完成了工作，从办公室里走出来。

甘时雨下车，将一件衣裳披在林姗身上："工作结束了？"

林姗用目光拒绝他。

甘时雨说："呵，我给你送的饭好吃吗？"

林姗还真的以为是盒饭，在工作的时候，她失去味觉了："你没必要这样做，我不接受你。"

甘时雨说："你们律师给一个人定罪，总是要经过肯定，否定，肯定，有时候看似如此，答案却并非如此。生活要比你处理的案子都要复杂。你不能只看表面给我下定论。给我机会吧，也是给你自己机会。"

林姗盯着他说："你已经盖棺定论了，我不能接受一个说谎的人。"

甘时雨毫不妥协："那你搭我的车回家吧。不要再熬夜了，过度的劳累会导致脱发，听我劝告，我的头发就是这样掉光的。"

人是不能拒绝爱的，贪痴恋嗔，林姗无法拒绝甘时雨，上了车，她累得很快就睡着了。

16.

秋波是活在感觉里的人，当她想退一步，认识一个新的男人，感觉会告诉她，她还是爱刘大可的，并且，她不能不爱，如果，她跟别的男人结婚了，她一定会和刘大可有婚外恋，她会偷情，会变成坏女人，因为刘大可对于她来说，真是一味毒药，她像中了毒一样地爱着他。

这种爱也许是自虐。人都有自虐，自虐的方式不同。人在爱自己的同时，其实也十分痛恨自己，怜惜自己，才有了自虐的根源。

晚上秋波看间谍片，突然冒出了个主意：跟踪大可，了解他的秘密，这样自己进可攻，退可守。这个主意一旦拿定，她立即兴奋起来。

她每天更早地起来，不是去上班，而是先到刘大可家门口。在车流中跟住一辆车，是一件难而险的事。有好几次，这个城市的交通要瘫痪了，进不得退不得，她看到刘大可突然向一条巷子里拐去。她千难万险地把车子停到了一边，正担心刘大可没有了影子，又见他从里面出来，上了地铁。

有一天，大可在街边小店买了许多CD。

有一天，他看到阳光很好，便骑着自行车去上班。

有一天，车不见了，他打的去上班。

秋波已经连续跟踪了他几天，却没有发现任何意料之外的东西。他只是个随性的人，让她觉得真是同类，让她感到他越发可爱。

这一天，大可带着一脸的倦意加班回家时，秋波被内疚折腾，决定结束跟踪。或许是在这样一个宿鸟归飞疾的黄昏，两个人的距离拉近了，竟是格外地和谐，两人亲拥。秋波感到胸中爱潮弥漫，她的灵魂又被唤醒了，她仿佛又回到了青春年少，世界又以光明和希望登场，一切灰暗与消极褪色。她低声道：

“我发现了你的秘密：一个普通得不能再普通，正常得不能再正常的帅男人。所以，你要找一个普通的女人，过最普通的生活。”

大可亲吻她：“我要找你这样的女人，过普通的正常的生活。”

秋波突然间脱口而出：“大可，我们生个孩子吧！”

大可没有说话。

"我是个普通的女人，我想要过普通的生活，我要生孩子，想要在三十五岁之前生，我不想再去做什么羊水穿刺之类痛苦的检查，我不想要在怀孕期间有种种过多的关于孩子健康方面的担心，我也不想我生下他没有精力养他。所以，我要生孩子！"

大可说："生育可不是儿戏。别胡闹了。你这种非常规的举动，谁能够同意？"

秋波反问："照你所说，两个人相爱，结婚生子才是常规举动。除非这两个人不相爱，才是我们这种结局。"

两人又陷入僵局。

大可有些头大："你为什么非要讨论结婚生孩子之类的话题呢？"

秋波愤怒："那我们相处的目的是什么呢？如果有了爱，也希望能够修成正果，除非根本就不爱！"

无论大可如何优秀，芸芸众生里，他也不过是个普通的男人。一个普通的女人，爱上了普通的男人，希望与他结婚，也是一种奢望吗？

17. 

继把那些可怕的生育知识发给女友们后，秋波遭到了女友们的数落。

佳颜说："你把我的好心情弄坏了。那些生孩子的乱七八糟的东西弄得我脑子大，我昨天做梦生了一夜孩子，被像个动物一样宰割，太可怕了！"

可可下决心："我要谢谢秋波。我一定要在三十五岁，不，三十四岁以前生孩子。佳颜，你这样的优良品种，更应该生！"

佳颜奇怪："不知为什么，我其实没有想过要生孩子，可能我心理不健全吧。"

可可认为："为什么不想生？有个孩子，是每个女人的心愿。"

林姗有些悲观："如果没有男人，至少要有个孩子。等到不行的时候，至少还有孩子陪着过老年。"

佳颜问："你是要孩子来替代那个男人，还是因为爱那个男人，

才要他的孩子?”

可可又有了信心：“我们只要努力，一定能够结婚的。”

为什么谈到这个话题，所有人都要回归传统?

秋波愁绪满怀在喝酒：

“为什么人与人之间这么难以靠近?为什么相爱这么难?”

第十一章

分手的礼物

1.

佳颜没有想到，这会是康乾送给她的分手礼物，简直史无前例。

佳颜在跳华尔兹，优雅的、雍容华贵的舞姿，使佳颜遇到很多粉丝，同时，她也不可避免要迎接许多挑剔和带有敌意的目光。

佳颜刚刚停下来，一群中老年女士和男士便围了上来，而一些年轻女子正咄咄逼人地看着她或从眼角斜视着她，或面带微笑，而目光犀利地看着她。

佳颜好不容易摆脱众人，就被人叫住了。她回头，是一位优雅的中年女士。

这位康女士说，她家族的男性都是由于过度肥胖，无一例外地患有高血压、心脏病，她的哥哥和弟弟都是在四五十岁之间突发性心脏病去世。

佳颜不知道康女士找自己做什么。

康女士说，她现在很担心她唯一的外甥，他的肥胖程度更加厉害，肥胖的年龄也提前，工作还更加劳累。她已经请教过医生了，只要他能严格地控制饮食结构，多运动，就能够避免不好的结局。可他不听她的话。所以康女士想请佳颜……

佳颜说："控制体重需要非常的毅力，主要在于个人。当事者如果很被动，恐怕我也很为难。"

康女士抓住了佳颜的手："你可以的。请你帮我。你生得如此漂亮，又有种威严，我想，他会听你的话，相信我，我的判断是不会错的。"

2.

康女士带着佳颜去拜访自己的外甥。进门，佳颜先是看到一个巨大的背影。再向前走，一个巨大的肚子。

桌子上摆满了鱼肉，康乾正在不停地吃着，吸烟喝酒。

是他？佳颜想到他的父亲和叔叔都是死于肥胖，有些同情地看着他。

康乾看到了康女士，连忙站起来让座，却站了几次没有站起。这个可怜的人，他竟然连站起来的能力也在退化了。

康女士无奈地："我来给你介绍一下，这是我给你找的健身教练。"

佳颜非常同情康乾，她决定以朋友的身份与对方交往。

3.

可可到一个小诊所去检查身体，得到了一个坏消息，她险些从椅子上掉下来："怎么会？怎么会？我才三十岁，卵巢就已经开始老化？就开始有更年期症状？我的人生还没有开始呢，怎么就能结束了！"

江湖医生说："人生总是在你猝不及防的时候开始的。大姐你别着急啊，我这里有药可以治，有药可以治！"

医生回过头来，可可已经没了影子。煮熟的鸭子飞了，他悻悻地："白忽悠了半天。"

可可想，卵巢都老化了，还谈什么生孩子呢？连性欲都快没了。想到这，她又急又气又羞愧。自己都老成这样了，看来，也无法找到未婚的青年男子了，干脆，退而求之，找一个离异的老男人算了，就当是拯救自己的卵巢好了。

可可心里失落落的，所谓爱情，所谓婚姻，可能就是一团矛盾，这些矛盾固然可恶可鄙，可也许乐趣就在其中，无论如何，他们相

依相偎的身影是动人的。可可只能抱住自己睡，如果她的手臂够长，会把自己搂上好几圈。她又想到了自己早衰的卵巢。

4.

单身女人必须坚强，她们不止要单独面对这个世界，还要独自应付一些突发事件。

晚上佳颜睡觉时，记得自己关了客厅的灯。想到最近发生的几起入室盗窃案，她特意锁上了卧室的门。想到最近看的几部惊悚片，她好不容易才入梦。

夜半，突然听到一声很大的响动，佳颜被惊得坐起来，看到客厅里亮着五彩的灯，她一时间分不清是人是鬼，屋里都是心脏跳动的声音。她跳到了门边，没有听到外面有动静。

莫非是小偷？这小偷也太大胆了，居然敢开灯行窃。佳颜手忙脚乱地在阳台上找到了一根短棍，守在门后。她又把床头柜拉过来堵着门，自己跑到阳台上低声向物业求救。

每个人心中都会有恐惧，哪怕是佳颜，其实她心里的恐惧更甚，只是她时时要保护三位女朋友，还要做出大无畏的样子。此时智商几乎是零，二十分钟一下子变得无比漫长，满屋子只有一种声音，咚，咚，咚咚……她的心脏已经失常了，却抓不到一根可以救命的稻草，在等候保安的二十分钟里，她唯一的念头就是结婚，结婚。结婚后至少有个男人帮我对付窃贼，至少她可以开着卧室的门睡觉。

佳颜看表，二十分钟过去了，保安还没有来，外面的客厅里依然没有一点儿动静。

小偷并没有轻易进入卧室，佳颜的脑子在一片空白中转动，她在想还有哪个朋友可以求救。可惜，秋波，林姗，可可的电话都没有人接，手机的信号竟然时断时续，简直要了她的命！

康乾！她不知道怎么想到了康乾。

康乾本来睡得迷迷糊糊，听到佳颜的声音后，立即变得清醒而有力量："你千万不要轻举妄动！不要走出房间和他们硬来！听到没有！"

佳颜少有的温顺，关键时候，男人显示了力量，她怎么以前没有感觉到呢?

等了好久，好不容易听到了门外的动静，佳颜打开卧室门，看到康乾和几个保安冲了进来，同时佳颜看到了屋内的对讲机落了下来，打到了电灯开关，她全明白了。

保安分别冲向窗口，洗手间，厨房。

康乾第一次像个男人一样冲了进来，动作灵敏：“佳颜，你没事吧?”

保安没有找到贼的任何痕迹，佳颜很难为情地解释道：

“对不起，惊动大家了，对不起。”

5. 

那晚莫名惊悸之后，佳颜的安全感被打破了，以后每回到家里，她会到门背后看看，会检查所有的箱子，看是否有贼。她的胆子居然变得越来越小。不过想来，家是最安全的地方，如果连家都出现了意外，人没法得到安全感。

安全感的缺失使得佳颜决心步入婚姻。佳颜跟康乾在一起有很多好处，也有很多坏处。他们跑过山路时，康乾被人盯着看。佳颜有意把康乾落在了后面。康乾察觉到了，有意把动作放慢。佳颜跑了一段落，回头不见康乾的影子，救护车呼啸着从她身边过，佳颜不由得紧张，她会怀疑车里拉的是不是突然暴病的康乾。当佳颜盯着救护车时，康乾出现在她身后。

两个人在休息，康乾会一动不动。佳颜看到时，又会紧张起来。看到佳颜紧张的样子，康乾奇怪地：“佳颜，你受了惊吓吗？你怎么了?”

佳颜无法说，她是害怕体积过大的康乾突然死去。

康乾和佳颜跑步回来，康乾进门就倒在沙发上。佳颜把他拖起来。康乾要喝水，被佳颜制止：“不能喝水。运动舒服吗?”

康乾不敢说真话：“怎么会……不舒服!”

佳颜再问：“你对运动产生依赖感了吗?”

康乾惊讶道：“这么痛苦的运动，你竟然还要我有依赖感!”

佳颜有些生气了：“你自己玩吧。我不奉陪了。我告诉你，我在

你面前没有一点儿成就感，整天这么锻炼，这么累，你居然没有一点儿改变!”

康乾连忙妥协：“开玩笑，开玩笑呢。你别生气啊。我有依赖感，我非要跑才舒服！佳颜，我已经吃了一个星期青菜了。我是严格按照你的饮食标准吃的。我实在有些撑不住了，我想能不能……”

手机响了，佳颜走到一边去接电话。康乾端起水大口大口地喝，待他喝完水，突然发现桌子上摆满了鸡鸭鱼肉，他兴奋之下冲了过去，就往嘴巴里塞。

佳颜接完了电话，看到康乾艰难地转动着身子，惊怕已久的事情终于发生了。康乾向佳颜挥手，痛苦不已。

当康乾被六个护工抬上救护车时，他伸手指着什么，佳颜在不停地流泪：“康乾！你再坚持一下，坚持一下就到医院了，你要坚持啊。”

康乾终于推开了医护人员，大叫道：“停车，我要下车!”

车骤然停下，康乾从车上跳了下去。佳颜情急之下，也跟着跳下了车。

康乾在前面走，佳颜在后面一跛一跛地跟：“你去哪里！康乾！你给我站住!”

康乾停了下来，红着脸，半天不说话，在佳颜的催促下，他才说：“你非要知道吗？我实在饿了，看到厨房里有鱼有肉，就玩命地吃。吃得有些急了，被噎住了!”

佳颜愣住，半天说不出话来。

6. 

佳颜的脚旧伤复发，康乾的心受伤了，不知道哪个更痛。

门铃声，佳颜跳着脚过去开了门，惊讶地看到了康乾提着一只大盒子进来。他把盒子打开，里面是一只有三层高的蛋糕。

他们好像已经分手了。康乾仿佛并不在乎她的分手宣言：“分手也是朋友嘛。再说，今天是我的生日，为我庆祝一下，总可以吧？”

康乾点上了蜡烛，切蛋糕，切了一大块，就要往嘴里送。佳颜看了他一眼，康乾有些难为情：“那你来吃好不好？”

康乾看她的表情有些奇怪。

隔日，佳颜打开了冰箱，看到了一大半蛋糕。她一时有些发呆。

敲门声。康乾再次笑眯眯地进来，佳颜看到是他，就要关门，康乾拿出了蛋糕。

佳颜问他："你今天不过生日吧？我也不过！"

康乾真诚地："这是我公司生产的烘焙食品。新品，你尝尝！算是帮我的忙吧。"

佳颜提醒他："我昨天说的话是认真的。"

康乾不直接回答她："甜品可以使抑郁者变得乐观起来。"

佳颜反问："我抑郁吗？"

康乾反问："你什么时候高兴过？"

佳颜不得不承认焦虑是个时代病，即便别人看她快乐的时候，她心里也有莫名的焦虑。

康乾热忱地："你尝完我就走。你的脚还没有好吧？都是因为我，你才受了伤，我不照顾你怎么忍心！等你的脚好了，我一定消失。"

康乾真诚地递给了佳颜一块蛋糕。

此后，康乾对佳颜一如既往，但是距离拉开了，他们只是像朋友一样交往。

佳颜看着康乾进了厨房，佳颜看了看钟表，又听到了厨房里传来的一声巨响，实在是忍无可忍地冲了过去："康乾，你到底干什么？"

一只盘子被打碎，康乾十分难堪地挡住身后。佳颜过去，拉开了他，摆在她眼前的，是一个个制作精良的十分可爱的小甜点。真想不到，这些小甜点是这么笨拙的一个男人笨拙的手做出来的。

佳颜受伤的时间里，康乾在忙前忙后，端茶送水。佳颜指着眼前的水杯。康乾赶紧递过去，佳颜指着垃圾，康乾赶紧又把垃圾扔了出去。

电话响了。

康乾这次居然没有动静，佳颜只得冲过去接电话，她突然间吃惊地发现自己的腿好了，可她有点儿舍不得康乾的照顾，她很遗憾地看着自己的腿。

康乾说："你的腿要是好了，我就走了。"

佳颜不知道为什么会这样说："还没有好呢。"

可她能走动了，不能再假装了："这些日子照顾我，你辛苦了。我想修改一下我的决定。"

康乾回答："我记得我们已经分手了。"

佳颜明白过来："你就是要我对你产生依恋后拔脚而逃。"

想到这三个月的生活，佳颜突然有些不舍，她动情地拥抱了康乾："我还是要好好谢谢你。"

她没有说出的话就是：你是唯一肯这样照顾我的男人。别人打着爱的口号，贪图的是她的美貌与身体，一旦觉得无望，会毫不犹豫地撤离，连小猫多钓鱼的耐心都没有。唯有这个男人，他什么也没有得到，却对自己这么好。

康乾礼貌地回抱了她，轻声地低语："不用谢，帮助你，也是在帮助我自己。对了，在照顾你的三个月期间，我减了三十斤。你担心的那种事情，基本上也不会在我身上发生了。"

佳颜居然没有注意到，康乾瘦了这么多。康乾有些异样地离开："临走前，我送给了你一件分手的礼物。你好好找找。"

佳颜感觉康乾的表情很怪，她越想越不对头，冲到阳台上，她看到康乾点燃了一支烟，抬起头来看她，隔着那么远的距离，她都感觉他的目光怪怪的。

佳颜丢下电话，冲到了屋里找。她找遍了各个角落，都没有找到。

佳颜一片茫然。

7.

佳颜没有找到康乾的礼物，康乾却消失了，她给他打电话，号码变成空号。

凌乱的屋子，佳颜想到自己该上班了，连忙在衣柜里找衣裳穿。可她奇怪的是，取出的每一件都穿不上，这三个月里，她仿佛硕大了许多。

她从床底下翻出了落满灰尘的体重秤，她吃了一惊，她在三个月内胖了三十斤！

佳颜绝望地跌坐在沙发上，她终于明白了康乾说的礼物是什么。

仅三个月工夫，佳颜成了地地道道的胖子，康乾掉的三十斤丝毫不落地长到了她的身上，是渐渐渐渐地长起来的，以至于她根本不察觉。这几个月来在家里穿的都是睡衣，被他的蛋糕喂养着，就成了这个结果。

佳颜好不容易穿上了一件黑色的紧身衣，被勒得喘不过气来，她刻意地收紧腹部。同事们从她身边过，竟然认不出她了。直到她跟他们打招呼，他们才惊讶道：这是佳颜吗？

没有运动几下，佳颜已经大汗淋漓，气喘吁吁。

超重带来了副作用：体乏，困倦，吃完饭就睡。

佳颜去检查身体，高血脂，脂肪肝……她想起了这三个月来那些形形色色的蛋糕，冰淇淋。

手机响了，康乾出现了："找到了吗？这是我送给你分手的礼物……"

佳颜想到了康乾那意味深长的表情。

8.

佳颜的心情陷入低谷，不止是因为康乾结婚给她带来的打击，还有身上多出来的五花肉。

可可看到了佳颜腹部堆出来的肉，用保鲜膜缠着，示意林姗看，林姗没有反应过来，反而被佳颜看到了，佳颜狠狠地将杯子一顿，吓了三个人一跳："我从来没有见过你们这么狠心的朋友，眼睁睁地见着我膨胀起来，为什么没有一个人肯告诉我真相？"

秋波说："三十岁以后发胖是正常的。我以为你知道的。再说你那么敏感，我要说你胖，你的头一句话就是：有你珠圆玉润吗？我好多次话到嘴边，都没有敢说！何必自讨没趣呢？"

佳颜还是不肯饶恕她们："你们就眼睁睁地看我胖成这个样子？"

林姗安慰她说："胖点挺好看的。我想胖都胖不了。再说，你也不算胖，顶多是丰满。"

可可也说："我经常跟你在一起，看不出来，没看出来。"

佳颜怒道："都是一帮什么朋友啊，杀人不见血！都给我走！"

三个人都很难堪："我们知道你心情不好，不跟你计较，不过你也太过分了。我们大半夜的被你招呼过来，没有几分钟，又被你赶走了，我们还有没有人权啊！"

由于发胖，佳颜的生活陷入了绝望。

看着佳颜沮丧的样子，秋波开始还感觉好笑。当她看到了桌子上佳颜的体检单，意识到问题的严重了："天哪！"

9.

佳颜不甘心因为胖而提前进入中年，她决定恢复以前的自己。看到一家小服装店，佳颜冲了进去。她精心挑选了一件件的衣裳。店老板走了过来："大姐……"

佳颜没好气地："别一口一个大姐的，咱俩不一定谁大呢！"

老板赶紧改口："小姐，你选的衣裳可能有些不合适……"

合适不合适要试了才知道！佳颜抱了一堆衣裳冲进了试衣间。这些衣裳，真的小了。佳颜此刻恨死康乾了，她不甘心，千方百计，好不容易穿上了一件衣服，发生了一件她做梦也没有想到的难堪事：衣服既穿不上去，又脱不下来，她像个怪物一样在试衣间里转来转去……

佳颜满身是汗，怒火中烧，她实在太难受了。

老板催："小姐！"

佳颜怒："催什么催的！"

老板被吓得一抖，无奈地走开。

很久很久过去了，佳颜的衣裳还是既穿不进去又脱不下来，她已经放弃了努力，十分狼狈地坐在试衣间里。外间已经安静下来了，客人们都已经走了。老板试探地走近了试衣间：

"小姐，要帮忙吗？"

佳颜仿佛抓到了救命稻草：

"给我一把剪刀！"

佳颜宁可赔一件衣裳，也不愿意让第二个人看到自己的狼狈相。佳颜一使劲，已经把衣裳撕开，露出了脑袋，她长舒了口气："我赔。"

10.

女朋友们陆陆续续撤了下来，佳颜还在玩命坚持。她突然痛苦地倒在了地上。

可可碰到了佳颜的身体，感到异样，看她的健身衣下面，一层层的皮都掀起来了。她吃了一惊，反应过来是保鲜膜。

佳颜痛苦地："我胃痉挛。"

可可赶紧拿来了东西："别低血糖了。"

佳颜只能喝水。

秋波白了她一眼："能不矫情吗？"

佳颜突然爬起来，往前跑，大家都愣住。

秋波解释："她要去洗手间。她可能吃了减肥药。"

对自己最狠的原来是自己。林姗带着一只袋子，打开，里面全部是水果和圣女果。佳颜见到，疯狂地扑了过去就往嘴里塞。如果她不飞速瘦下来的话，老天都对不起她。

佳颜接了一个电话，脸色沉痛，朋友们小心翼翼地问道："康乾病故了吗？"

他要结婚了。

大家愣了一下，秋波安慰她道："你改变了他，他能够正常地飞速地结婚，是你的功劳啊。"

应该是：她改变了他，他也改变了她，他把她改造成了一个笨拙无比的大胖子。

林姗说："他追不到你，就追了别人。他能高雅，也能世俗。他有梦想，又不拒绝现实。这也没有错啊。"

佳颜没好气地说："你们要不停地赞美他吗？"

林姗知道失语了。

秋波说："你要承认，是你拒绝了他。那你去参加他的婚礼吗？"

去，一定去。佳颜要买一件昂贵的礼服，体体面面地去参加他的婚礼。对了，佳颜说："我去租一件婚纱，把它当礼服穿，到时候你们都陪我去。"

三个人怔住了。

11.

康乾的婚礼上，佳颜果真身着一套婚纱状的礼服走了过来，三个女友帮她牵扯在后面牵着婚纱，人们看到同时出现了两个新娘都愣住。

秋波等人看到了康乾减肥后的样子，愣住了，低声道："我怎么觉得他并不丑啊，而且说实话，他跟佳颜挺般配的。"

可可不住地说是。

康乾走到了佳颜面前。

佳颜挑衅地问："怎么样？漂亮吗？"

康乾上下打量着佳颜："转移了，都转移到你那去了。"

佳颜不曾想到，伤了一个男人的自尊心会有如此可怕的结局。不过一个胖女人也是不好惹的，她也发了狠话：

"我会很快还给你的！"

康乾的态度很好，话却很难听："你也是指的身上的肥肉吗？"

第十二章

男人不止需要一张床

1.

秋波忙中偷闲，和大可郊外一日游来缓解工作的压力。这是她渴望已久的画面：两人在田野上手拉着手，陪伴他们的只有温暖的阳光，蔚蓝的天空。

当晚住酒店，秋波披着湿淋淋的头发从洗手间走出来，大可拥抱了秋波，就在他们紧紧相拥的时候，酒店的电话突然响了，静寂中把二人吓了一跳，大可接了起来，镇定地道："打错了。"

电话刚刚挂断，不等他们再深入，大可的手机在震动，他一面接电话一面起身往外走。

秋波怀疑现在给大可打电话的和刚才打房间电话的是同一个人，而且一定是个女人。那个女人是谁？她为什么不断地电话追来？她是不是有了某种预感？秋波耳畔又响起了女人的微喘，她感到头痛欲裂。

极度的不安使秋波轻轻地起身，到了走廊门口，她听到大可在说话，语调很模糊。他一直背对着门，看不到他的表情。

并不是那个男人把身体交给你，就可以把心交给你的，你们永远是各自。秋波潜意识地想搞清楚那个电话的来处，她几乎是情不自禁地想要看他的手机。

第二天，大可洗漱的时候，秋波有机会看到大可的手机，她轻轻按键翻动页面，昨天夜里的通话记录已经被删除。他为什么要删除通话记录？

从他的脸上看不到任何秘密，大可上网，秋波从镜子里看到他输入的密码。之后，大可拿起了钓竿出去。

秋波毫不犹豫地进入他的电脑，她决定把对大可的调查进行到底。她知道这样做不理智，可是已经这样做了，还非这样做不可。她也知道这样做会激起对方的反感，引发自己不好的窥探习惯，最终导致最不想要的结局。甚至，不要去考验男人，他们压根是经不起考验的。可她总是觉得，在他们两人之间，还有一个无形的女人。她要让她现身。

秋波凭着几分钟前的记忆，输入了密码，不对，她想了想，又重新输入了密码，三四次之后，她终于进入了大可的邮箱。

英文邮件。地图。裸体美女的图片，古玩的图片，并没有发现什么意外的东西。这使她既庆幸，又有些微微的失望。她觉得自己简直就是在自虐，可她记不起何时培养起自虐的萌芽。是否挫折已经在改变一个人的品性？

2.

经过几天的相处和思索，秋波想也许自己对于大可的怀疑是多余的，甚至是错误的，她决定给自己和大可留出空间。

夜半，大可送秋波回来，秋波重新坐到了电脑跟前，面对电脑，她想起他邮箱的密码，又有些蠢蠢欲动，她还是忍不住又去进入大可的信箱。

但是，大可的邮箱密码已经改变。秋波一惊，对方是个电脑高手，莫非自己的举动已经被大可察觉？

秋波一抬头，一惊，大可竟然出现在门口："我的烟可能在你的包里。"

秋波赶紧关了桌面。一紧张，无意中碰到了手机的录音键却浑然不觉。

大可请求："给我来一杯热茶好吗？有点渴了。"

秋波去倒茶的时候，大可的电话响了，等秋波捧着茶出来，大可已经神色有些紧张地挂了电话，匆匆告辞。

秋波感觉他的行径有些怪，便有些放心不下，突然发现手机的录音是开着的，她便关了录音，又觉得有些疑惑，打开了录音，里面传来他俩的对话："给我来一杯热茶好吗？有点儿渴了。"

"好，我去给你倒茶。"

紧接着是手机的铃声，纷乱的声音，里面隐约传来了一个女人的声音。是的，一个女人，这个女人，是一直活在空气里的那个人，一直活在他们中间的人。听不到她在说什么，大可温柔的声音变得

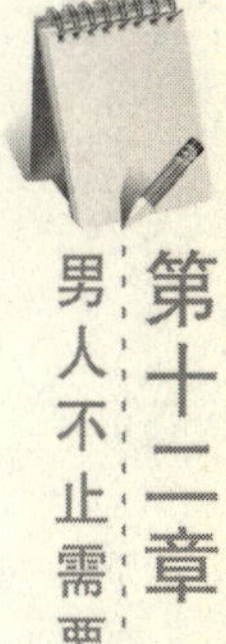

紧张起来："你不要紧张。你等我，有我在，我这就去。你告诉我地址。人民医院外科？好的。等我！"

这是大可最后的话，他便逃走了，秋波重新放了一遍录音，她的眉头越皱越紧。她觉得这个令大可深夜奔过去的是那个一直横在他们之间的神秘人物。

3.

秋波隐隐觉得，这一次来去会终结他们的爱情。果然，她毫不费劲地赶到了医院，毫不费劲地邂逅了他们。

大可扶着李倩从厕所出来，他们越走越近。她能看到他关切的表情，让秋波明白和嫉妒。两人面对面地走了去，大可竟然没有看到她。

秋波傻眼了。

大可再次出来打水，依然没有和秋波说一句话。秋波崩溃了，她觉得自己在大可眼里什么都不是。

秋波正准备开车回家，大可赶到了，他神情严肃，男人做贼心虚的时候就是这副表情，会率先咬人，指责别人的不是。两人沉默了好一阵子，大可要伸手抚摸她，被她闪开，她不允许这双刚刚抚摸过别人的手再来碰自己。

秋波艰难地问："她是谁？"

大可不回答。

"我来替你回答吧。她是你爱的女人。"

大可终于不得不回答："她是我爱过的女人。"

答案终于揭晓。女人的感觉，如疯子般的机敏准确。

秋波无助地："爱过的，还是正在爱的？"

"算是爱过的。"

"可你现在依然在爱她？"

要不，你怎么会跟她在一起的时候都没有看到我！大可的回答令秋波更加绝望："那有什么用？"

秋波无力地："你们为什么没有结果？"

"我之所以没有娶她，是因为李倩不愿意结婚，她不愿意步入世俗的生活。对了，她叫李倩。”

秋波反问他：“你不是也不愿意步入世俗的生活吗?”

大可无语。秋波明白了，原来他愿意同李倩步入世俗生活，而不愿意同秋波步入世俗生活！原来是她错了！

大可解释说：“我原来并不是这样子的，是在她这里受到了挫败，才觉得婚姻没有什么意思，甚至没有什么意义，现在，我跟她已经没有什么了，可她需要我的时候，我不能不管她。”

就是这样，他在感情上受到了挫败，就来拒绝她，秋波因为爱，丧失着尊严，暗示他，他装傻，她向他求婚，被他拒绝，她甚至可以不要婚姻，只要与他生个孩子，连这都被他拒绝了。就是连收养个孩子，也被他拒绝了。

“在你眼里，我是什么?”

大可恨道：“我知道我是混蛋!”

秋波痛哭。大可来给她擦眼泪，被她狠狠推开。

4.

林姗赶来看秋波，她只是默默地陪着她，一言不发。她知道秋波需要安静，等她不烦了，会把一切告诉自己。

仿佛受了一场重创，除了呆呆地望着天花板，秋波没有力气再做别的事情。

林姗安慰她道：“事情没有你想象得那么严重，大可不就是跳出个前女友嘛，说不定是那个女人缠着他的，你只要置之不理，要大可来选择就好了。”

可可问道：“如果他没有选择秋波呢?”

林姗暗示可可不要说下去，可可全然不觉：“大可如果是个深情的人，他会先来后到按顺序来。我不否认秋波爱大可多一些，可男人一般耿耿于怀的都是让自己受伤的女人，而不是对自己好的女人，除非这个男人快咽气了。”

林姗制止了可可：真理你怎么能在现在这个时刻讲出！现在需要谎话来养心！

秋波却点头道：“可可说得对，每个人都是这样，谁待你苛刻，

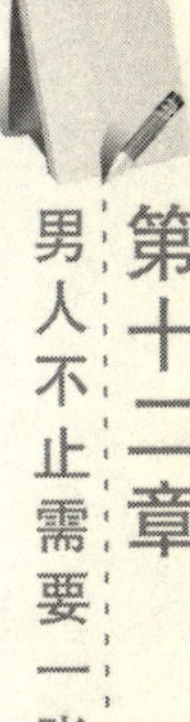

你反而不敢怠慢他。那个女人让他的自尊受了挫，他反而要在她身上找回。我已经想得很透彻了，可就是不能释怀。”

秋波觉得她受了内伤了，五脏六腑都禁不住这样持久的伤。

门铃响，佳颜进来：“我看你根本不用等他选择，如果你爱他，你还是可以跟他结婚。干吗不主动些呢？干脆把他划为己有，压根就当那个女人不存在。爱情是需要一点点争取的。”

秋波无法对好友说，在这之前，她是如何一步步地争取，一步步贱兮兮惨兮兮地爱他，又遭遇了惨痛的失败：争取是没有用的。你越是争取，你想要的一切就离你越远。既然已经败了，就不要再摇尾乞怜。秋波觉得自己是在吞下了被刘大可打落的牙齿，既然最终的结果是一样，何必还要继续丧失尊严？也许是悲观，也许是懦弱，也许会后悔，但只能这么做！她需要爱情，可总要爱自己一点儿吧？

林姗接到了甘时雨的电话，毫不留情地抛开了女友，匆匆赴约。

5.

林姗去赴饭局，却看到了一桌子残局。现在就连吃饭，甘时雨也不会再客套地等她了：“我给你打了包了。”

甘时雨埋单的动作越来越慢，越来越少，林姗按捺不住，便去埋单，甘时雨右手抓住她的左手，左手去掏钱包，总也掏不出来。当他把钱掏出来的时候，林姗已经埋了单了。

甘时雨和林姗的交往在加紧进行，目标明确。他们的约会地点更多是选择在了甘时雨家里。这样，一则省钱，二则女人可以替她收拾屋子，三则有什么亲昵举动，想做什么就做什么而不用顾及。

浪漫的情怀一旦消逝，恋爱真是索然无味。简直像是假冒伪劣一样让人恶心。林姗感到越来越不对劲了。好在为了结婚这个目的，她还是选择了一忍再忍。

林姗是个相对保守的女性，她不接受灵魂不在场的性爱。甘时雨追逐了几个来回，都被她闪开了。她坐在了吱吱呀呀的椅子上，椅子便滑了下去。她吓了一跳：“椅子该换了。”

甘时雨借口：“用得久了，习惯了。”

他的电脑，实在太老旧了，半天上不了网，磨刀不误砍柴工，应该换了吧？甘时雨不知道是惜钱还是恋旧：

“能用的干吗要换呢。”

林姗无意中看到了甘时雨的工资条，她摘去了眼镜，不相信地看，她终于知道为什么要拉动内需了，每个有钱人都有着铁公鸡的内质。

6.

刘大可这样对待秋波，佳颜决定为她去出口气，她和林姗私下里去医院，正好看到大可从车上下来。

佳颜拦住了他，大可不动声色，依然文质彬彬地说道：“你们好。”

佳颜假装糊涂：“秋波呢？你到医院，是不是秋波病了？”

大可不失分寸：“对不起，我有些事，回头聊。”

佳颜拦着他，大可感到了她的不友好：

“我要办出院手续，请让开。”

佳颜对峙：“秋波也病了。她病得不轻。你这时候哪里去了？为什么不管她？”

“对不起，关于秋波，我很抱歉。”

“一句抱歉就完了？你知道你把她伤成什么样子！你知道她对感情的要求！”

眼见两人就要冲突起来，被林姗拦住：

“有话好好说，我见不得人打架。”

佳颜怒道：“刘大可！秋波变了，她因为你而变化，不是变得可爱，而是变得不可爱，你是一个魔鬼，把一个至情至善的女人变成那样，关于她的变化，你要负责！”

佳颜把自己看成了侠客，不，是众女友的保护伞，她们谁有了事情，她都会毫不犹豫地为她们出面，哪怕粉身碎骨。所谓知音难觅，佳颜觉得为了自己的同类，值得。

7.

秋波遭遇爱情失败，脾气变得怪戾起来。

这是由于感情上所经受的挫折而导致的恶性循环。秋波明白，她的怪戾让她碰壁，甚至在工作上有时付出了巨大损失。

寻找了多年，感情无处安身，青春渐渐溜走，就连自己全心投入的事业也在慢慢折断翅膀。她还能在乎什么呢？

8.

不再担任重要岗位，不再谈恋爱，秋波时间充裕了起来。经可可介绍，和一位名叫王志诚的商人认识，她准备入股他的公司。这是他们第五次见面。

王志诚摆上了合同："你既然已经相信我，我必然以诚相待。"

王叔叔是可可父亲多年的朋友。可可在他公司的投资，一个月内就收到了回报。

大可出现在茶楼的一角，有意无意地向这边张望着。秋波去洗手间看到他，假装没看见。

大可主动打招呼："你好。"

秋波不理他。

大可叮嘱道："我好像听到你在跟人谈生意，你不懂的事情，最好不要参与，更不要随便投资。"

秋波冷冷地回答道："关你何事?!"

大可叫："秋波!"

秋波回头道："公众场合，勿要喧哗，尤其是不要对着一个陌生人大喊大叫。"

大可无奈，不是爱，就是恨，人与人之间的关系就是如此微妙。

秋波看了合同后，将一只牛皮袋递给了王志诚：

"我把我半辈子的心血交给你了。这可是我奴役自己赚来的钱，你得好生给我看住了。”

王志诚笑容满面：“放心。放心。”

当天夜里，秋波做了一个噩梦。她梦见王志诚消失了。她醒来后庆幸，幸亏那只是个梦。

有一点点存款的人最应该做的事情，就是握紧手中的钞票。第二天秋波明白过来，不幸发生了。

电话响了，可可急促的声音：

“秋波，你把车停到路边，我有事情跟你说。”

秋波预感到了不测，车拐到了路边，重重地停下。

“你给王叔叔的投资是你存款的几分之几？”

“范可可，我告诉你，那不是钱，那是我过去几年不可再来的生命！”

接下来，可可的电话也打不通了。

9. 

秋波想，可可在这个时候回避她的电话，是不知道如何安慰她。她心里一定也很不安，直到夜里，她收到了可可发来的空白短信。

第二天一早，秋波动作敏捷地从床上爬起来，已经接受了遭受重度损失的现实，她精神抖擞地给可可打电话：“可可，事既如此，钱要是追不回来，你不要放在心上了。命运就是如此，创业难，守业更难，我把它当做我命中的一劫好了。”

经过一夜的思索，可可也想清楚了，与其背负感情的债，不如背负经济的债：“秋波，我已经想好了，如果钱追不回来，你的损失我来补偿！”

10. 

林姗发现，随着她与甘时雨的交往，甘时雨吝啬，或者说艰苦朴素的本性一再彰显。

他们在餐厅里吃饭的时候，林姗都没有点菜的份，甘时雨会一切替她做主。免费茶，墙上的特价菜，要素的，不要再问了，快上吧。

林姗开玩笑道："你不觉得我已经很瘦了吗？"

事实证明，爱情是一门缺憾的艺术，即便是在它花好月圆时。

菜上来了，甘时雨对林姗让也不让，将菜都塞到了自己的嘴里。快吃完了的时候，他连汤带汁都倒回了自己碗里，一面含糊地叫着埋单。

甘时雨先是掏出一张一百元的钞票，摸了半天，又放回去，后又拿了张五十元的摸了半天，又放回去。看他的样子，林姗受不了，掏钱埋单。甘时雨再次用右手去抓林姗的左手：

"下次不许这样了！女人埋单，我很没面子。"

林姗一直和对方坚持着 AA 制，哪怕是男友：

"你最近是不是有些困难？"

甘时雨不解。

"我是说，你在经济上是不是拮据？"

俭朴是甘时雨的生活习惯："我们的钱不算少，也不算多，所以得科学地规划啊。再说，我要存钱干许多事情。对了，我把工作辞了。"

林姗想起了那张工资条。

"我有一个项目，酝酿了好几年了，今年我准备自己干，我已经想得很透彻了，现在缺乏资金，我想把房子卖了作为启动资金。我还想跟你把婚事办了……"

这样的求婚也太令人猝不及防了，林姗还没有来得及反应。想想，结婚，结婚是个很刺激的字眼，从第一次学到这个词，从第一个好朋友的结婚，到周围朋友的陆续结婚，到自己想结婚而不得，终于结婚，林姗闭着眼睛找着感觉：

"你把房子卖了？哦，不过在我的房子里结婚也行。"

甘时雨立即说："不，我想在婚后把你的房子也出租出去。"

林姗一愣。

"创业初期，我们要艰苦一些，租房子结婚。你愿意把你的银行卡和存折都交给我吗？我更善于理财，我只是帮你保管，不会动用，你放心好了。"

靠甘时雨这种人拉动内需注定是要失败的。林姗想，也许这个男人更适合生活。

11.

秋波正忙的时候，手机响了，她慌忙找到电话，电话通知她，被骗的那笔钱追回来了。

可可说，经公安局调查，王志诚这些年并不在国外，而是借做国际贸易之名在国内不同城市进行诈骗，这一次，当他带着钱要走的时候，有人跟踪了他，他们才免受损失，不过追他的那个人也被打伤了，据说伤得不轻。

秋波想：真要好好感谢那个人。

她们一起到医院去看那位英雄，却看到小陈守在病房外，秋波见到他，一惊，本能地向病房看去：大可在重症监护室内。

秋波和可可大吃一惊。秋波立时失去了理智，她冲了进去，扑到了大可床前，刘大可在昏迷之中。

可可明白了：替她们追回钱的是他！

秋波看到医生，追问道："他的伤怎么样了？有没有危险？有多大危险？"

秋波在和医生交谈的时候，可可怯怯地站在门口犹豫，医生的话语落入她耳中："病人脑部被击中，要立即动手术，可能会有风险。"

秋波心里一惊："会有什么风险？"

这个说不好。一种可能会全身瘫痪，一种可能会在手术过程中伤着某根神经，落下后遗症。

秋波已经冲动了："什么后遗症？你给我说了这么多种可能，你却不肯说治愈的可能。你的工作就是治病！怎么能把治愈的希望缩到那么小！"

医生的情绪丝毫不受影响："还有一种可能，就是治愈。但是在排除了所有的风险之后。"

可可见秋波咄咄逼人，连忙对医生道歉：

"对不起，对不起，她心情太坏了。"

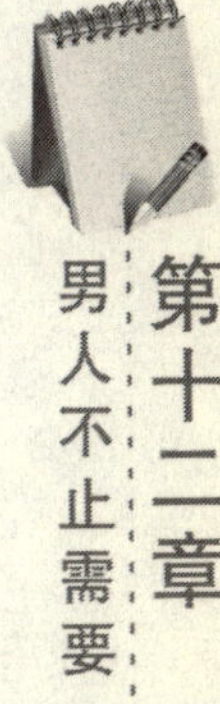

小陈矛盾地看了看秋波："刘总家里人因飞机延误，不能及时赶到。"

医生说，病人情况紧急，要立即动手术，再拖延下去，风险会加大。小陈犯难了。关键时候，秋波毅然决定："我来签字。"

众人一愣。

"如果他出现了任何一种意外，我照顾他终生。"

看着秋波坚定的脸，所有的人都感动了。小陈把秋波拉到了一边："秋波姐，你要想清楚了。"

秋波反问："你能叫别人来签字吗？"

小陈很明白秋波说的"别人"是谁，他心情复杂地摇摇头。

12.

可可心慌地走来走去。

大可已经进手术室八个小时了，可可告诉自己：稳住，稳住，她的身体却一直抖个不停。

她不曾想到，自己造成的一切后果，她借口为大家买面包走了出去，走到院子里就忍不住哭了起来。她没有想到会发生这种事情，给秋波介绍的投资人是个骗子，替她们追回钱财的竟然是大可，更没有想到大可因此受了重伤，如果早知道，她宁可，宁可……

现在已经出了这样的事情，已经没有如果了。可可走到了秋波身边："秋波，要是大可有个三长两短，我怎么补偿你？"

秋波已经冷静下来："你不要歉疚。该发生的都会发生。"

可可真诚地："我会尽一切力量补偿你。"

秋波拍了拍可可的肩膀。

几个小时里，秋波一言不发，沉默而坐。小陈看看她，光影照下来，看不清她的表情，他问林姗："我们是不是过去陪陪她？"

林姗说："她一个人的时候更坚强。"

是的，当爱人的命在你的手里的时候，你不得不坚强，不得不理性，不得不负起责任来。

可可忽然想到什么："对了，刘大可的那个女人呢？怎么一直不露面？"

佳颜和林姗瞪她，她才住了嘴。

一声响动，手术室的门开了。秋波奔到了大可身边，大可醒来，看着她，口中喃喃说着什么。

可可松了口气，晕倒了下去，林姗和佳颜连忙扶住了她。

13.

把存折和工资卡交给了甘时雨，林姗很快尝到了结果，通常她准备埋单的时候，会发现里面的钱不够，于是就很客气地对售货员说：

“我不要了。对不起。”

拉动内需在她这里也遭到了失败。

甘时雨带着林姗来看他们的新家。林姗想象着他能蒙住自己的眼睛，给她一个惊喜。但她进来的时候，黑糊糊摔了一跤。

甘时雨摸黑找开关，摸到了林姗的脸。灯开了，林姗愁苦地发现地上到处是虫子。

没有浪漫情怀的甘时雨突然地浪漫起来，指着宽敞高大的空间说：“我们把这布置成新房，你觉得怎么样？”

林姗看着未来的家，哭笑不得。她对于婚姻的梦想被这个男人重重一击。不过甘时雨乐观积极的畅想，不一会儿就使林姗充满了希望。

不日，她带着朋友们来参观她的新房子。高高的房顶，空空荡荡，墙上是污浊的一片。

这是个废弃的车库。甘时雨说了，他会把这里装得像宫殿。

可可笑道：“如果这个房子用几十万来装修，可以搞个错层，非常不错。不过装修的钱可以用来买半套房子了。”

佳颜非常不能接受，她说：“如果是二十多岁，你可以住这儿，哪怕不用装修，也非常浪漫。如果是到了四十多岁，穷途末路又非要成家，也可以考虑接受这样的待遇。可你是三十岁，不明不白住到这种地方来，实在太傻。”

林姗被说得傻眼了：“你们不认为这是共同患难吗？”

佳颜反问：“他有什么难了？再说，你没有必要在这个年纪患这

种难。他也没有跟你患难啊。”

林姗反问：“你难道不觉得我跟他患难，和秋波跟刘大可患难是一个性质的？”

佳颜有些质疑地：“是吗？”

林姗觉得甘时雨这是出于自尊心考虑。他不愿意住女人的房子，所以他宁愿租房，哪怕是租这样破的房子。

众人质疑：“是吗？”

林姗又反问：“你们不觉得，住在这里挺浪漫的？”

众人同声：“是吗？”

林姗关于婚姻的梦想再次受到了重创。林姗从三岁起，就梦想着未来有一个浪漫的婚礼，有洁白的婚纱，有红色的玫瑰，有丰盛的喜宴，有祝福的嘉宾，有蜜月的旅行，有一堆与现实相差十万八千里的照片……在心里，她比谁都渴望。可她是个生活在现实里的灰姑娘，如果没有浪漫，她只能接受现实。

林姗从沮丧中爬起，给甘时雨打电话：“选个日子我们结婚吧。”

14.

这些日子，秋波一直在照顾大可。谁都会感念照顾自己的人，因这世间，人越来越不会将爱轻易施舍给别人，一场病使大可变成了个孩子，他一直柔情地信赖地看着秋波，他突然脱口而出：

“咱们结婚吧。”

秋波没听明白，大可又说了一遍：

“咱们结婚吧？!”

秋波怔住了，泪水纷扬，她转过身去，迅速擦去泪水，转回身来时微笑道：

“你看清楚了，在你眼前的是我，秋波！你不要因为我照顾了你两天，就要以身相许！”

大可握住她的手：“秋波，我们结婚吧！”

期盼了那么久的承诺，终于在一瞬间兑现，秋波心神动荡，早已泪光盈盈地倒在他的怀里。是的，无论到了什么时候，都不能失去真爱，人与人之间，只有以真心换真心。若是失去了真心，自然也没有了真爱。

从医院出来，秋波百感交集地一个人走在路上。人们知道了生命的有限，像怕亏本一样地躲避痛苦，可最终躲避不了内心的沉重，追逐着快乐，却追逐不到幸福感。秋波很庆幸，苦难和痛苦绝对是人生不可或缺的一部分，在其中，你被沉重压迫，少了些快乐，但是却在痛苦中有了幸福感。幸福，绝不是单纯的快乐。它是有厚度的。

15.

大可渐渐地康复了，他们的婚期越来越近了，秋波在忙乱中渐渐地感到不安，害怕幸福会在转眼间被推翻。她知道红地毯的那一头，是风，是雨，是更加严峻的人生。她是个成熟的女性，不是对爱情抱有天真幻想的小女孩。

“秋波，得到你我如获至宝。”大可终于也会说出这么“无耻”的话。

门铃响，三个女友苦着脸出现。看她们脸色不对头，秋波小心地：

“出什么事了？”

她们心里有点不舒服。秋波安慰道：

“你们也会结婚的，都会比我幸福。”

可可叫：“我怎么像痛失宝物一样，这些天来我虽然接受了这个现实，但是心里都很感伤。从我十九岁起，我最好的女朋友出嫁，我就是这种感觉。到了今天更甚！”

佳颜说：“刘大可，我怎么心里这么不平衡啊，这么一个知书达理，善解人意，懂得生活的女朋友就这么被你娶进家门，然后在接下来的日子里，被你变成一个恶俗的家庭妇女，凭什么啊你。”

林姗说：“好好守着，别弄破了，别弄伤了，老婆是讨来爱的。”

大可笑：“有你们三个，我敢掉以轻心吗？”

大可送她们出门，秋波收拾他桌子上的影碟，发现了一张光碟。她有些好奇地拿起来，放进了影碟机。

她的脸色越来越不对了，她无法克制内心的伤痛，愤怒。

大可进来，看到她面如土灰，连忙问是怎么回事，秋波不语，他放了影碟，看了一下，也变得结巴了：“这是……这是哪来的？”

秋波愤怒地：“你还问我？!”

大可冲过去，将影碟取出，狠狠地摔到了地上，用脚去踩，怒吼：

“明天就结婚了，这几个小时，你干什么不好，干吗要翻出这个来看！”

秋波站起身来就往外跑。大可拦她，被她狠狠抽了一记耳光，力气如此之大，大可倒在地上，从地上爬起来，抹了脸上的血，追了上去。

16.

崩溃吧，毁灭吧。这世间哪里有爱，有的是多变的人性，以人性的弱点，偏偏要编织出一个个爱情故事来骗人，编故事的有病，听故事的有病！你们以为大龄未嫁是我们的错，你们要求我们在这无爱的人间去寻爱，本来就是一件错误！干脆把我阉割了吧！让我从此杜绝对爱情的向往！

风呜呜地刮着，路边的银杏树被刮走了树叶，席卷而来。

秋波在风中跑着，跑着。她流着泪在风中不顾一切地跑着。

秋波不知道自己想逃到哪里，她只想要逃出世界，逃出自己的命运。甚至逃出这个年纪，回到二十出头无忧无虑的光阴，上天乖戾，经常把人捉弄。

秋波跑不动了，停了下来，呆呆地看着眼前的一片银杏树。

大可也停了下来，他怕她有什么极端的举动。他已经把她逼向极端了，他懊悔万分。他是没有想到这最隐私的一幕会被她看到。他没有想到，李倩不愿意同他结婚，但是也不愿意他同别的女人结婚。

秋波久久地呆立着，呆立着，在极度的悲愤里，失望下，最坏的情绪得以转变，她突然间以轻轻细细的嗓音唱了起来：“似这般姹紫嫣红，都付与断井残垣……”

多少的深情，多少的伤痛，多少的寂寞，化作那悠长悠长的唱腔。那影碟里，竟然是大可与那个叫李倩的女人缠绵的画面。她想不出，一个人怎么可以分身同时与两个女人周旋，怎么都可以那么忘情投入。她可以接受一个男人的遗弃——感情倘若不在，分开是明智的选择，但她不能够接受他同时拥有两个女人。秋波从影碟上大可的形象一眼就看出，就是在这段时间发生的事情。她一直以生命来庇护的人格、自尊被人践踏了。

天下起了雨，雨水落在了她的身上，她无知无觉。

她唱着唱着，不知不觉地流下了眼泪。

大可也流下了眼泪。

秋波唱到高潮处，分不清今昔。她不愿意回到这污浊的现实。她想，就这样死去吧。这个世界，没有什么依恋，来一遭也是个错误，身不由己地来，身不由己地去，还不如此刻去做选择，去做了断。

雨打着树叶，纷纷地落下，落下的，还有一只漂亮的蝴蝶，以优雅的姿态死去……

大可突然上前抱住了她，跪在了她的膝前……

17.

秋波勉强对朋友们笑笑，她生性倔犟，明明难受，还要强装笑脸。

佳颜恨恨地说道："我恨不得把这些男人都消灭掉。"

可可也受刺激了："你最好消灭掉婚姻。让那些男人因为滥而灭绝。"

林姗受大可之托，趁两位好友不注意将一支录音笔送到了秋波面前：

"他跟我们说……"

秋波断然地："不要提他！"

林姗真心劝她："秋波，你再好好想想，那毕竟是以前发生的事情。"

秋波倦了："你们回去吧！我没事的。真的没事，很想一个人待一会。"

林姗还是留下了那支录音笔：“你好好听听，也许他有他的难处。”

看她们走后，秋波几经犹豫，终于按了录音笔，大可的声音传了出来：“秋波，我知道我很伤害你，我不知道怎么对你解释这一切，很多时候是没法解释的。我和李倩早已分手了，但是在生活上，她需要我的照顾，尤其是在她父亲去世后，我就担负起了照顾她的任务，至于你所看到的那一幕……记得我有一次出差吗？其实我早一天回来的，我接到了她的电话，她父亲去世后，她的心情十分不好，那天晚上，我们就有了故事，我不知道她录了像，我更不知道，她是什么时候把那张碟放在了我的家里，当然我也猜不透她这样做的动机。这终归是我与你有了感情之后发生的事情，我很抱歉，但这件事情又是发生在我与你订婚之前，我想在我与你求婚之时，我们的感情已经发生了飞跃。我一切听你处理，就是如此。”

就是如此。秋波归于孤独。孤独是那么沉寂温和，却不会伤害她。爱情不能消除孤独，既然人已经出生，就无法逃脱宿命，为什么要愚昧地摆脱孤独，反而付出更大的代价？

秋波如此深刻地爱上孤独。

18.

林姗过生日的时候，甘时雨终于大方了一回，请林姗去看芭蕾舞。林姗精心打扮，为了不破坏妆容，她打车赶到了剧院，当她气喘吁吁地赶到时，甘时雨反而对她说：“我们走吧?!”

走就是离开这里。甘时雨解释说，刚才因为到得早，看到有人要买高价票，他灵机一动把票卖了，赚了一倍的钱：“走，我请你吃饺子。”

林姗忍无可忍，转身而去。

尽管林姗痛恨甘时雨的小气，但是与他在一起的日子，林姗已经得到真传。林姗出差在外时，公司打来电话，考虑到漫游费，林姗咬着牙没有接电话。

公交车上，林姗看着不时响的电话。这已是单位第六次打过来。还没有到站，林姗就跳下了车，找了个公用电话回过去，迎头就遭到了领导的呵斥，林姗握着电话傻了眼。

甘时雨收走了银行卡和积蓄，没到月底，林姗已经亏空，不得不向好友告贷。可可已经等了她近40分钟，林姗才急匆匆地跑来，解释道：“不好意思，堵车。”

佳颜在雨里等了这么久：“你可以打车来嘛。”

林姗解释：“打车不得花钱嘛？这不闹经济危机嘛？”

可可说：“那你可以打个电话告诉一声哪！”

还不是为了省电话费嘛。可可把钱借给了林姗。

佳颜质疑：“你的钱呢？”

林姗像祥林嫂一样贫困：“哪里有，哪里有啊。”

佳颜真是恨死了林姗的小气样。不，她是恨甘时雨。这个小气鬼兼丑八怪男人，林姗此时气极了：

“哪里有，哪里有，我不会理财，已经亏空了。”

佳颜算是明白了：有钱的人最缺钱！晕！

林姗说：“我去逛店了，你们去不去？这儿的衣裳挺好的，要不你们帮我参谋？”

佳颜看了看旁边拥挤肮脏的市场：“你就在这准备结婚的衣裳？”

这有什么错吗？甘时雨要在这里买啊。可可连忙说：

“嗯，挺好的。跟你商量个事，秋波最近情绪不好，我们想陪她到别的城市去散散心，老规矩，AA制。”

林姗吞吐道：“可能我不能去，是经济上拮据，我们现在要省着花，将来在一起的时候好过得好一点儿。”

佳颜最见不得人这个样子，尤其是林姗被那个丑陋的甘时雨改造成这个样子，她叫道：“又是钱的事，你的钱都用来做什么？”

林姗为难地说：“生活啊。”

林姗认为为了一个好男人，放弃了身外之物，没有什么不对。

佳颜反讽道：“我也认识甘时雨啊，我怎么没有觉得他像你说得那么好啊。”

林姗冷脸道：“我怎样做便怎样做，用不着你这个国际警察来维持秩序！”

佳颜警告：“林姗，你迟早会后悔的。”

可可无奈地看着两个朋友各奔西东。

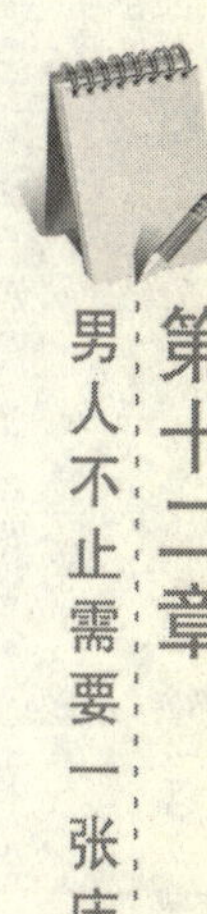

19.

朋友们觉得林姗越来越像甘时雨，林姗受了委屈，向甘时雨倾诉。可不知何时起，甘时雨开始不再按时回林姗的电话和短信。林姗按捺不住，路过甘时雨的家时，索性到了他家里。

甘时雨见了林姗便说："我最烦没事打电话发短信息了，一次一毛钱，好像不是钱似的，你来我去的，又浪费时间。你没事尽量别给我发消息。"

林姗无语。

甘时雨头上顶着报纸叠的小帽，来回忙碌着，林姗无意中看到了他抽屉里的户口本，她愣住了：上面写着已婚。她又翻看了后面，不错，他还是在婚姻状态。

林姗气傻了。她这样的道德中人，竟然无意中变成了第三者，二奶！情人！

甘时雨戴着小帽追上了愤怒而走的林姗："我只是没有去办离婚手续而已，其实在心理和生理上，我们早就离了。"

林姗愤怒："第一，我不能原谅你的谎言，你先是对我说你未婚，后来变成了离异的，现在成了已婚的。我最憎恨人说谎，却遇到你不断在说谎，而且是在这么关键的问题上说谎；第二，我最恨第三者不道德，你却让我变成了第三者！第三，我是个律师，出于对你的信任和尊重，相信了你所说的一切，你却让我成了一个最可笑的律师，我不得不痛恨你了！"

甘时雨非常痛苦的样子："你就不能再原谅我一回了？我保证这就是最后的答案！"

"我也给你最后的答案：分手。"

第十三章

万里长征

1.

寻爱之路是一场万里长征，如果在适龄年纪没有进入一个成功的婚姻，那么在这条路上将会走得更加艰辛，它不止考验着你的胆识毅力，更加考验着忍耐和承受力，虽然维持一个成功的婚姻也需要同等的毅力。

可可使劲地摇着头："我绝不接受三十多岁的离异老男人。"

如果男人三十多岁都算老，她们是不是算老女人了？反正这个年纪的男人在可可眼里是老男人，如果再加上离异，就是老上加老。

林姗想不明白："你为什么不能接受离异的男人？"

可可很有理由："因为我未婚啊。为什么我不能找个未婚的？这算是奢望吗？"

林姗想不通，可可在财产，外貌，甚至才华上都没有要求对方与你对等，为什么偏偏要求在婚姻问题上对方与你对等，这不是封建思想吗？

佳颜问："你为什么到现在还没有结婚？"

可可回答："我在适龄期间没有碰到可心的男人。"

佳颜说："也有很多像我们一样的男人，走入了坏婚姻。现在他们要从坏婚姻里走出来，重新寻找幸福，你要因为他们的错误而拒绝他们吗？这无疑是自绝于人民。相反，一些质量比较差的男人，可能一直在寻寻觅觅，但是因为质量太差了，婚姻一直没有结果，你要找这样的男人吗？男人是按质量算的，越老越经典，时光并不能抹去他的光辉，相反，离婚，也不能成为他的缺点，如果他处理得好，是他未来成功婚姻的失败之母。"

可可快要被说服了："真的吗？"

佳颜说："退一步海阔天空，只要你肯接受离异男人，你的选择面会扩大多少。你已经错过了二十多岁最佳的择偶期了，如果你再把自己锁在未婚男人的狭小范围中，怕是你只能这样下去了。不过我觉得我们四个人当中，可可最有条件结婚。”

可可傻傻地瞪着一双单纯的眼睛：“为什么？”

“你傻呗。”

大家哄笑起来。

深夜，可可难以入睡。要她去接受离异的男人，真是个难题，好比让她去买一套二手房，二手车，吃人家丢掉的饭一样犯恶心。许多对爱情没有期待的人都有了好婚姻，她一直对婚姻，对爱情有着那么美那么美的期待，怎么可以马虎呢？

2.

多次恋爱失败之后，为了结束这段万里长征，可可对自己的婚姻政策做了妥协——决定接受离异男人。对方叫林海，经营一家文化公司，有房有车有资本，当然，还外加一个女儿。林海身材高大，气若洪钟，出手大方。

不知怎么，林海的长相让可可感到怪异而可怕，他的发际很低，仿佛没有前额，即便是笑，也仿佛是要发火的样子。可可看看旁边护驾的佳颜，佳颜好像都快睡着了，可可轻咳了一声，也没有把她震醒。

林海先给可可来了个下马威，他上上下下打量着可可，弄得可可不知所措：“你有多高？多重？”

可可老老实实地回答道：“一米六，五十公斤。”

从外在条件上说，她确实没有什么值得炫耀的：没腿没胸没屁股，脸蛋也长得一般。不过这个男人也没腿没胸，还有个肚子。说实话，可可厌恶死了这种大腹便便，一身死猪肉的男人。

“我的条件你看了吗？基本是二十八岁以下，一米七六以上，三围要绝对符合标准，身材要绝对是黄金分割。”

可可红着脸站了起来：“那么，打扰了。”

“我身材太小，年龄太大，该大的地方不大，该小的地方不小，不符合你的要求，我，我告退。”

佳颜站起身来，立在了林海和可可中间，挑衅地看着林海，林海被这个突然跳出来的胖大女人吓了一跳。

佳颜咄咄逼人：“你知道她的条件吗？不要求相貌，不要求身高，也不要求资产，只要五千万左右即可。你符合吗？不要再提你童年少年青春期的梦想，接受现实吧，老头！”

林海傻眼了，继而嘿嘿一笑：“原来，你还请了个帮手。我跟你开玩笑呢。你怎么就当真呢？别生气，别生气。我前妻跟人跑了，我常常想起就一股无名火，就有点胡说八道，别见怪。”

可可的心被软化了。佳颜叫她走，她不忍丢下林海，佳颜见状，怒气冲冲扬长而去。

“可你跟你这位朋友一对比，简直显得你太可爱了。”

可可完全地被林海控制了。

3.

林海把可可丢在车里面，自己跑得没了影子。可可感到地球的旋转加速了，仿佛要把她甩出去。她想叫，却叫不出来，她想打电话给朋友，手指连动的力气都没有。第一次跟这个男人喝酒就让他给灌醉了，死一样的滋味，喉咙里掀起一波一波的浪，酸酸的，辣辣的，涨潮一般一波一波往上涌，她不敢动，一动就会溢出来。坏了，最后一波浪以巨大的力量脱口而出，她呕吐了。

之后她仍然一动不能动。却在想，吐了他一车，可怎么是好？直到大约过了半个小时，她才有力量找出了车里和自己手袋里的所有纸巾去清理自己的呕吐物。

可可一直担心被林海发现，她将如何解释，她是不是该不辞而别？她把自己的一瓶CD香水都喷在车里了。正在她犹豫的时候，林海兴致勃勃地抱着宝贝跑了过来：“总算买到了，宝贝，宝贝啊。”

好在，林海也没在意车厢里的气味，他把可可带回到家里，小心翼翼地打开了盒子，一双品牌鞋子出现在可可面前，他不无得意地：

“怎么样？酷吧？”

可可惊讶到他把自己丢开，跑了两个多小时，就是买这个东西？收集限量版的品牌鞋子，是他的癖好。林海拉着可可到了展柜前，可可惊讶地看到，所有的展柜里，除了鞋，就是鞋。

他拉她到卧室里，还是鞋。

他拉她到了橱柜，打开，还是鞋。

他拉她到了贮藏柜，还是鞋！

“你看，我收藏了所有限量版的阿迪达斯和耐克！它们在市场上是有价的，但在我心里是无价的！这么好看的鞋子，我只是偶尔试穿一下。它就是我的爱人，是我的一切。你知道吗？所有艺术最终会走向没落，包括鞋子的设计。它们最经典的样式已经在成熟期设计完，未来不可逾越过去的经典。我现在便是将这些经典收藏起来。”

可可呆了，忍不住好奇心：“听说靠文化赚钱非常艰难，你哪里有这么多钱来买这些限量版的鞋子？”

林海得意地：“这就是我与别的文化人的不同了。这一点上，我绝对的品味高雅，不落俗套，绝对不抠门。怎么？看样子好像你不是很感兴趣？”

可可只好违心地说：“我喜欢！”

为了培养共同爱好，可可开始研究鞋子。她沮丧地发现，所有的爱好都是把金钱和生命挥霍一空。

当天晚上，于鸿憔悴不堪地出现在她面前，可可看着他，纳闷地：“你怎么又弄成这种样子了？”

4.

几天过去了，于鸿住在可可这里，既不说走，也不再走。可可在和林海通话的时候，非常怕因为于鸿的存在，引起对方的误解，常常是捂住话筒，到了安静的角落向林海解释说：“刚才信号不好。”

于鸿不走，可可没有招数。她突然间听到了于鸿说话的声音。

“情况就是这样，我实在是讨不回来工资啊。”

可可眼前一亮。原来他心情不好，是因为有人欠他的债！那么，如果她帮他讨回了债，他应该就会走了吧？到底是哪个这么不人道，欠了这个可怜的人的钱呢？

于鸿把可可带到了拖欠他工资的公司，小声地说：“我给他们工作了八个月，只拿到了两千元工资，其余的钱，老板一直拖着不

给我。”

可可虽然也不擅长讨债，但是想到于鸿的生计问题，慷慨之情油然而生：“好，这个任务交给我了。”

可可并不是十分自信，却做出十分强悍的样子：“我要伸张正义，替农民工要回工资，你的待遇连农民工都不如。我要是讨不回来，我再要我的女朋友帮你讨!”

可可一惊，她看到了林海，她没有想到，这个公司竟然是林海的。她有些退缩了：“你的工资，还是你去要吧!”

于鸿说：“是你说要替我要，我才来的，我就是讨不回来了，才请你出山，你要是不要，咱们就走吧！走吧，不就是几万块钱吗?值得浪费宝贵的时间吗?”

可可想了想，对于鸿说了什么。于鸿半信半疑地进去了。

林海正在不耐烦地跟于鸿周旋着，可可到了，林海连忙热情相待，于鸿被晾到一边。

在可可的不断暗示下，于鸿终于鼓起勇气大声说：“林总，你欠我的钱什么时候给我啊?!”

林海似乎被他的勇气吓了一跳，走了过去，像是要打对方，不料他轻声地说：“你的工资，我会给你的。”

可可见状，机灵地说：“你不会欠他的钱吧？我想想觉得不太可能。我有时候欠人十块钱，都睡不着觉。欠人钱的滋味可不好受了。你欠他多少？要是不多，我替你还吧!”

林海毅然阻止了可可：“我会给他的。但不是现在，是我高兴的时候。”

可可有些严肃了：“为什么要人家活在你的脸色下?”

林海说：“我喜欢看人家求我的样子，我就是要他们像狗一样地求我。”

可可内心的正义使她突然间无比勇敢：“如果每个人都像你这样想，这样做，世界就会变得很乱。我为你感到羞耻。我本来也是个有点儿软弱，没什么主见的人，可是我今天实在是忍不住了，才对你说了我的真实感受，你想打我，就来吧！不要欺负他!”

林海似乎被震住了。

5.

可可给一家公司做设计，有许多细节要磋商，她特意登门拜访，无意中看到里面闪烁着一个人的背影，她没有太留意。

可可走出了大门，想到落了东西，又回来取，不料进门便看到那个人在低声下气地求主人，主人则黑着脸训斥他。可可突然发现，那个人就是林海。

可可愣住了。她想到自己不该看到这一幕的。为了挽回林海的脸面，她本能地选择了转头就跑。

可可跑出来后，后悔自己去取东西，又不是什么重要的东西，丢也就丢了罢，她又觉得自己刚才跑是错误的，一定让林海误解了，于是她停下了脚步，直到林海一脸的晦气出来。

不幸的际遇使得林海和可可又和好。林海突然说道："我们结婚吧。"

可可一愣。

林海说："我累了，我们结婚吧。"

可可完全愣住了，她不敢想象，千难万难的婚姻就这样轻易成功，她晕晕乎乎回到了家里，一头栽倒在床上。

很久过去了，她还是如被施了迷药一般大睁着眼睛望着天花板，直到佳颜的电话吵醒了她。可可想到佳颜对于林海的坏印象，一时间选择了理智的迟疑。

佳颜何等聪明，立即感觉到了："不愿意说？"

可可生怕关键时候遭到佳颜的致命打击，毕竟，他们感情的基础还不牢靠。她连忙说了句"有事情我一定向你汇报"后就慌忙挂断电话。

6. 

可可的好消息还是需要与人分享，没有人分享她会感到寂寞，

会感到林海那句“我们结婚吧”这般经典的台词是个巨大的浪费。

秋波听到敲门声，打开门，可可一路跳着旋转的舞步进来，一直旋转到了屋里。

可可欣喜若狂：“我要结婚了吗？我真的要结婚了吗？我终于要步入婚姻了！天哪，天哪。”

因为秋波心情不好。爱情只是个人的癔症，在别人看起来是那么可笑。这种癔症谁都会发：“不要再跟我谈这些可笑的事情。我不听，一个字也不要听，每当你们讲起爱情，我觉得你们简直就是傻瓜、白痴，比傻瓜白痴更要傻。”

可可愣住了。她开始无趣地在屋里走动，她不经意地从秋波这里看到了林海的名片，她不禁有些奇怪：“你认识林海？”

“算是吧。”

可可追问：“那你以前怎么没把他介绍给我啊。”

秋波的回答很简单：“你们不合适。”

可可一愣：“怎么个不合适法啊？”

反正就是不合适。总不能一个是羊，一个是狼，非要把羊送到狼嘴里。

可可惊讶，真的有这么大的差距吗？她被秋波说得有些心虚了。

秋波白了她一眼：“你不会是跟他结婚吧？”

可可说：“正是。”

秋波叫了一声：“天哪！”

可可意识到了事情的严重性，连忙打开了电脑：

“可他找了我。我拜托你一件事情，这是我终身大事。你要帮我试探试探。”

秋波连连摇头：“这种事情我可不去干。你最好不要让我做这样的事情。不要去考验男人，你会失望他们经不起任何考验，但你可以去小小的改变他们。”

可可请求道：“为了我，你要做一回！问吧，问吧。问他为什么跟我结婚？我是对我们认识的时间不够自信，毕竟太短了，闪婚闪得我心里七上八下的。”

秋波耐不住可可的请求，开始在网上跟林海交谈。看着看着，可可傻眼了，她坐不住了。

林海说，他只是觉得可可是最佳的结婚对象，因为她温顺，有工作，有房产，有一点存款，结婚后可以不用他负担，如果离婚，也不会分去他的财产，他做什么坏事情，可可甚至不会知道，也许知道了也不会干预。

当可可坐到电脑边，林海傻眼了，半天才说："就是我这样认为，也没有什么错啊，即便是要成为夫妻，每个人在心里都是要打打算盘，找到最适合自己的结婚。"

找到最适合自己的恋爱。男人在婚姻上，根本不是那么挑剔，可可奇怪林海为什么不推翻自己说的一切，她心里透着无比失望："你不觉得这太功利了吗？"

林海反问道："功利吗？什么事情不带功利？我没有觉得我功利。我不愿意放弃你，可可，我认为这种不愿意就是爱情。"

可可不这么以为。

林海还想控制可可："这时候你最好说是，你是很擅长说是的。"

可可想了想，坚定地："不。"

稍稍的清醒一点儿，便不能进入婚姻了，爱情是一把火，着得无可救药时，便有了婚姻。可可知道自己进入婚姻的路会更艰难，更漫长，但也不能妥协于现实。

7. 

这个夜里，林姗一如既往地加班熬夜。她一面啃着面包，一面苦读着文件，头发被她抓得乱蓬蓬的。

这个夜里，林姗接到了家里的告急电话，妈妈病得厉害，安慰了妈妈一番后，林姗决定筹钱给她看病。打开股票软件，股票投资失利，手头的流动现金被一个传销的好友全部借走，林姗真正地陷入经济危机。

又是电话响，听到了甘时雨的声音，林姗一惊，像躲避恶魔一样地关了手机。林姗又不无遗憾地想，如果自己的钱还在甘时雨那里，也许不会遭受这样的损失。

林姗决定将唯有的几件细软典当出去应急。商场里有回收首饰的，林姗把项链递了出去，回收首饰的人用枪对住了项链，金项链竟然断了，从里面漏出别的物质。

林姗愣住了。

林姗思来想去，在为母亲治病的钱发愁。她决定向秋波借钱。她几次拿起电话又放下。最后，她发了短信。

她如释重负地等待着，秋波迟迟没有回信。

林姗一觉醒来，秋波仍然没有回信。林姗没有勇气再开第二次口，她想自己真不应该给朋友增添麻烦。

林姗从床上爬起来照镜子，突然发现不对头，镜子里有个白发魔女。她的一半头发竟然在一夜之间变白了。

林姗以为自己是在做梦，她一直想不通头发如何会在一夜之间变白，她用了整整一天时间来接受这个事实。

8.

一段时间后爱情后遗症发作，秋波才意识到自己痛。

秋波有一种逃开的冲动，要逃到哪里去？她想了很久才想清楚，她是要逃开这个年纪所有的烦恼，回到二十出头的年纪去。

忧郁的时候她会迷恋艺术，昆曲能任她思绪乱飞，任她发神经，任她醉生梦死。她以这种方式来逃避，却越陷越深，越与现实格格不入。这个夜晚，依然下着雨，秋波依然在唱昆曲，唱腔传到了楼下，大可抬头向上张望那亮着灯的窗口。

秋波已经进入到了一个虚幻的世界里，她已经不知道唱了多久，这些天来，她唱累了就睡，睡醒了又唱。她把一个真实的世界给忘记了。

大可出现在门口，秋波没有看到一般继续唱。

大可走了进来，秋波继续唱。秋波唱完了，难以从戏中走出。

大可轻声呼唤："秋波……"

"我错了，我总是要向你道歉。"

你以为你道了歉，结局就完美了吗？你伤害了我，但问题还不止于此，你改变了我，你让我不再相信爱情！固然，我总是要经历一切的苦痛怀疑，可为什么是你！为什么是你!？秋波只是在心里哀怨。是的，如果是别人，她不会当回事，如果是别人，她不会这么痛心。如果是别人，她不会改变得这么大。

大可痛心地："对不起！我没有想到，这件事情会让你……"

秋波看着大可，她清晰地感觉到爱的滋味和痛："如果你爱她，又何必有我！如果你有我，又为何这样对待我！我可以接受你之后的抛弃，但我不能接受你的不专一！你让我绝望！透到底的绝望！"

秋波又绝望地唱起来，仿佛在昆曲的唱腔里，她消化着伤痛。大可看了她很久，缓缓地，无力地转身离去。大可一面走一面听，眼中逐渐充满泪水。

他们不过是最普通的一对男女，不过是最普通的一场恋爱，为什么这么难！

大可走出了楼梯口，抬头向上看。他明白，他再也见不到更明艳的笑容了，再也得不到更极至的爱情了。是他这个刽子手，改变了这一切！

秋波又找到了一样可以逃开烦恼的东西：酒。可惜，借酒消愁愁更愁。

秋波听到了手机响，那是林姗的短信。由于正是在情感和工作的双重低潮中，她没有心情去顾及。

9.

林姗在公交车上接到了甘时雨的电话，她犹豫了一下，接了电话对方却没有应答。

是不是甘时雨无意中碰到了自己的号码？可林姗突然有种不好的感觉，正好汽车路过甘时雨家，她跳下车来。

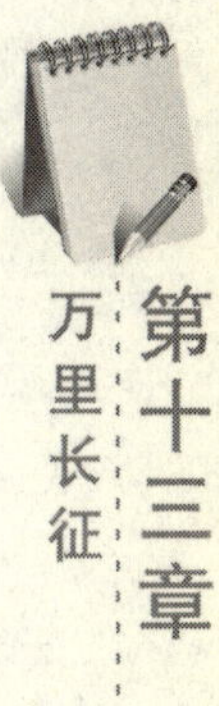

林姗一直在犹豫着，是不是要去看甘时雨。路上她反复了好几次，最终上了楼梯。就在她要敲门的时候，门突然开了，甘妻拖着东西出来，两个女人默然的眼神，像是一对买卖股票的股民，一个刚刚失望地换手，一个带着希望接手，不知道这只股票到了自己手里，会不会有令人欣喜的变化。

林姗看着半掩的门，感觉奇怪。她犹豫了一下，敲门没有人应，她走了进来。

屋子里空空荡荡的像是被人洗劫一空的样子，林姗疑惑地向前走去，看到甘时雨倒在地上，她大吃一惊。

甘时雨因突发性晕厥，被林姗送往医院，在推向急救室的路上，他清醒过来，挣扎着伸出手来，握住了林姗的手。

也许这是他在世间唯一可握的手，是他最信赖的双手。

林姗想要挣脱，迎着他求助的目光，却无论如何不能摆脱。关键时候，这个男人，把性命交到了她的手里，使林姗感慨万千。

10. 

男人就是一条流浪狗，当你对他好，他便不忍离去。反过来想，自己也不是一样吗？如果有个男人肯对她好，她就不顾一切嫁给他，用未来的所有光阴去照顾她。

甘时雨躺在病床上，凝视林姗的时间越来越长，那目光里已经有了感情的存在：

“抽空去染染头发。一定有些头发，是因我而白的。”

林姗听到这句话很感动，这句话里有质的升华。她差不多要落泪了，掩饰道：

“头发总是会白的，早晚的事情。”

甘时雨说：“但是不应该这么年轻就白头。我总是要向你道歉。更要谢谢你救了我。”

林姗不想再深入了，连忙扯开话题：“我要去工作了。”

林姗走到了门口，回过头来，看到了甘时雨寂寞的目光。这个人已经对她产生了依恋。

她想起了什么：“你发病的那晚，家里不是有人吗？”

甘时雨苦笑：“算是吧。我和我老婆，哦，我前妻生活在一个屋檐下，可比陌生人还陌生。我们实际分居已经有好几年了，她偶尔回家，拿些东西，或者从我这里拿些生活费。但是这次，我昏倒了，她进进出出竟然没有察觉。”

林姗震惊地问：“为什么会这样？”

甘时雨说：“我也不知道怎么会发展到这一步，我们的感情已经疲惫到如此，我不去关心她，她也不关心我。我深深地感觉到，没有爱情的婚姻是不道德的，我不是有意骗你，如果是按照事实来判断，我是离婚的。这些年来，我正在办离婚的事情。我本想着会顺利地离婚，但是老婆拖着不离婚。”

“既然如此，她为什么不离婚呢？”

甘时雨说：“她是懒得再离婚了，反正离不离的状态都一样，也许离了对她来说会更坏。离了，她还是要进入到婚姻里来，还是会演变成这种状态。不好的婚姻是很摧残人性的，但是又有几个好婚姻呢？不是每个人都有这个智慧和运气的。你怎么了？”

甘时雨看到林姗落下了泪。

林姗在大街上走着，耳旁响起甘时雨的话：“婚姻是一棵树，它也在经历着生命过程，有着四季的风霜雪雨，它有短暂的开花期，痛苦而饱含欣慰的结果期，有凋零期，有冰封的冬季，就这样不断地一年年地轮回，直至随着生命的枯竭走向结束。我是一个从婚姻的残壳里逃出来的男人，狼狈不堪，带着一点憧憬想与你再步入婚姻……”

林姗心情复杂。

11.

秋波在理发店看到了林姗，她发现，林姗最近常来这里。

秋波愣住了：“头发怎么会全白？”

林姗含糊道：“没有全白，是我表述不清。”

秋波追问：“到底怎么回事？”

林姗掩饰：“真没有什么。”

秋波想起来了，林姗曾经向她借过钱，那时候她在感情的低谷，根本没有顾得上。得知了林姗头发白的原因，秋波为自己没有能够给予林姗帮助而歉疚：

“真对不起，我以为你是要结婚的，我以为甘时雨会替你考虑很多事情。我只知道自己的处境不好，根本就没有想到再去关心别人，我真不够朋友。”

林姗连忙说：“是我不好，我自己没有把生活处理好，不应该去牵连别人。”

12.

已是年末，可可和佳颜的感情也连连受挫，她俩开始怀疑秋波的推测，找个机会对她兴师问罪："在年初的时候，你说我们俩今年一定会恋爱，林姗今年一定会结婚吧？"

秋波懒懒道："好像有这么回事。"

可可认真地："不是好像，是真的。我们是受了你的鼓励，才一次次地忍受挫折去寻找爱情。可你看到我们又失败了。"

秋波纠正道："我说的是恋爱和结婚的机会，如果你们愿意，随时可以进入婚姻，可你们没有选择，就放弃了一个又一个的机会。是你们的性格决定了你们的命运。"

可可和佳颜傻眼了，结婚和恋爱原来不是一体的。

秋波鼓励她们说："爱情总是会有的，相信我，但是过程是艰难的，它要经过漫长的寻找，等待，受伤，失望之后。"

每个人都觉得自己的命运被施了咒语，迫不及待地想背叛命运。秋波之所以说今年是你们的桃花年，是想给你们一种好的暗示，这不是说她的预言不准，而是说她的预言其实是非常准的。

第十四章

每个人都是世间的流浪汉

1.

佳颜发现自己走在街上，已经没有了回头率。她已经成了明日黄花。佳颜恨死了自己身上的肥肉，近来她频频做这样的梦：很快减了肥，她又变得出众。醒来后，体重不但没有减，反而增加了，她绝望地想，可能她从今后就这样胖了。

佳颜带着人跳健美操，跳着跳着，她的动作慢了下来，她的眼睛再也睁不开，她仿佛是被灌了药似的想睡，她努力着睁开眼睛，动作还是慢了下来，她慢慢地蹲下来，闭上了眼睛。

健身的人觉得不对头，停下来，围了过来，惊叫起来：“教练！教练！”

没有回声。有人说教练一定是发病了，过度运动的人都会有病，更何况他们教练出奇的胖，哪里见过有健美教练胖成这样的。他们正待要上前，有人说，还是打110，他们更专业一些。

人们大惊小叫的时候，佳颜突然被惊醒了，她无论如何也想不通自己怎么会在运动的过程中睡着。

由于体重的超标带来的一系列恶性结果，佳颜不得不辞去了工作。

当她再去找工作的时候，她的年龄和身材都引起了人们怀疑的目光，人们怀疑她是否真的当过教练。

佳颜在情绪低谷里爬不出来。人在身体虚弱的时候，常常会有惊恐的感觉。季节变换的时候会更明显。这些个夜晚经常做噩梦，梦到被狗追咬，被蛇追逐，这天，佳颜在睡梦中被惊悚的猫叫惊醒。

佳颜拉开了窗帘，吓了一跳。外面，有一双眼睛盯着她。是一只猫在盯着她。

2.

可可和林姗匆匆地赶了过来，佳颜失踪了，打手机，关机，去了她家里，没有人，秋波只好报了案。

秋波接到公安局电话，在商场里发现了一个女人，很像佳颜。他们赶到商场，佳颜指着柜台里的钻戒跟售货员大吵：

“你为什么不卖给我?”

佳颜已经买了很多奢侈品，还要买柜台里价格不菲的首饰，赶过来的三个人见状目瞪口呆。

她们把佳颜接了回来，佳颜面无表情地进了屋，闷声躺下，几个人都很纳闷地递着眼神，可可没话找话地：

“佳颜，你买的什么啊?”

可可发现她包里露出了件昂贵的东西，拿出来一看，是一块表，再一看标价，几个人都吃了一惊，价格二万七。可可傻眼了：“这么贵?怎么可能?”

一只钻戒从包里掉了出来，她们又被价钱吓了一跳。

林姗低声道：“她中了彩票吗?难道前段时间那没有人领的三亿元的巨额被她中到了?”

佳颜抢过了包，包里的东西滑落出来，没有人注意到佳颜紧紧地抓住了一个小瓶子。

秋波打破僵局：“我看，佳颜八成是恋爱了，没有事的话，我们就走了。”

秋波把可可和林姗送出来，自己又返身回来：“佳颜，你到底怎么了?”

佳颜看着整个世界都不对劲。

秋波只好说：“那你好好休息。等你休息好了，就不会烦了。”

佳颜被关门的声音惊醒，仿佛从梦中醒来一样，突然无比虚空，她大叫道：“秋波，不要走!”

佳颜最怕这样的黄昏，每逢这时，她就惶恐得无以复加。她首先不敢承认的是，青春真的过去了。怎么被浪费过去的，她永远想不通。她其次想到，只有充盈的物质生活，和美的婚姻能够补偿美

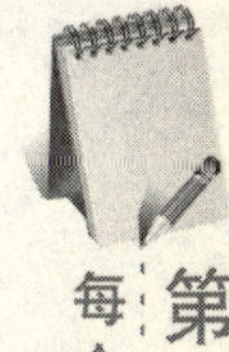

好的年华的流逝，而自己一样都没有，她倾尽力量所追求所梦想的在这个人间都没有得到，秋波和林姗的遭遇，仿佛让她看到了自己的未来。她的未来无非是：要么这么孤独下去，要么找个压根不爱的人，成就一个婚姻，从此在磕磕绊绊中度过一生。

她郁闷至极，伸开了手，手上的是一只药瓶。

秋波已经走了一段路，突然把车停下来。她想了想，掉头往佳颜家走。

秋波再敲门，门不再开，她有种不祥的感觉。

坚强的、乐观的、从来都是无坚不摧的佳颜自杀了。

3.

可可狠狠地打了自己一巴掌，她刚刚得知了世上最可怕的消息。佳颜在失踪后继而自杀！佳颜是最不可能自杀的人，怎么会自杀呢？也许真的发生了什么不可逆转的可怕事情把佳颜压倒了。

其实，就在找到她的时候，佳颜已经出问题了。她已经有段日子没有跟朋友来往了，这不是她的性格，她把所有的积蓄拿去消费，几乎把几张信用卡全都透支了，这说明她有抑郁倾向，她是在用消费来宣泄心中的郁闷。当她清醒过来的时候，就有了打算……

秋波说："她绷得太紧了。我们每个人都会流露脆弱的时候，而她的脆弱是通过强悍来表现的。她撑不住的时候，就出事了。"

就是这样，佳颜患了抑郁症。兔死狐悲，三个女友很难过，但是佳颜好强，顾及她的自尊，她们得假装什么都不察觉，这不是件容易的事。

三个人假装轻松地走进病房："你太马虎了吧，吃药也不看仔细。"

佳颜没有作声，她也想不通自己是一时的糊涂，还是长久的理性之后所做的决定。

可可温柔地："没事了我们就回家吧，医院也不是什么好地方。"

佳颜想清楚了，她是想"解脱"的："我吃的是安眠药。"

可可连忙接话："你那药是给我买的吧？嘿，你知道我睡眠不好。"

“我是给我自己买的。”

佳颜说，也不知道怎么搞的，她很绝望，绝望得没法过自己这关了。她已经好多天生活在黑暗中，窒息中，爬不出来，看不到光。于是，就鬼使神差地去买了药，鬼使神差地吃了下去……醒来以后，更加绝望得透不过气来。其实，只要战胜几分钟的恐怖情绪，就解脱了。

几个人听到她的话，吓了一跳，她们可从来没有从佳颜口中听到“绝望”这个字眼。

其实长久以来，佳颜的内心是绝望的，尤其是最近，从来没有过的绝望，并且越来越绝望。她挣扎过，可是没有效果。她觉得自己完了，好像有一个阴魂附在我身上，有一只巨手把她拖走，莫名的恐惧，焦躁……她没法摆脱……

这种恐惧情绪是谁都有的，在人生的某个时刻会席卷而来。其实，人生本是孤单无助的，人们才会选择信仰，没有信仰的人会依赖亲情，每个人的一生其实都是无着无落，大到在这个世上的轮回，小到安身立命，哪一桩能够自己做主？

4. 

声惊叫，秋波冲到客厅里。看到佳颜光着脚，神色异常。佳颜半天才说：“我突然十分害怕。”

秋波想到了放音乐来排除坏情绪，所有的艺术都是为了驱逐人心里的恐惧而生，刚刚放了音乐，佳颜就叫道：“快关了，噪音！可怕的噪音！”

佳颜指着窗户神经质地叫：“我讨厌这昏黄的光！它让人想到黄昏，想到老年。”

秋波连忙拉上了窗帘，昏光还是透过窗帘照了进来。

佳颜神经质地叫：“我不要看到黄昏的光，快堵住，快堵住！”

秋波只得找来了被子，挂在窗帘上面，挡住了外面的光。

还有钟表，它仿佛在催着人去死。听到时光流走的声音，它什么都没有留下。佳颜依然会惊悸而醒：“我怕，秋波，我克制不住地怕。”

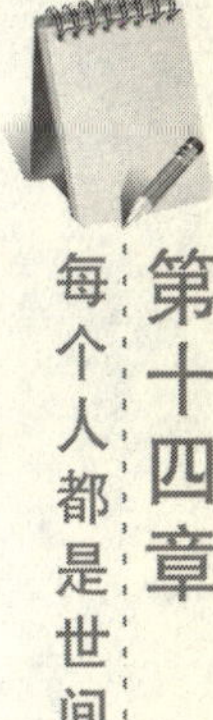

秋波想了想，安慰她："佳颜你听我说，每个人都没有长大的经验，会遇到很多迷茫，我们的困惑是跟整个人类的困惑联系在一起的，这种困惑是无法解决，无法终结的，只要我们咬咬牙，挺过去就好了。"

佳颜全身发着抖，紧紧地抱着秋波："可是我挺不过去。我怕得要命……"

显然现在的佳颜，已经不是那个无坚不摧的佳颜了，秋波只得对佳颜说："要不你换个环境，住到我家去怎么样？"

5.

这一夜秋波精疲力竭地睡去，睁开眼睛，天已经亮了，闹铃还没有响。她瞅了一眼钟表，又睡去，当她醒来时，发现钟表还是停在那个位置，她一愣，连忙打开手机，时间已经到了上午十点钟。

秋波赶去公司，会议已经快结束了。她回到家里，才发现佳颜早已经不知道什么时候把家里的每一块钟表里的电池都取了出来，秋波不禁生气："佳颜你干什么？你把电池取出来也得告诉我一声啊！"

秋波对着佳颜喊了半天，没有听到有回音，打开被子，里面是个大枕头，佳颜已经没有了影子。秋波正疑惑间，听到阳台上有动静，佳颜站在阳台上。

秋波冲上去，紧紧地抓住她，佳颜轻声道："我常常做梦在梦里飞，我骑着一只板凳，轻轻一跳，就能飞过这楼宇，心里也忽上忽下，但那种恐惧也比不上我现在的恐惧，秋波，我无论如何也想不通，怎么一转眼工夫，我就这么大了？再有几十年，我就从人间消失了，这是多么可怕的事情啊！？"

秋波被说得全身发冷："你的悲哀，你的惶恐，我也有，别人也有。可是我们没有办法，只有面对。"

"你这么一说，我也一直想不通。我恨不能抱你痛哭一场。"

秋波终于知道了家里有病人的滋味，尤其是个精神病人，她非把你整疯了不可。生活是令人发疯的，没有坚强的意志，是不配生存的。

6.

几个人一旦决定，就骗着佳颜来到了一个著名医院的著名的心理诊室。可可天不亮来排号，好不容易才排到。佳颜过来了，可可小心地把号塞到她手里，佳颜看了看号："谁挂的号？"

可可小声地："我。"

佳颜没好气："你什么意思？为什么挂这么多号？谁说单身就有病？"

三个人傻了眼，一时间说不出话来。难题大了，可可有些担心："要不，我就去退了吧，就当是倒号，还能赚点儿钱。"

佳颜突然间通情达理："就是别人有病，我们也不会有病，就是我有病，你们也不会有病。我去看就好了，其他三个号，拿去退了。"

三个人喜出望外，为了陪她，可可挂了四个号。

心理医生能治好她的心病吗？没准佳颜还觉得他有心理疾病呢。面对着这个高高帅帅的年轻的医生，佳颜丝毫不给他面子，她必须对这种好看的男人视而不见，因为他们已经被女人惯坏了。看了看面前的答题，佳颜转身要走，潘杰叫住了她："你既然来了，就应该配合我。"

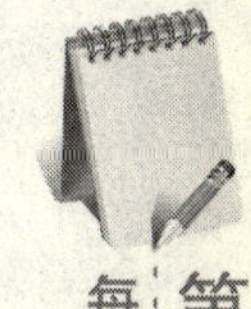

佳颜傲然地："你是否根据我的答卷，就可以诊断我是不是有病？"

这些题是专业人士筛选的，有一定权威性。

佳颜怀疑地看着他："那你有没有答过？你的结果呢？"

潘杰承认："我也患有轻微的抑郁。"

佳颜笑道："你还算坦白。不过，你的这些题，对于我来说，实在是没有说服力，我根本不相信心理医生。"

佳颜与潘杰敌对的眼神。

潘杰说："我们可以来一次深度接触。"

佳颜不愿意。

潘杰接着问："你是不愿意相信我，还是不敢承认自己心理的疾病？"

佳颜说："别以医生自居，别动不动就分析别人。我在电视上常常见你做节目，不瞒你说，这时候我就要换台。"

潘杰接着说："你在媒体上看到的都是片面，表层，现在的接触才是真实的。你能不能回答我几个问题？你平时也是这样对待别人吗？"

佳颜反问："那又如何？"

潘杰说："一个女人，一个漂亮的女人，如果在二十八岁之后，不收容自己的个性，变得宽容，温柔，委曲求全，无疑会破坏自己的人际关系，而她的人际关系，就是她的环境。"

佳颜不肯承认："你错了，我周围的环境很好。"

潘杰坦言："那你应该感谢他们，你周围的人一定很宽容。"

可可悄悄地溜到了诊室门口，听他们说话。潘杰并不放弃说服佳颜的打算："可你无法回避的事实是，你在与自己的相处中产生了问题。"

"你现在需要解决的问题是，你会与自己发生战争，你自己独处的时候心情不会很好，因为你在有些时候会痛恨自己的某些方面。"

佳颜站了起来："你的这些问题已经伤害了我的自尊心，我感觉很无聊，告辞了。"

潘杰根本不生气："这是我的名片，如果需要，随时打电话给我。"

佳颜接过了名片，刚要撕掉，却撕不碎。潘杰见状说："既然撕不碎，就请保留吧。"

7.

夜半，佳颜的恐惧再一次发作。钟表，闹钟已经都停止了，被胡乱地扔在地上。佳颜惊醒，面色张皇，她想给朋友们打电话，又想到朋友们被自己得罪了。她想起潘杰说的，不好的人际关系就是地狱。

恐惧在加剧，佳颜无奈中只得抓住潘杰这根稻草。为了驱逐心里的恐惧，佳颜决定去找当夜值班的潘杰。

楼道里有一段没有灯光，佳颜提心吊胆地走着，一束灯光照了下来，照亮了她眼前的路。

灯光的尽头，潘杰举着手电筒在为她照亮。

一时间，佳颜心里有异样的感动：“你怎么知道我会走上来而不是坐电梯?”

潘杰回答：“凭着对你的了解，你的恐惧来源于对生命流逝的恐惧。”

佳颜也说不清，就是怕，无法克制的怕，她以前不是这样的。

潘杰说：“从某种意义而言，自杀的人不是不珍惜生命，而是太珍惜了，他们不忍心让生活继续摧残他们的生命。”

佳颜觉得他说出了自己的心声：“这些年，我一直用尽了努力，想维持住对生命的热情和本真，我以为我能够做到，我以为我会比一般人生活得更好，可结果却是这样，我始料未及。或许你会说，每个人的生命都不完美，可我的生命一直是残缺过来的，非常的残缺。但是我不甘心抱残守缺。我想去补这个漏洞，结果却是越补越大，这就是我的悲剧。”

潘杰认真地听着，他的眼睛很真诚，很清澈。

佳颜说：“无论我说什么，我都不要你怜悯我。”

这个夜晚，佳颜向潘杰诉说了在心里埋藏了近三十年的秘密。佳颜悲凉忧伤的目光望着天上的星星，腮边挂着泪。潘杰把衣裳披到了她的身上，才把她从思绪中拉回：“每一个人都是这样。所有的生命，都在经历着风雨的洗礼。你也不例外。”

佳颜一愣：“每个人都是这样？”

潘杰点了点头：“每个生命都不容易，就连只活一季的花草也要经历风雨，更何况是人呢？只是由于你的个性，对挫折的反应程度激烈一些，所受的伤害就觉得很大。我想你要去主宰生活，而不是被生活改变，对吗?”

佳颜流浪多年的心被潘杰收容。

8.

在与潘杰交谈过几次之后，佳颜的情绪有所好转，她会小声说话了，她变得柔软了。

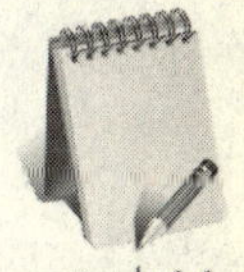

可可说："你终于不像男人婆了，你还会害羞了啊。来，庆祝你重生！庆祝你在潘杰的胸怀里重生！"

杯酒下肚，秋波轻描淡写地："哎，你的那块劳力士，原价卖给我吧。"

可可赶紧说："你的那个钻戒，打点折卖给我吧。"

佳颜不卖。

秋波说服她："那块表有收藏价值，会升值的。你把这个发财机会留给我吧。"

可可说："那个戒指，我会卖给我未来的男朋友，让他戴在我的手上。"

"谁要你们可怜我！"佳颜背过身去，突然流泪："我知道你们对我好，变着法子为了我好，还不让我察觉。我的积蓄虽然花完了，我会努力工作去挣钱，不让自己陷入经济危机，你们也没必要替我承担乱花钱结果！"

秋波一本正经地说："哎，我们没有对你好啊。我们对小猫小狗也是这个样子的。"

佳颜破涕为笑。

9. 

佳颜决定走出低谷，去创办自己的事业，她承包了一个健身房。正在她意气风发时，风云突变，又发生了一件令她想不到的事情。

佳颜在电视上看到了一个访谈节目，她微笑注视着屏幕上的潘杰，看着看着，她怒气冲冲地关了电视机，她怀疑这期的故事就是出卖了她的隐私而做的。她怒火上升，冲到了潘杰的诊所。

门口的护士拦住了她，佳颜推开护士，冲了进去："潘杰，你无耻！"

潘杰应付了患者后，平静地给佳颜倒上一杯茶。佳颜盛怒之下打落了杯子，砸成了无数碎片："你把我出卖了，你凭什么把我出卖了？"

潘杰不解："到底出什么事了？"

佳颜见他这样，更加痛恨："你，你凭什么把我的资料出卖给电视台？”

潘杰从抽屉里拿出一打资料，翻阅了一下，取出其中的一份，放到了佳颜的面前：“你在电视里，看到的是这个节目吧？”

佳颜看了看，愣住。原来是一场误会。潘杰有一位与佳颜经历相似的女患者。佳颜知道自己误解了潘杰，但是她舍不下脸皮向潘杰道歉。

10.

传统观念的婚姻，男人要给女人一个家，现实的生活是，孤独的男人被女人所收容。

甘时雨在病房内收拾东西，林姗悄悄出现：“有人接你回家吗？”

甘时雨不想说没有，于是说：“有。”

那个接他的人始终没有来。林姗明白了，要接甘时雨的东西，甘时雨先是不给，后来还是被林姗接了过来。

林姗送甘时雨到了家门口：“我就不进去了。”

甘时雨的顺从已经表示了他对林姗人品的敬意：“也好，时间不早了。”

话音未落，房门开了，甘妻出来倒垃圾，路过他们身边，没有看他们一眼。

甘时雨说：“看来她搬回来住了。”

林姗淡淡道：“也好，会有人照顾你。”

甘时雨苦笑道：“……算是吧。”

甘妻又来来回回好几次，根本没有搭理他们。林姗心里想，甘时雨大病初愈啊。如果她再不正眼看甘时雨，她就带他走。甘妻果真又出来两趟，看都没有看甘时雨一眼，看来他们的感情已经冷漠到不如寻常人。林姗于是对甘时雨说：“你跟我走。”

甘时雨到了林姗家里，有些犹豫：“你毕竟是未婚。我不想给你增加麻烦。”

林姗说：“你住在这里，不会给我增加困难。我来来回回可以看到你，至少你发病，我能送你去医院。我只是把你当朋友看，我的任何一个朋友出了这种事情，我都会这样做。你不必多想。”

甘时雨真心地说："我服了你了，女人，有时候事情比男人都做得漂亮，谢谢你。我一定会小心，不再给你增加麻烦。"

11.

林姗打开了门，屋里静悄悄的，书房里，甘时雨伏在案子上睡着了，她轻轻地走过去，注视着他，把手放到了他的鼻子下面。他突然没有了呼吸，林姗吓了一跳，甘时雨突然抱住林姗："别动，让我抱抱你。"

林姗抬头，看到了甘时雨热切的双眼，她不再挣扎，可她又怕自己陷进去。

甘时雨动情地："谢谢你每天来看我。我每次睡着的时候，你都怕我会在睡梦里死去，当你把手放在我的鼻子下面的时候，我心里是知道的，我心里的感激无以言表。"

原来他都知道。林姗这才注意到，他的东西已经收拾好。

"你要干什么？"

甘时雨说："我要搬走了。打扰了你这么久，真是不好意思。"

林姗多少有些失望，结发夫妻，拥有的固然是人生最坚固的一段感情，不离不弃，以至于以后再遇到别的恋情，就只能离弃了。

甘时雨解释："你别误会，我一个大男人的，住在一个女人这里，算是怎么一回事。"

林姗其实很想知道他搬到哪里去，口中却悻悻地："搬到哪里去，是你自己的事情。"

甘时雨又说："我不是回家，是另找了住处。为了你的声誉考虑，我必须从这里搬走。你放心，我会好好顾全我的身体，完成我的事业。"

林姗不语，甘时雨走了两步，又回过身来激情地抱住林姗："你是对我最好的一个女人。我懊悔我伤害了你。你能再给我一次机会吗？"

12.

甘时雨走了，甘妻却到单位来找林姗：

“你那么忙，我只能到这里来找你。”

林姗客气地：“请坐。”

甘妻抬起沧桑的脸：“甘时雨向我提出离婚了。”

林姗看着她说：“你们符合离婚条件。”

甘妻追问：“你把他藏到哪里去了？”

林姗客气而不软弱：“甘时雨已经搬走了。如果你能在我家里找到他，我没有话说，如果你胡搅蛮缠，我会用法律武器保护自己。”

甘妻换了语气：“你年纪轻轻，事业有成，什么样的男人找不到，非要找甘时雨？”

林姗微笑：“大姐，这是我的事情。我没有必要向你解释。”

甘妻恨恨道：“你找这样的男人，还是会重复我的路。你改变不了他的。”

林姗微笑。她相信命运取决于性格，你自己是什么样的人，就会遇到什么样的人。她对自己的婚姻有信心。因她是个真诚的人。

甘妻不想离婚。再结婚了，还是会变成这样：“所以，你休想过我这关。我不会让你们得逞的。”

林姗叹了口气：“大姐，我想你是误解我了。我和甘时雨，在你们的婚姻有效期间，我不会做任何有悖于道德的事情。不过，人生很不容易，女人活得更不容易，如果想要婚姻，就把它经营好，如果是一个名存实亡的婚姻，何不让它解体呢？”

甘妻也叹气：“站着说话不腰疼，你到了这步田地，就不会这样说了。”

林姗站在窗口，看着甘妻失落离去。虽然战胜了甘妻，林姗心里无比迷茫，她不知道缘分是如何安排的。

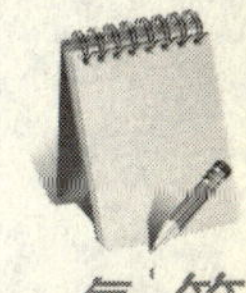

第十五章

并非同类

1.

谈判，也许有十分之一的成功概率，相亲，也许有百分之一的成功概率，为了这微薄的希望，可可奔波在相亲的路上。

在售票员的谩骂下，可可一拐一拐地挤下了车。一个肮脏的茶馆，可可走进来，看到了李顺，对照着手里的照片，坐下。

李顺闷头喝茶，可可端起茶壶来给他倒茶。李顺抬起头来，从已经修复的兔唇里发出浓重的鼻音："你觉得这样有意思吗？"

可可听了几遍才听明白："你……你什么意思？"

李顺赌气地："我不喜欢这样的方式，很无聊。"

可可也不喜欢，可是没有办法。

"你知道我什么条件吗？"见可可愕然，李顺做了个手势，可可凑近，李顺在她的耳边轻声道："我要求对方是处女。"

可可听罢，脸红了。面对他质疑的目光说不出话来。李顺得意道："不是的话，我可不谈的。"

一个兔唇的男人，竟然还有如此的自信。不过他同自已倒有一拼，这个年头，谁还会在乎对方的贞洁？可可相信能够认真的人，必然是个好男人，她连忙说："我，我是。"

李顺惊住："是什么？"

"是你说的……那种处女。"

李顺愣了一下，突然开怀大笑：

"如果你没有说谎，如果我没有记错，以你这个年龄，你居然是……是处女！哈哈！哈哈！你有病吧！"

可可气坏了，处女身份真的那么可笑吗？这个世界怎么了？认真地生活，保持着贞洁，竟然成了一件可笑的事情。如果这一生遇不到相爱的人，是不是就永远是女儿身？如果爱情变得越来越功利，以至于罕有到从人间蒸发，她该怎么办？可可突然间觉得，王宝钏苦守寒窑并不苦，她还有希望，可怕的是连希望也没有了。

在这个快餐化的浮躁时代，爱情正离我们远去，让每个有情的人苦守无望的枯井。这条相亲的道路上，她已经受尽了屈辱，经历了无数次奇遇记，为了不毁掉对爱情和生活的信心，可可不想再经历下去了。

2.

可可为自己的处女身份感到羞耻。她下决心利用年假来取缔这个身份，此番到海滨度假，只要遇到了一个两情相悦的男人，她就为了爱情献身。她到达海滩租帐篷的时候，恰好碰到阎开，恰好只剩下一个帐篷。

可可心情不好，态度强硬："是我先来的。"

阎开有一口好听的东北口音："是我先来的。"

服务员要他俩商量一下。阎开开玩笑地说：

"要不，咱俩合租一个?"

可可看着阎开，从李顺那里播种的仇恨在这里爆发。她冷笑道："好啊。"

阎开有些怯了，收了笑容。

可可怒气冲冲地问阎开："你租吗?"

阎开有些害怕："租！当然租！算了，还是让给你吧……"

可可提高了声音："你到底租不租?"

阎开终于决定："女士优先，你租吧。"

可可没有租帐篷，她决定住宾馆。不巧的是，宾馆也只有一间房了，要房间的正是阎开。可可气不打一处来："你不是已经租了帐篷，怎么还要订房吗?"

阎开突然不想租帐篷了。

可可想，这个人怎么变来变去的，她没好气地说：

"你这个人怎么了，租帐篷的时候跟我抢帐篷，订房子的时候跟我抢房子?"

阎开对前台说："算了，让给她吧。"

可可办了手续扬长而去，阎开无奈地看着她的背影。

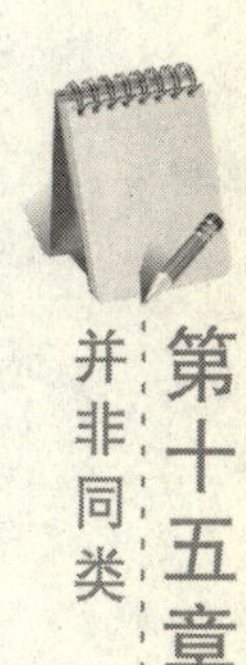

3.

可可在海边游泳，她想到了那个丑陋的李顺对她的嘲讽："以你这个年龄，你居然是……是处女！哈哈！哈哈！你有病吧！"与某些人的相遇，是美好的，与某些人的相遇，注定是恶心的。可可外表柔弱，内心坚强，但即便是这样，她也倦了，在这条相亲的路上，在寻爱的过程中，她实在是不想再去被恶心了。秋波说得对，你无法确定你遇到的是什么样的怪物，可可不想再折磨自己了，她怕自己找不到相爱的人，就已经失去了要爱的心了，为了保护对爱的信心，她要早点儿结束这个过程。

阎开在散步，看到可可，他擦了擦眼睛，不错，真是可可，他犹豫了一下喊道："涨潮了，危险，你快回来。"

可可沉浸在糟糕的心事中，没有理会他，游了两下，浪大起来，她全身一个激灵，坏了，抽筋了，她溺水了。

眼见她快被海水冲走，阎开大步走了过去，把她拖了上来。两人湿淋淋在喘气，都没有说话。

可可白天不再去想李顺，可是在梦中又常常遭到他的嘲笑。她惊悸地想，自己怎么会梦到李顺，就像一直害怕蛇，蛇却一直出现在她的梦里一样。那次相亲所带来的不快是难以想象的，要多久，才能把这家伙驱除掉？

转眼间可可在海边度过了半个月的假期，她的任务还没有完成，她即将带着处女之身再回到那个找不到爱情的城市。

可可听到了歌唱的声音，在夜晚，无比的美妙动听，她痴痴地听着，这是半个月度假以来最浪漫的情调。她循着声音找去，发现是阎开在相邻房间里弹吉他。

音乐拉近了两人的距离。可可惊喜地得知他们来自同一个城市，并且是单身，并且他们都是知识分子出身，经济实力相当，可谓门当户对。

可可想，也许他可以帮自己结束处女之身。

突然间停电了，一片黑暗。吉他终止。可可走到了阎开面前，她的心跳加快，阎开若有所思，凝视着她，呼吸变得急促起来。就在他刚刚要吻可可的时候，被敲门声打断。

服务员来送蜡烛。

屋里亮起了几根蜡烛，增添了浪漫情趣。阎开从背后抱住了她。可可紧张起来，她下意识地捂住自己的衣裳。也许，传说中的一夜情就要来临了。

阎开感觉到了她的紧张。

可可有些害怕：“我……我从来没有过经验。”

阎开听了，定定地看着她，确定她不是在撒谎，他突然放开了她，慌慌张张逃开。可可叫他，他也不回应。

风把蜡烛吹灭了，可可听到吉他声从另一处响起才知道，阎开早已溜到了海滩。可可不解，他为什么听到自己的处女身份就被吓坏了？她又开始怨恨自己太笨了。

之后的日子，阎开再也没有出现过。可可继而想，他被吓跑，至少说明他还有理性有责任心，但同时，也说明他不想负责任。可是，可可也明白，要个男人对自己负责任，是多么可笑不可思议的事情，她这个年纪的女人，已经知道对自己的行为负责了。

无奈，可可很沉重地带着她的贞洁回到故土。

4. 

“那是因为他不够爱你，觉得没有必要去冒险。”佳颜说：“爱情本身就是一场冒险。他怕你以处女之身，缠住他不撒手怎么办？到处都可以找到不用负责任不用花钱的一夜情，妓女都快没有生意了，他凭什么要付出代价追你这个品牌处女？”

“我觉得阎开是个君子，他不会轻易占我便宜。”可可不喜欢听到这样的话。

佳颜的病好了，脾气也回来了：“这同时也说明了，你主动送上门，并没有什么好结果，他还要挑剔要不要呢，不许给他打电话，不许打。”

可可不解。

佳颜提醒她：“记住我的话！轻易得到手的女人，男人是不会珍惜的。你手机借我用一下。”

说实话，可可真不想借给她，她太霸道了。佳颜拿着可可手机

去了洗手间。

可可忧愁地说："秋波，你说，我要结束我的处女身份就这么难吗？"

秋波不解地："你为什么非要消灭自己呢？可可，我倒觉得，也许他是真心对待你所至。他爱你，便珍惜你，珍惜你，便慢慢等待果子成熟，才不会那么急于得到。你可以跟他联系啊，一切皆有可能。林姗你说呢？"

林姗还是相信爱情的："你是什么人，就会遇到什么人。不管真爱多么难求，我们一定都会遇到真感情。"

可可欣然。

佳颜回来，带着一丝诡秘的笑把手机还给了可可。

5.

可可终于按捺不住，想要给阎开打电话。她却发现，手机里的号码被删除了。

是佳颜干的。可可为丢失号码心痛不已。

塞翁失马。可可看到电脑，呆住了。爱情在一夜之间开花，收到了很多爱情诗，落款居然是阎开，他居然约她见面！

可可开始收拾自己。她认为自己多年爱情之所以没有结果，是因为自己太没有个性了。她想了想，自己的闺友中，最有个性的是佳颜，她决心效仿佳颜。

可可穿了最性感的衣裳，扮成辣妹的模样准备出门。天不作美，吹起她的短裙。她去捂短裙，帽子又被吹起。

她去拣帽子，胸部又裸露。

手忙脚乱，又接到了电话，听到阎开没精打采的声音，可可担心地问："你病了吗？喂喂，你大声点儿，我听不见。"

声音倒是大了，阎开的口音可可又听不明白："你出门了吗？我临时改了决定，我们不要再见面了。"

可可总算听明白了："为什么？"

不为什么，就是突然不想去了。

没有个性的可可会言听计从，可现在的可可决心做一个有个性的人："你总得告诉我原因?!"

阎开吞吐："突然觉得见面也没有什么意思，也许会把我们的一点点小感觉破坏掉。所以，还是不见面的好。"

没有个性的可可会温言说：我也是这么想的。有个性的可可会厉声质问："你这是干什么？多么难的事情，要反反复复，我数一二三，现在你决定，见，还是不见?"

对方犹豫了一下："好，那就听你的吧。"

有个性的可可胜利了，在她欢呼之时，风呼啦地吹起了她的短裙和帽子。

6.

可可再见到阎开时，阎开转身就走，可可连忙追出去赶上了阎开："你这是什么意思?"

阎开又是一副没事的样子："没什么意思。"

"为什么见我就走？你为什么这样对我!?"

见可可哭了，阎开才感觉有些歉意："我们还是不要相爱的好。"

"为什么？我哪里不好，你告诉我，我可以改!"

阎开吞吐了半天："我重新思考了一下，觉得我们还是不要相爱的好。你太厉害了，太有个性了，我怕我们以后吵起架来，我吵不过你，也打不过你。还有，我怕我把你带到地狱里。"

可可愣了半天，才明白过来，突然笑起来。她伸出手去，理顺了阎开额上的头发。她觉得他真可爱，自己小兔子一般的人，竟然把他吓着了。还有他老是说自己是地狱，他那么自卑，比起那些个一无所能却很猖狂的家伙，真是很可爱呢。

7. 

一个人对一个人的好，就是把碗里的饭分给他吃。一个女人对一个男人的好，就是做饭给他吃。可可摆上了饭，阎开大嚼大咽。

可可说："我曾经招待过六七个男人在家里吃饭整整一个星期，每餐饭都有十几个菜！这锻炼了我的厨艺！"

阎开不解："我想不通你为什么要招待那么多人，还都是男人？"

可可开始吹牛了："因为……因为他们都追求我，而我无一例外地回拒了他们，又要抚平他们心灵的创痛……"

阎开眯着眼睛打量她："这么说，你不但厨艺好，还具有美德？"

可可得意地："一般人都这么说。"

可可不能只吹不做，她还要摆出最贤德的一面来吸引男人，她相信眼前的这个流浪汉值得自己付出。她把熨好的衣裳叠得工工整整。

阎开不小心被鱼刺卡了喉咙，痛苦不已，可可拿醋来，阎开喝了几口都没有反应，可可急了，在抽屉里翻了半天，找了一把大镊子过来，阎开回过身来，可可就要捅到阎开的喉咙里去。

一阵杀猪一样的动静过去之后，阎开从洗手间出来的时候，面色恢复了正常。可可面带几分得意。

其实她也很害怕很恶心，但是为了表现，只得如此。

阎开承认了："你果真是个温良恭俭的女子。"

8.

可可享受着甜美的爱情，可没等她回过神来，事情又发生了变化：离开可可不久之后，阎开失踪了。

可可不得不找到阎开家里去，她敲了半天门，也没有人开。她似乎听到了各种不祥的声音，她转回身去找物业公司，对方却拒绝给她撬门。

可可急了："如果人命关天呢？我听到他在里面呻吟的声音。"

物业说："如果他病了，他会打电话给医院吧。"

可可又说："如果他发生了煤气中毒等等意外事故呢？人命关天啊，你们再不开门，责任要你们来负！"

可可的厉声质问吓住了物业，门被撬开了，阎开蓬头垢面地出现在房间里。

可可上前，在阎开的眼前晃晃手，又摸摸他的额头，发现他一切正常："你为什么不接我电话？"

阎开不语，表情沉痛。

“你怎么又不说话？你说话啊，你说的话我还是能懂的。”

阎开终于开口：“我只是觉得，觉得我们不合适。”

可可呆住，她没有想到阎开在短短的时间内又发生变化了，她有被愚弄的感觉：“为什么？你为什么拿我开涮？我是鸡肋吗？让你食之无味，弃之可惜？”

阎开无语。

可可绝望地：“你爱上别人了吗？还是你原本就有别人？”

阎开不语，可可失望，这么多天里，他已经对她反复了这么多回，每反复一次，都是对她的拒绝。可可简直太失败了！她不过是想找个男人好好过日子，怎么就这么难！

看着可可就要走远，阎开突然间喊道：“可可！我之所以拒绝你，不是你不好，而是你太好了，而我可能尽不到我该尽的义务。我的工作太劳累，太繁忙。我怕跟你好了之后，又忙着去工作，留下你独守空闺，太不人道。”

可可已经很久时间没有被人如此珍惜过了。她转回身来，飞奔，深深拥抱了阎开，这是她有生以来最深情的一个拥抱。在这个拥抱里，他们冰释前嫌。

9.

佳颜打了几次电话，可可都不接。佳颜无意中伤及了她的自尊。佳颜急了，开始给可可留言：“难道你这辈子不打算理我了吗？我都向你道歉了，你还要怎么样？”

可可感到好笑，她有些得意，但她还是不想这个时候理佳颜，她怕自己脆弱的爱情被对方无情地打破。这天夜里，可可在睡梦中接到了佳颜的电话，佳颜奄奄一息，整个声音飘在空里：“可可，我病了……病得很严重，可能要死了。”

可可放下电话，抓了件衣裳，就冲了出去。

可可冲进佳颜家里，只看到桌子上摆满了好吃的。可可明白了，她捏了一口放到嘴里，佳颜出现：“好吃吧？”

可可顾不上说话。

“吃了我的饭，还绷着个脸哪！我给你打电话，你不接，我只好骗你来。“

可可说：“我怕你追着骂我。”

佳颜问：“我是那种人吗？”

可可说：“你以为你不是吗？我有一天死了，就是被你骂死的。哎，你怎么不吃？”

佳颜在减肥，减肥是女人一生的事业。这也不敢吃，那也不敢吃，她变成自己痛恨的那种人了。佳颜看着可可好胃口地吃着，鼓起勇气道歉：“对不起哦，我不该老是那么打击你。”

10.

没有缘分，终成陌路，缘分是本质的同一，和足够的真诚，二者缺一不可。

可可以为可以享受到美好的爱情，不料事情又有变化，阎开向可可表白完之后，又彻底消失了。可可给他打电话，没有人接听。不断地打过去，总算有人接了，声音听上去却很冷漠：“什么事？”

可可说：“是我。可可啊。”

阎开还是冷漠：“知道，什么事？”

可可以为他病了，连忙表示关怀：

“你怎么了？你病了吗？为什么你不接我电话？”

阎开说：“没有事的话，我挂了啊。”

可可摸不准他哪根筋又不对了。雨下得很大，可可忍受不了内心的痛苦，准备放弃自尊，不顾一切地去找阎开。

可可疯狂地敲门，把四邻都惊动了。门没有开，可可看到门上的窗户是开的，便将旁边的椅子垒起来，爬上了椅子。

可可从窗户上看下去，看到满屋是烟气，酒气，阎开颓废地坐着，可可跳不下去，叫道：“你还不来扶我！”

阎开不动，可可不顾一切地跳下来，冲上去打他：“你为什么不理我！为什么！为什么！”

阎开突然抱住她，两人深吻，那是一个巨大的旋涡，将可可拉进去，可可动情，冲动地：“要我吧。”

阎开突然把可可推开：“你快走吧。”

可可一愣：“莫非你已经结婚了？”

阎开痛苦地：“你走吧，我们不可能。”

可可一愣：“你不爱我？”

阎开摇头。

“那，莫非你是同性恋？”

阎开摇头。

“那莫非你是个女人？”

阎开火了：“让你走，你就走！”

可可哭道：“我就不走！我不明白，我们相爱，你为什么要躲着我，为什么不能要我！你告诉我，你必须告诉我啊。”

阎开痛苦的样子：“你知道了，会难受的，你还是走吧，离开我。我是个地狱，我会把你拖入深渊的。”

“告诉我，无论是什么样的事实，你都必须告诉我。”

阎开说了实话：“我……我曾患有性病。”

这简直是天底下最可怕最丑陋的事情，阎开在找妓女解决性问题时，竟然得了这种可耻的病。

可可的世界倒塌了，她跌跌撞撞地逃离了阎开。

11.

阎开打开了门，可可站在门口，他一愣，紧紧地抱住了可可，他没有想到，她在得知真相后，还会来找他。

“能告诉我，你患的是什么病吗？”

阎开茫然地：“我不知道。”

可可小心地：“不是艾滋病吧？”

阎开摇头：“当然不是。”

可可拉起他的手：“我们去治病。”

阎开犹豫：“如果治疗不当，会走很多弯路，花很多钱。”

可可扬着手里的广告：“那就不要走弯路。”

阎开丢不起脸。

可可毅然地：“有病就要治，不去治才丢脸。你要是觉得丢脸，

我陪你一起去丢这个脸。”

阎开抬头看到了可可真挚的目光，他突然跪倒在可可面前。

12.

在可可不遗余力的努力下，苦恼阎开许久的病终于得以治愈，阎开举起杯向可可表示感谢：“我要谢谢你。你是个伟大的女性，如果没有你，就没有我的再生。”

可可有些不好意思：“我有那么伟大吗？”

“你是我心里的女神。女人生来就是拯救男人的。”

两人深情地喝了酒，可可又有意地要扑到他的怀里，阎开竟然躲开。可可差点儿摔倒，只得掩饰着。

可可要倚到阎开肩膀上，阎开躲开，可可突然间发怒：“阎开！你是不是不爱我！”

阎开：“……”

“如果你不爱我，就直说！”

阎开终于说了实话：“我记得你曾经对我说，这是你的第一次，现在还是吗？”

可可点头。

阎开吞吐道：“我想过要你，可你的第一次，你的处女身份，让我背负着沉重的包袱。”

可可诚恳地说：“我没有让你背包袱，我没有要求你什么，我会对自己负责的。我只要我们有感情就好。”

阎开也很诚恳：“可是我有包袱，我宁愿找一个荡妇，也好过面对你。”

可可愣住了：“你说什么？在我理解起来，你的意思是：贞洁在你这里，是没有丝毫意义的，它的价值甚至比不过一个荡妇？”

“可可，你不要误会，我是对你负责才这么讲。我可以不讲的，但是我想来想去，思来想去，我觉得我必须对你坦白，不是我这么想，很多男人都是这么想的，只是他们不敢说出来而已……”

可可知道了，如果没有爱，便也不能做爱，更背不起沉重的责任与道义。

阎开说出来的话更让可可愤怒："如果你非要给我，我也能接受，但是，不要指着我对你负什么责！"

这句话比听到他患有性病更让人害怕。佳颜是对的。每个人有个磁场，跟有的人打交道，会有美感，跟有的人打交道，索然无味，跟有的人打交道，会恶心。眼下这个男人除了让她受伤，受不可复原的伤，除了让她绝望，还做了些什么有益的事？阎开对自己的定义是对的，他绝对就是一个灰暗的地狱，一片致人于死地的沼泽地，一团发臭的腐肉，他就是为了恶心人而生的。

13.

受伤、失望后的可可倒在沙发上，喝着酒。她想，自己的出生是个错误，要不怎么会与世界格格不入？与阎开的相遇是个错误，保留贞洁是个错误。她之所以这么痛苦，是因为她不够糜烂，如果她凡事不认真，如果她不抱希望，她也就不会伤得这么深。

最痛苦的事情，是眼前的痛苦无望对任何人倾诉。为了阎开的自尊心，可可对任何人保守着他嫖娼宿妓患性病的秘密，她自己也力图忘记这一切。

她的身体仿佛要废掉了，那些痛苦还缠绕着她。想甩，甩不开。分分寸寸地折磨着她。

响起了敲门声。

门开了，站在门口的是阎开，他比可可还要喝得烂醉。

仅仅过了八个小时。可可震惊地从沙发上坐起来。

阎开告诉她："我来找你，是告诉你一个事实，我根本不相信爱情。什么他妈的爱情，我怀疑那都是女人编出来的谎话！"

可可呆住了。他的这句话比以往的任何举动都让可可愤怒和鄙视，她再也忍不住，大声吼："你给我滚！"

他再不走，她宁愿死在他面前，也不愿再见到他！！

可可同时把酒杯丢了过去，她手里能捞到什么，她就冲他砸去，仿佛要砸死一只苍蝇，一个魔鬼，眼前的现实比任何一个噩梦都可怕，这个男人，太可恨了。

阎开倒退了几步，撒腿就跑。可可紧紧地关上了门，像是把一

只老鼠关在门外。

好了。她安慰自己说，快快康复吧，不值得为这样的人伤心，就好比不留神碰到了蟑螂苍蝇之类的东西，这类东西就是为了恶心人而存在的，但它们破坏不了她的希望，她对生活的畅想，只要她举起杀虫剂，将它们消灭，她的生活就又美好了。即便她不消灭，别的人也会将它们消灭的。

这场持续了二十四天的爱情，终于在二十四个小时内崩溃。

第十六章

终成陌路

1.

佳颜的健身房走上正轨，为此请潘杰吃饭。这么多年来，除了三位女友风雨同舟，终于有个男人一起来分享她事业上的快乐。

潘杰清彻明亮的眼睛很迷人："祝贺你创业伊始。"

但是，不妙的情况再次出现，佳颜无意中听到潘杰正在打电话："美少女，祝你玩得愉快。"

"美少女"三个字传到了佳颜耳中，她有些不自在了。她不止一次听到潘杰与"美少女"通电话，他们之间非一般的关系。是啊，潘杰年轻有为，喜欢他的女孩子一定很多，他也会毫不犹豫地选中二十出头的女孩子，那些女孩子穿着廉价时尚的装束，吃着速冻食品撒着娇，瘦得一把骨头，让成功男人心动。

潘杰察觉到了："好像你今天晚上很不开心。"

佳颜掩饰说："我不开心的原因是因为我老了。因为老了，要把余下的精力都投入到工作上。"

佳颜要走，潘杰拦住她，取出一个首饰盒，打开，里面是一枚钻戒。

佳颜并没有想象的喜悦，这些年来，她追求着爱情，当爱情来临时，她却选择了退缩，她一直觉得自己的命运被施了咒，这使她没有勇气迈向婚姻。她怕自己不配得到美好的感情，怕两人生活在一起，迎来的是无尽的痛苦和失望，甚至她不能够相信，一个没有血缘的男人会对她好。因她的生活经历告诉她，就是有血缘的父母，也不曾对她尽过责任。一个人童年的生活，竟然会造成一生的不幸，更何况，那个"美少女"没有浮出水面。

"再给我些时间好吗？"

潘杰仿佛看穿了她的心思："听好了，美少女不是什么身份不明的美女，她是我妈妈。"

佳颜睁大了眼睛。

潘杰解释说："如果我不叫她美少女，她会不高兴的。"

一个埋藏了许久的误会终于解开了，佳颜惊喜不已。

2.

佳颜常常不能相信自己已经拥有了至上的爱情！这一切是不是一场梦？自己这么卑微的生命，哪里配享有这么美好的爱情，她时时会胆战心惊，如履薄冰，生怕失去这一切。

夜半，她从床上爬起来，给秋波打电话。

秋波郑重地说："佳颜，你经历了那么漫长的寻找，历经了沧桑，终于找到了你渴望的爱情，好好享受生命。"

佳颜听了秋波的软语安慰，不由感动得泪如雨下。她喝干了一杯酒，呼啦一下推开了窗户，对着整个城市的夜空喊：

"我是幸福的！我从来没有如此幸福过！"

她像个暴露狂一样四处炫耀她的爱情！

3.

潘杰和佳颜沉浸在所有恋人都有的甜蜜之中，她常常有一种不好的预感，会觉得自己再也见不到潘杰了。

潘杰很理解她对于幸福的不安："你这是典型的恋爱自虐症，这是我单位，你能不能松开我？"

佳颜却不肯放手："你先听我说。我们不要再分开了，一分一秒都不要再分开了，我每当离开你，就有一种感觉，觉得永远见不到你了，我害怕。"

"好的，永远不分开，有人看着我们呢。"

让他们看吧。

潘杰快喘不过气来了。几个小时过去了，他们还腻歪在街上。

潘杰看了看表，又一次说："太晚了，我该回家了。"

佳颜提出："我送你走吧。"

他们送来送去的，已经在这里走了一百圈了。佳颜还是不让他走。

潘杰对佳颜的治疗宣告失败："你敢于接受爱情了，可你却变成了个孩子。"

佳颜撒娇地："我本来就是孩子。一个永远长不大的孩子。"

潘杰只得说："好，我就再陪你走一圈。我妈妈筋骨扭伤住院了，我答应去医院看她的，真的不能再陪你了。"

事情就发生在那天晚上，潘杰从此失踪了。佳颜数次打电话，对方无人接听。

佳颜开始变得十分不安，几天过去了，潘杰一直没有出现，她再打电话过去时，对方关机。潘杰的持续消失让佳颜心情不安。

4.

佳颜再来找秋波的时候憔悴不堪，秋波打量着她："你看上去好像不太好。"

"秋波，你给我说实话，你真的能解读命运吗？"

"出什么事了？"

佳颜不语，秋波追问道：

"到底出什么事了？"

佳颜心情黯淡："我觉得我的命运被施了咒语。我小的时候没有家庭的温暖，长大了不会有婚姻，将来老了孤孤单单的。难道任凭我怎么努力，都逃脱不了命运？"

秋波安慰她道："你又胡思乱想了。你已经迎接到了幸福，你会一生一世都很幸福的。你和潘杰是不是闹矛盾了？"

佳颜摇摇头，秋波发现，忧郁沉淀在佳颜曾经朝气焕发的脸上。

5.

佳颜终于按捺不住去找潘杰，她在医院走廊里遇到了护士，护士看了看她，眼光有些异样："潘医生不在。"

"他什么时候在？他去哪里了？"

护士的回答很异样："他最近都不在。"

佳颜失望地走了，又不甘心地折回身来，走到了潘杰的诊室门口。门开的刹那，佳颜看到了潘杰一如平常坐在那里，只是脸色有些苍白。

潘杰也看到了佳颜，两人对视了一会，刚才的那位护士走过来，轻轻关上了门。

佳颜被关到了门外，她的世界轰然倒塌。

整整一个下午，佳颜一直不安地守在医院外，直到潘杰出来。潘杰犹豫了一下，假装没有看到她，径自走去。佳颜追上去："你站住！"

潘杰站住，给她一个背影。

"你为什么回避我？"

潘杰不语。

"如果你不是骗我，你为什么要回避我？"

潘杰苍白着脸："对不起，我还有事，请让开。"

佳颜怒道："潘杰！"

潘杰无声离去，佳颜悲痛欲绝。

爱情的变故就是这样发生的。

6.

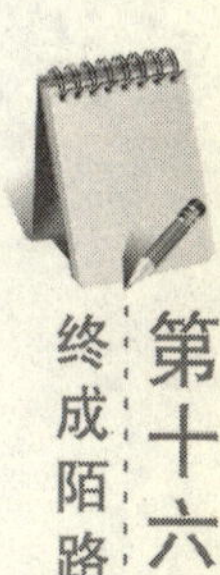

佳颜盼望与潘杰的相遇，但真的相遇，又使她痛苦万分。

佳颜走着走着，突然感觉不对头，她回过头来，潘杰正在看着她。

在人群中，他居然一眼看到了她。她解读到了他真诚的眼神。不知为什么，潘杰突然转身就走。

佳颜叫道："潘杰！"

潘杰一言不发，上车。佳颜在后面追着，追着。

潘杰心情复杂，车慢了下来。佳颜加速跑过去，潘杰从后视镜里看到佳颜的脸，他一狠心，一踩油门，车速加快。

佳颜被甩在了后面，她跑着跑着，跑不动了，无力地蹲了下来。她真的不明白，那天，在分手的几个小时前，他们还情浓似火，但几个小时后，一切就都全变了。为什么？为什么！

她如大病一场。这世间有主宰我们命运的神吗？如果有，她一定去贿赂他，让他对我好一点儿。不，这个神性情乖戾，将所有人戏耍，她要去谋杀他。

失恋之后，潘杰依然占据在佳颜的心头，失恋使她渐渐消瘦，渐渐憔悴。

7.

秋波看着佳颜一天天地消沉下去，凭着对好友的关心，她私下去追问潘杰："你和佳颜的事情，也许我不该问……"

潘杰拒绝道："我不想提这件事情了。如果你没有别的事，我走了。"

秋波坚持地："你要告诉我，你就是分手，也要有个原因，你不可以这样玩弄别人的感情。"

"……这不叫玩弄吧？"

秋波愤怒地："你不可以用爱培植了她，又离开她，让她死于爱的饥渴！"

潘杰一愣："我的感情对她有那么重要吗？"

秋波反问："你说呢?！她的身世，你又不是不知道。"

潘杰沉痛地："回去对她说，让她忘了我。"

秋波拦在了潘杰面前："是什么原因使得你这样做？是不是你另有所爱？"

"我无可奉告！"

秋波不达目的不罢休："潘杰，你要是个负责任的男人，就给我说清楚，我不要求你对她的身体负责，我要求你对她的心灵负责！"

潘杰站住了，身体摇了两下："非说不可吗？"

秋波毅然地："当然！"

潘杰："就是在那一天，在我与佳颜约会的那一天，佳颜迟迟不舍得跟我说再见的那一天，我本来要去医院接母亲的，每一个周末都是我去接她，那天因为要陪佳颜，于是去晚了，母亲一直在路边等我，她平时不习惯用手机，没有接到我的电话，她站在路上等我，被一台车撞倒……”

秋波大吃一惊。

“我去看她的时候，她孤零零地躺在马路边，脸上盖了一张报纸，周围是一摊黑血……我的母亲就这样离开我了！”

潘杰哽咽。秋波傻眼。

“我没有想到，母亲会走得这么惨，那个场面我永远都忘不了，永远都不能想……”

秋波呆住了：“怎么会这样？佳颜好不容易遇到了你，她千辛万苦，找到了爱情，找到了爱人，找到了希望，可上天怎么能这样捉弄她？潘杰，我对你深表慰问，可你不理她，你是在怪罪她？”

潘杰说：“我不想怪罪她，可我心里过不了这个坎。”

秋波不知道说什么好：“我对你的遭遇深表同情。可你能不能不怪罪她？你是个那么伟大的心理医生！她很不容易，她能遇到你，你们能产生感情，这又多难！你总不会将你们的感情就此搁浅吧？”

潘杰艰难地：“……我抱歉我做不到。”

秋波递给了潘杰一张纸巾：“我知道这对你很难。试着去对她好，试着从头开始，好吗？”

潘杰摇摇头：“对不起。”

秋波失望。

潘杰压制住悲哀：“这件事，我不想让你告诉她，以免她心中有症结，但是我跟她也无法再像从前那样了。”

秋波百感交集，看着潘杰离去。上帝性情乖戾，再一次将人愚弄。

8. 

秋波回到了孤独中。有人说，孤独的人是可耻的。秋波说：不敢承认孤独的人是可耻的。

秋波开车去旅游，她的车常常开得比蜗牛还慢，并常常把车停在路边，对着山野发呆。

林姗继续加班，享受着事业上的成就。上班之余，她的爱好就是打电话聊天。由于孤独，人们在不断地犯错误，林姗电话费暴涨。

可可热爱厨艺，她立志要当贤妻良母，死不悔改。她天天去超市购物，对照着餐谱开始做饭。她炖出一锅清香的养生汤，她用摄影机把粥拍了下来。

佳颜最近收入不错，她看上去很平静，爱上了摄影，她几乎无所不爱，却又爱不起来。

几个女人偶尔聚到一起的时候，会一起去新开张的打折的饭店吃饭，一起去买打折的衣服，一起去公园里散步，一起议论八卦新闻，享受着生命点点滴滴的乐趣。

9.

林姗最近常常做一个梦，梦见自己一家人在一起，热热闹闹的，梦见小时候家里来很多的亲戚，把每间屋里添满，大声地说笑着，她被他们吵醒，吵闹声就消逝了，屋里只有她一个人。

她明白，自己是克服不了内心潜在的孤独做这样的梦。但她又无法改变孤独的生活。

林姗给自己放了假，到一片牧场去旅游，正赶上当地一座小学落成，同时她看到了一个熟悉的名字：盖这所学校的人正是甘时雨。

甘时雨事业有成，为灾区捐钱建了学校。林姗看到了他人性里美好的一面，觉得自己误解了他。她想，好看的外表容易被发现，而一颗美好的心灵是太不易被察觉了，因此上天安排了他们相见。

斜阳落了下来，照在林姗惆怅的脸上。

傍晚林姗在草原上散步的时候，再次遇到了甘时雨，甘时雨满脸意外相逢的喜悦，林姗与他一直走，走到黄昏来临，林姗抬起头来，发现四周一片黑暗，夜幕来临得那么快，像是被个黑袋子一下子罩住，竟然看不到近在咫尺的甘时雨。

她有些慌了，不知道是慌乱中扑到了甘时雨的怀里，还是被他抱在怀里。

林姗从甘时雨怀里出来，两人都有些难为情，好在有黑夜暧昧的甜蜜。

黑暗中两人都沉默了一会。

甘时雨说："没想到你会来这里，还住得习惯吗？"

甘时雨说，他就是在这里长大的，他知道这里的人有多么不容易。现在他有力量，帮扶几个孩子，给学校出一点力气，都是应该做的。他还有一个愿望，这些孩子从来没有出过这片山林，他想带他们到大城市走走。

林姗的心灵受到了震撼："……你做得很好。"

10.

佳颜最近一直在看房子。现在小户型涨了，大户型倒经济实惠，她看中了一幢复式，买一层赠一层，还有个大平台："咱们要不要凑钱买了，将来老了一起住。"

林姗还不了解实情："你说这话也太不沾边了。现在我们几个中，就你拥有了最罕见的爱情，你怎么还能跟我们住一起啊。"

可可有些回不过神来："我还没有年轻过，难道我们就要开始考虑老年了吗？"

佳颜虽然心底消沉，还要假装振作："未雨绸缪是人生的智慧。经过计划的人生未必都如意，没有计划的人生是不值得回味的。"

可可说："你把我们安排到老人院去，你就同家跟潘杰过日子了吧？"

佳颜假装没事地："我跟他成不成还是一回事。再说就算成了，我要是活得比他久，将来还是得住到养老院去。"

只有秋波看到了她内心深处的辛酸。

可可连连呸呸呸："哎！哪里有这样咒人的。"

秋波说："不过就算是我们结婚了，我们这代人最终还是要去养老院的！"

可可不同意："我将来，我要跟自己的老公生活在一起。"

林姗说："如果我不能结婚，将来我老了，就跟我妈妈住一起。"

想到老年，她们既感到辛酸，又感到可怕。林姗接了电话，表情变得温柔，拎起了包："我有点儿事。"

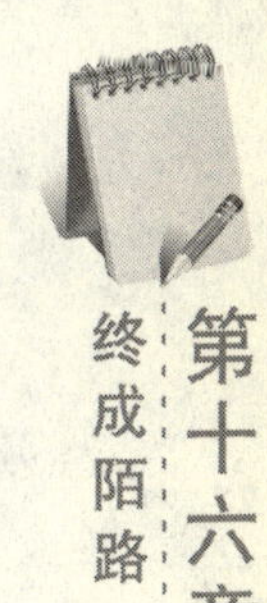

秋波体谅地说："为了将来不住养老院，林姗现在必须去忙。"

可可追问道："难不成你也谈恋爱了？跟谁？"

林姗不肯说。

秋波察觉到了什么："是不是甘时雨？你又跟他好上了！"

林姗吞吐道："我跟他……他不是你们想的那种人。他挺有人情味的。"

佳颜攻击起人来又有了精神："这样一个素养差，品行有问题的人，你非要一头撞死才行吗？你太没有原则了。"

林姗凛然道："我的事情我自有分寸！"

林姗走后，可可说："我觉得林姗有些饥不择食了。"

恋爱也是在不断地炒冷饭。

11.

甘时雨实现自己的心愿，带着一群牧民的孩子到城里游玩，在这之前，他们到过最远的地方就是他们所在的小镇。读万卷书，行万里路，开开眼界，这对他们是有好处的。

林姗来帮忙，同时她也享受了最美好的人间感情。

甘时雨出神地看着林姗，他说从她平凡的外表下一次次看到了她高贵的心灵。

林姗有些不好意思："胡说什么。"

甘时雨说的是真的，很少能有人透过外表看到心灵。甘时雨一激动，抓住了林姗的手：

"我一直觉得你很好，是真的。在心里，我一直十分珍惜你。可以约你出来坐坐吗？"

林姗没有回答，甘时雨无奈地看着她带着孩子们过了马路。

黄昏来得越来越早，每到黄昏，林姗便开始心慌，她害怕这些黄昏。宿鸟归飞，行人匆匆。林姗和甘时雨告别后，逃到了一家商场里，那里有很多的人，有很亮的光能挡住黄昏的凄凉。林姗不敢想象将来到了老年，一个人，比现在窘迫，还会不会怕这样的黄昏，那时候的时日会不会变得无比漫长。幸福晚年毕竟只是个传说，如果她一直一个人，怎么熬过老年？她很担心。

甘时雨电话约会林姗。林姗想了想，答应了他。林姗问自己，是因为寂寞还是因为真的对他旧情复燃？有什么区别吗？当然有。我们每个人都在苦苦找寻那个相爱的人，可是在这过程中，有人会厌倦，会疲惫，会由于寂寞而妥协，最后随便找了个人结婚，过着没有感情质量的生活。林姗不希望自己是这样。但是，也许这就是普通人的一生。抵不住时光的惩罚，开始妥协。

光明把黄昏隔离在外。两个人把黄昏隔离在外。这个黄昏，林姗没有惊悸的感觉。

他们都很小心，他们不再提感情，只是小心地在行动中有分寸地表达着感情，这种表达让人感动。

12.

佳颜问可可："你最近怎么样？"

正被捅到痛处，可可只好做出一副很受用的样子：

"好得没法再好了，热恋进行中。"

可可说自己正在和一位歌星展开热恋。

林姗准备再次改善甘时雨和几位女友的关系，于是提议："周末，我们各自带着男友，准备聚会一下。纪念我们单身生活的即将结束。"

可可这才意识到，四个人当中，只有她落了单。佳颜有了潘杰，林姗将就了甘时雨，秋波被一个老同学追，可没有人爱她。

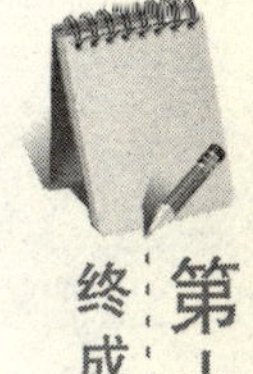

可可赶紧拒绝："哦，我们明天要去骑马，之后有一个采访，对不起了。"

林姗很真诚："那你什么时候有空？"

可可推托："我最近都很忙，他一直都很忙。"

林姗有些不悦："搞得跟我求你似的。好了，我不求你了。"

眼见朋友们花好月圆，可可使出了全部努力，却落得最狼狈的结果，她有些受不了了。

她真想大喊：为什么？为什么？这是为什么？

休息日，可可躺在床上，不停地按着遥控器。她呆呆地望着屏幕上的一位男歌星，她迷恋他已经许多年了。

家里的电话响了，可可不敢接朋友们的电话，生怕被质疑为什么在家里。有人打来电话，可可还要圆谎：

"对不起，我一直很忙，这不，忙着恋爱嘛！"

为了维持一个谎言，失去了朋友。百无聊赖中，可可去逛商场。

佳颜，林姗，秋波那天其实并没有约会。甘时雨有事，佳颜和潘杰早已经分开，秋波拒绝了老同学，她们依然是单身。在逛商场时无意中看到了可可，佳颜给可可打电话逗她，不料可可拿起电话就说：

"我和那个歌星在骑马，对不起，我实在太忙了。"

林姗和秋波示意佳颜不要恶作剧。

可可继续吹牛："我现在什么都没有，就只有爱情了。"

可可一抬头，看到了佳颜，愣住。

佳颜笑道："你在这儿骑马啊？"

可可脸色变了："我在哪里做什么是我自己的事。"

可可生气地走了，秋波和林姗追了上去："只是跟你开了一个小玩笑。"

可可赌气道："我是一直在单身，怎么样，你们看我笑话吗？我告诉你们，我讨厌老男人，三十岁以上的男人，都是老男人，我绝不会跟他们打交道！我情愿失恋！"

林姗连忙说："失恋是很正常的。我们只需要结一次婚就行了。"

可可生的佳颜的气，不顾一切地说道："没有结婚的女人们都是怪胎，不能正常交往。我拒绝跟你们交往！"

13.

秋波开车回家，看到一个女人歪歪斜斜地走着，手里拿着易拉罐啤酒，她认出居然是可可，连忙停了车。

可可一通呕吐之后黯然神伤："我觉得我都快要累死了，为什么还是找不到婚姻？找不到爱情？"

很多人都是因为太累太孤独了，只得在半途找个婚姻容身。多数人一定是这样的，爱情是一件考验意志的事情。

秋波鼓励她："再坚持一下，我们都再坚持一下？"

可可叹道：“我坚持不住了，我厌倦了，我累了。要么，我就一个人守下去，我不甘心，不能够，再找，我已经没有气力了。秋波，我觉得我的命运一定是被人上了咒，要不，我怎么会连个‘既然如此’都结不成？我该怎么办？我找了这么多年，为什么这样艰难？”

可可说出了秋波的心声，这种感觉会在脆弱时来得特别厉害。

秋波安慰她：“明天，你又有精神了，我送你回去休息。”

一方面是厌倦，一方面，是按捺不住对感情的饥渴了。

“我特别渴望一个拥抱，真的，特别渴望，越来越渴望。我连梦里都在梦到。可那个人在哪里？”

秋波看到了可可可怜楚楚的眼神，感到了她冰冷的眼泪。这个世界怎么了？好男人都到哪里去了？为什么让这些美好的女子苦苦等待？

第十七章

都是因为爱

1.

恋爱、结婚，这真不是一件可以努力的事情。可可为之苦恼，大好的年华，如果不为这件事情发愁，应该是应该没有什么愁绪的……都是这该死的爱情！

可可憎恨网络，那是个没有结果的虚拟之地。但是除了网络，她不知道还能从哪里找到婚姻。她被一家婚恋网速配，去约会时却碰到了严新，两人都一愣。

真巧。

两人又在原地等了一会儿，不约而同地看表。

一只流浪狗过街被汽车撞倒，两人不约而同奔过去，将小狗抱起来，小狗伤情很重，他们做了一致的决定：把它送到医院抢救。

小狗做手术的时候，两个人一同在外面煎熬，直到那条小生命重新回到了可可怀抱。小狗总要有人收留，可可问："是你养，还是我养?"

严新说："你决定。"

两人走了几步，又不约而同地回过头来：他们重新要了彼此的电话。

回来之后，可可想，我们父辈生活的年代苦难颇多，他们结婚后一起克服苦难，会觉得是理所应当，而现在的生活享受太多，苦难太少，人都沉醉于自己的享乐，不肯去分担对方一点点，于是感情难以发生。这次的分担，算是有限的巧合吧？这次的相遇应该可以升华吧？

2.

因为严新的举动，可可对他充满了好感，她又好了伤疤忘记了痛，第一时间向好朋友汇报：“你知道我遇到谁了吗？严新！”

佳颜冷眼打量着他：“让我想想，就是那个啃老族？”

可可不满地：“不要以旧眼光看人嘛，他现在变化非常大，已经找到一份不错的工作。我们两人一起坐公交回来，他非常照顾我，我尝到了久违的爱情。”

佳颜恹恹地：“这是我听了很多次的套话。有没有新鲜的？别忘了你比他大六岁！”

可可一贯喜欢自我安慰：“我不介意，反正我长得小。”

佳颜又说：“可你总得有点让人家可企图的方面吧？”

可可从佳颜的话里嗅到了不和，她笑得很勉强，她再一次想到，她俩虽然是朋友，可从来都是话不投机，可可反对道：“你不能把爱情想象得这么功利。”

佳颜很讨厌自己，她意识到自己已经开始嫉妒傻乎乎的可可，可可的幸福沸点很低，她总是容易感到满足，虽然之后又陷入情绪低谷，但她快乐起来总是要容易，所以次数要多些，人生也比自己快乐得多。

3.

秋波回到家里，发现父母亲的神情悲痛：叔叔去世了。

叔叔病故前曾经给她介绍过一个朋友，为安慰叔叔亡灵，秋波决定去会那个男人。

秋波在茶馆里等对方。当她从洗手间出来，看到座位上坐了一个人，那个背影很熟悉。

她一愣，走到那个人的身后。她的情绪渐渐激动起来，她有要去拥抱那个身影的欲望。

那个人转过身来，正是大可："我换了手机，你不知道要见的人是我。我接到了你的短信，明知道是你，也不便回绝。想来我们也很久没有见面了。你还好吗？"

秋波幽幽道："好。一个人的日子，清静，但是至少不会伤心动气。你呢？"

大可说："我离婚了。"

秋波有些意外，还是做平静状："聚的聚，散的散，是很正常的事。"

两人再见面，也许是对对方没有什么要求，反而相处得非常融洽。秋波发现自己并不怨恨大可。或许，爱的结果无论如何不应该是怨恨。秋波问自己，是上天安排他们再次相见吗？但此后大可就再也没有主动同她联系过。

4.

可可决心忘了年龄。当两个人在街头散步，可可又松开了严新。她怕自己看上去比严新老很多，人家会一眼看出他们是"老妻少夫"，尽管严新安慰她，说她看上去这么娇小。

当可可遇到朋友们，朋友对她笑笑，拉过她低声道：

"是你弟弟啊？"

可可勇敢地说实话："是我男朋友。"

朋友太坦率了："一看就比你小。"

可可没有觉得朋友不怀好意，她笑着说：

"你的眼神可真准！不过，我有那么老吗？"

可可对着镜子练习撒娇。其实撒娇很容易，但对着一个比自己小六岁的人撒娇，就有点儿难度了。面对严新，可可更像一个妈妈：

"热不热？快进来，饿坏了吧？这是我为你包的饺子，味道怎么样？来，加点儿醋。多吃点儿嘛。"

严新吃饭的时候，可可想撒娇，可就是做不出来，她只是很母性地说："你再吃点儿吧。"

严新并不买账："饱了，你能不能不像个妈一样。你烦不烦哪？范大妈？"

可可郁闷地坐到一边。她是多么需要撒娇，可她在严新面前不会撒娇，她为此很不满意。

严新道歉说："我错了。不过，你看上去挺有女人味的，可你不会像别的女人那样撒娇。"

原来他也在遗憾！她只是不好意思对着比自己小六岁的男孩子撒娇。

严新鼓励她试一试，可可试着做了半天，就是做不来。严新把可可拉到了自己的腿上，趁机用电脑拍了一张照片。

隔日秋波打开了可可的电脑，看到了里面的照片，她惊叫道："天哪，不会吧，你居然坐在比自己小六岁的男人的腿上?"

可可见状，冲过去，脸红地关了电脑。大家却不肯放过她：

"说说，坐在比自己小那么多的男人腿上，是什么滋味?"

可可突然勇敢起来："是。我比他大六岁，我要定他了，我们准备结婚了，怎么着吧?"

佳颜冷语道："那你就做好离婚的打算再结婚。"

可可铁定了心："一旦结了婚，打死也不离。"

可可想，就是愚昧，就是一根筋，那又怎么了？好不容易碰到了一个人，却又想爱不敢爱，想结婚不敢结婚，那才是失败！

5.

虽然居于有心无心之间，秋波去接电话时，依然会沮丧地发现来电仍然不是大可。

她真的中了这个男人的毒。一个人无论是仍然留在红尘，或者已下黄泉，除非被另一个人真挚地爱着，才有活着的价值。她不能只爱自己，总是要像一个普通人一样地去爱吧?

消极情绪带来的负面影响就是身体变坏。秋波在走路时，一阵阵头晕，她看不清眼前的事物。

人群一阵喧哗，没有人肯扶她一下。

一个人影冲了过来，在她倒下的那一刻将她扶起。那个人抱着她，冲过人群，将她抱上了车。

那个人是大可。秋波想，自己一定是在做梦。当秋波醒过来时，

才知道这不是梦。上天也有发善心的时候，给了他们一次相见的机缘。

秋波虚弱地说："非常感谢。"

大可说："顺便检查一下身体吧，你太劳累了。"

秋波真的太累了，从所未有的累。秋波想：我的不适就是你，你是造成我最大不适的人。

大可凝视着她："结婚吧，你总是不能一个人下去。"

"你呢？为什么离婚？"这是秋波一直想要问的。

大可说："我老婆……"

秋波纠正道："应该是前妻吧？"

大可经历了感情的沧桑："我前妻是个很物质的女人，喜欢奢华的生活，我尽了最大的努力，无法满足她，只有分开。"

秋波很好奇大可会爱上一个物质女人，不由好奇道："她物质到了什么程度？"

大可想了想说："只喜欢享受。分分秒秒都在追求享受。如果她一天没有享受，就会觉得很对不起生命。"

秋波不解："在你结婚前，没有察觉到她很物质吗？"

大可点头承认。

秋波说："因为她漂亮温柔，也就容忍了。你是在用物质征服她，因为物质是达到目的的一条捷径。你纵容着她对物质的追求。一旦得到她，你便不再纵容她，你们彼此产生不满。"

大可承认："你说得也有道理。她原没有你这样知性，朴实，自立。就是因为这样，我们的感情很长时间一直处于停滞状态。"

秋波幽幽道："可你最终还是会去选择华而不实的。"

这是男人的通病。秋波有些嫉妒：

"她漂亮得足够让你忽视她的心灵吗？"

大可承认："还可以。"

秋波心里的醋意更加浓了，她与那个女人曾经擦肩而过，并没有看清她的样子，她无意中看到了大可桌子上的皮夹，那里有那个女人的照片。秋波不禁释然，那是个很普通的女人，不值得她去嫉妒，甚至不值得她去多看一眼，只不过大可中了她的毒。

莫非，这就是缘分？这就是命运？

秋波工作劳累的时候，想到去找大可，她喜欢看他沏茶的样子。

之后，秋波懒懒地趴在沙发上。他们可以说话，也可以沉默很久。他们已经很熟了，不用再装了。有时候他们想什么，对方也能明白。只是在他家里休息一会，又去工作，但是秋波感觉非常好。

6.

这天，林姗又去了养老院，她悲凉的目光扫过养老院的每一个角落，看到的一切令她加剧了要结婚的想法。

这个夜晚，林姗刚要进屋，从旁边跳出一个人来，吓了她一跳。她定睛一看，是甘时雨。

林姗冲上去，紧紧地抱住甘时雨，两人一阵狂吻。

甘时雨告诉林姗："我已经跟她提出离婚了，她答应了。"

一切终归有了着落，林姗为这着落而欢欣泪下。想到养老院的一幕幕，林姗满心凄凉地："将来咱们一起过，你可不准把我扔下。"

甘时雨："将来，我们一起走。"

虽然是句傻话，林姗宁可相信。甘时雨转回身去，特意地关好了门，满脸郑重地："但你现在要帮我一个忙：把我的资产转移到我兄弟名下。"

林姗不解。

甘时雨解释说："我们早就想要离婚了，当时是因为财产无法分割而拖延。就是因为夫妻间没有感情，又存着一笔不小的财产，关系才会变得如此微妙，加上我最近挣到的钱，当然不能分给她。"

林姗吃惊地："你为什么要这样做?"

甘时雨理所当然地："那是我辛辛苦苦赚来的钱啊。我赚钱的目的是为了考虑我们以后的生活。我跟她的感情早都结束了，我用不着把我的钱留给她。"

林姗感到十分悲哀："你想想再决定好吗?"

甘时雨说："房子我是要给她补偿的。我总不能让她净身出户。"

林姗解释说："我不是这个意思。我是说，你能不能在财产上不要跟她计较。毕竟，你们夫妻一场。"

甘时雨有些不耐烦地："我的钱都是我透支了生命才赚来的。我用不着把命交给她。再说，我也是为了跟你生活做准备。"

可林姗不想看着他跟自己老婆的算计。

甘时雨认为："这不是算计。这是必需的。"

林姗想了想，毅然道："对不起，我不能帮你这个忙。"

甘时雨非常不解："我们俩都要结婚了，你为什么不能帮我这个忙？"

林姗冷冷地道："如果你要离婚，该分多少财产给她，就分多少。"

甘时雨怒道："你的脑袋有问题啊。换成是任何一个女人，也不会像你这样考虑问题的。我的企业要启动，所有的开销都要从这里出，你不能让我分给她，我自己缺血吧？"

夜深了，林姗因为不安而难以入睡。她打电话给甘时雨："我们能再谈谈吗？"

甘时雨不由分说："那件事，我处理好了会通知你的。"

林姗知道他从一个农家孩子拼搏到今天不容易："可你能不能不要在分割财产这件事上计较？"

甘时雨挂了电话："我有权处理我的财产。这段时间，为了以防万一，你不要主动联系我。"

7. 

林姗的心情一直处于矛盾之中。当甘时雨提出转移财产的时候，她觉得他很猥琐。可提到钱的时候谁又不猥琐？他就是个普通的男人，总不能是你理想中的样子。她到底希望他怎么做？她是觉得他太薄情寡义了，生怕他日后对你也是如此，还是真的为他老婆打抱不平？

好像都是，又好像都不是。也许不应该想太多。可关系到品质问题，她不能不在乎。

也许，退一步，只要他对自己品质好就行。在乎得太多，就结不了婚了。人们在遇到不关自己的事情的时候，都是高高挂起。为什么你林姗就做不到？

林姗接到了电话，这是他们两个月后的再一次会面。

甘时雨张开怀抱，像是大鸟似的抱住了林姗：

“我已经办了手续，我的资产已经通过关系，转移到我兄弟的名下，现在我可以带着大笔财产娶你了。”

林姗看着他：“你终究还是这样做了？”

“为什么不呢？我不允许一个根本不爱我的女人，来瓜分我的全部财产。我作为一个男人，也要像模像样地娶你。”

这就是甘时雨，这就是男人。

林姗满心失望：“我想我们该再见了。”

甘时雨非常意外：“哎，你说什么？”

林姗想，我们终究不是同类人，我终究没法跟你这样的人生活在一起。

甘时雨叫道：“你可要想清楚了。你不要一时冲动，我费了这么大劲才办到的事……”无论甘时雨如何喊，林姗都没有回头。甘时雨由失望，到绝望，他颓废地耷拉下了脑袋。

银杏树已经黄了，秋天又到了。秋天的阳光无比明媚，似乎想以此安慰一个女人敏感丰富的心。林姗一个人在漫长的林荫道上散步，走着走着，她感觉走不动了，无力地倚在了一棵树上。

人生啊，这就是人生，得多少的真诚，才能促就足够的缘分，得多少的小心，才能将这缘分维持到底？她的人生到底怎么了？真爱是个世界难题，能对一个人有好感就不错了，为什么要对世界要求这么高？追求这么完美？

林姗满目感伤，有人帮她披上了一件衣裳。林姗回过头来，是秋波。

缓缓地，林姗无力地将头俯在她的肩膀上。

所谓梦想实现的时候，就是梦想破灭的时候。梦想是一件华美的外衣，里面长满了虱子。一场爱情之后，留下的是更多的孤独与苍凉，久久不能散去。

人在梦想的裹挟中，一面被时光改变着外表，一面被经历改造着内心。

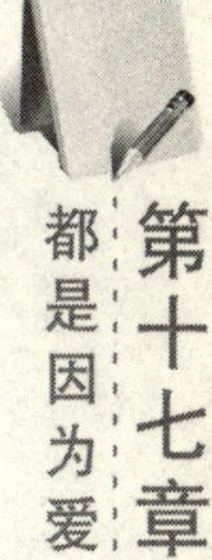

8. 

秋波游走在街上，又看到了父亲和那个女人在一起。这次，女

人不再是去餐馆，而是去逛商场。

秋波尾随他们进了商场。男人的钱就是给女人花的，越会花男人钱的女人，越有能力让男人欲罢不能。恋爱其实就是一种自虐运动。想到妈省吃俭用的钱，都让爸来讨好这个女人了，秋波感到每个人都被命运嘲弄着。婚姻，弄不好只是男人给女人的枷锁和绿帽子而已。秋波感叹为什么一个男人为女人守贞就这么难?!

秋波情路坎坷，爸爸却搭上了中年恋的末班车，妈妈病情恶化，被连夜送进了医院。

秋波焦急地等待在手术室外。给爸爸打电话，手机没有人接听。慌乱之下她给大可打电话，忙音。该死，需要帮忙的时候四面楚歌。

秋波绝望地在长椅上坐着，直到手术室的门打开了，爸爸一路小跑进来，秋波忍不住抱怨道："您跑哪儿去了？您知不知道我妈很危险？我妈侍候了您快一辈子了，您就不能照顾她几天?"

妈从昏迷中醒来，看到爸爸，要从床上爬起来。

爸爸连忙按住她："你干什么?"

妈妈说："我去给你做饭。"

爸爸提醒她："这是在医院里。"

妈这才看清楚是在医院病房。

爸爸这天的态度特别好，他从饭煲里拿出了饭，给妈妈喂。妈受宠若惊的样子，想了半天，才问道："我没事吧?"

"当然没事了。过不了几天，你又可以下地了。"

妈妈怀疑地："我是不是得了什么绝症？要不你怎么这样对我?"

爸爸一愣："没有。"

妈妈还是怀疑："要不是我得了什么绝症，你怎么对我这样好?"

爸爸奇怪地："……你胡思乱想什么啊。"

妈妈歉意地："唉，我这一病，拖累你们了。"

秋波落下了眼泪："爸爸，你该检讨了啊。你们的婚姻太不平等了。每个人结婚，都是想找个人疼，至少是互相疼，可我妈把你惯坏了，你不能再把自己惯坏了。"

爸爸也很惭愧。

9.

商场里，董姐挑选了一些衣物，拿给秋波爸爸看，爸爸就在旁边说好。爸爸急着去付款，董姐拉住了爸，又挑了几件衣裳。爸尽管脸色有些不对了，还在坚持地说好。男人在自己喜欢的女人面前就是会装，越喜欢装得越多，不过他们如果有一天不装了，样子也会很可怜。

董姐挑了一堆衣裳，爸爸的怀抱越来越满，脸色也越来越掩饰不住。

秋波在旁边，将这一切尽收眼底。这些衣服已经超过了爸爸口袋里的数目了，不，是超过他能承受的范围了。秋波想，爸爸再也没有勇气提出要付款的要求了。

董姐看了看爸爸，爸爸讪讪地看着董姐自己付了款。董姐接过衣物：“还是对老婆好点儿吧，老婆挺不容易的。”

爸爸迈着缓慢但却是坚定的步子回到家里。

商场某角落。

董姐把满袋子的衣裳还给了秋波，秋波如数地还给了钱。

这出戏是秋波导的，连台词都是应她的要求说的。

秋波说：“谢谢你。”

“我也谢谢你。要不，我真不知怎么处理这件事。其实，我不是个坏女人，虽然我一直单身，也没有打算去插足别人的家庭。”

秋波跟董姐的一次长谈，挽救了爸爸那颗野马般的心，挽救了他有生以来的最后一次可能的出轨。

10. 

如果没有爱，如果没有深刻的爱，人生会是多么漫长而虚空。沉寂的日子和对爱情的渴望使佳颜简直快要疯了，她绝望地躺在床上。

佳颜突然不安地跳起来，把杯子撞到地上，把书架撞倒。

佳颜一口气冲到了游泳池，从水里游出来时，一睁眼看到了潘杰医院的护士。护士想躲开，佳颜游了过去，护士来不及躲开，只好应付："你好。"

佳颜决定从她这里下手："潘杰还好吗?"

护士吞吐道："他……还好。"

佳颜诚恳地："他为什么会躲着我？如果你知道，请告诉我。"

护士有些犹豫："他家里发生了什么事情，你真的不知道吗?"

佳颜摇头。

护士终于开口："他母亲出了车祸。"

佳颜追问道："车祸？什么时候的事?"

护士说："就是两三个月前吧。"

佳颜脑中飞快地转动着，心也狂跳起来：

"你知道具体是什么日子?"

护士回忆着："好像是六月，六月三号出的事情。"

佳颜一惊，木然。那天，他俩在热恋中，一直不舍得分开，那天，她分外地黏人，挽着他的肩膀，人都要倒在他的身上，他们互相送来送去的，走了一百圈了，佳颜还是不想让他走。

佳颜脸色大变。

护士连忙问："你没事吧!?"

佳颜水淋淋地走了出去。

雨中，佳颜跑着。天空中闪过雷电，佳颜实在跑不动了，趴在了一棵树上。

那个夜里，佳颜一直在流着泪水。上天捉弄人，她活在人世间，长到这么大，好不容易爱上了一个男人，好不容易他也爱上了她，她好不容易对他撒了一次娇，好不容易唤回了女性意识，可是上天却捉弄，让这个男人永远恨上了她，她却无法补偿他。这算是怎么回事啊?!

11. 

林姗买了一套高档的床上用品，她琢磨着该为可可准备嫁妆了吧？

秋波道："这家伙多久没跟咱们联系了？"

林姗说："能为了一个男人把咱们忘记了，应该就是爱情了。咱们三个人可不能送重复了，秋波，你送什么？"

"这要看她的表现了。如果她还记得咱们，我就送给她一份厚礼。如果她一头扎到婚姻的坟墓里，从此消失了，我就送给她……"秋波从手上摘下了一块表："这块表，价值十块钱。"

林姗笑："你也太刻薄了吧？她要是完全消失了，你连十块钱也省了。"

秋波："注意，她已经多久没有跟我们联系了。虽然也可以理解，但是结婚的人，终归跟我们不是一路人了。我们应该主动跟她联系一下，免得她沉沦，变成一个俗不可耐的家庭妇女。"

秋波拔了电话，欠费停机，她疑惑地：

"不是换号了吧？是不是结了婚，就要摆脱我们？"

她们说话的时候，佳颜一直没精打采，仿佛没有听到一般。

严新突然出现，脸色苍白，精神萎靡。他告诉她们：可可已经消失很久了。

秋波质问道："你不是开玩笑吧？你们之间没出什么事吧？"

严新说："没有什么事，可是她却消失了。"

佳颜一直没精打采，这时候质问道：

"你们不是要结婚了吗？照可可的性格，怎么可能无故失踪？你老实告诉我，是不是欺负她了？"

严新摇头："怎么会！我要是欺负她了，你就直接杀了我。大姐，我可是什么都没有做，我现在迷茫得很。"

林姗安慰道："别急别急，回忆一下她消失的几天，你们之间发生了什么事？"

严新说，什么事情也没有发生过。

12. 

三位女友去可可家敲门，敲门声越来越大。侧耳听去，没有人应。再敲，还是没有人。邻居出来说，好久没有见可可了。

四人沮丧地坐在台阶前，严新突然想到，他们最后一天见面，在做婚前检查回来的路上遇到了一个人，可可频频回头张望，突然间失魂落魄。严新察觉到了可可的异样，曾经追问那人是谁，但可可不答，接下来就失踪了。

那个人是谁？又发生了什么事？

可可与父母亲也没有联系，秋波她们只有守在可可家门外。她们拿定主意，如果可可若干天内再不出现就报警。

佳颜一直病怏怏的，也坚持等着可可。有一天，当三个人已经快要放弃了坚守之时，听到了一阵熟悉的脚步声。果然，可可一身黑衣，直直地走上楼来。她目不斜视地打开了门，从他们面前走了进去，之后坐在黑暗里，抱着脑袋，久久地一动不动。

三个女友走进去，打开了灯，可可像是被灯光吓了一跳，突然痛哭起来。

原来，可可从高中起，就暗恋一个同学的哥哥，暗恋了很多年，但是她自认为是丑小鸭，从未向他表白。后来那位哥哥出国了，他们就再也没有联系。就在不久前婚检回来的路上，遇到了他，可可觉得人世间的缘分有限，随后就找到了那位哥哥。她还没有从惊喜中走出来，又知道他得了癌症，此番是回来度过生命的最后期限。更让可可没有想到的是，这位哥哥也没有忘记她，可可发现自己还在爱他，于是不辞而别，去照顾了他……直到三天前，她亲自送走了他。这是可可第一次独立面对生死，送走的还是自己第一次爱上的男人，她的心情灰暗到了极点。

秋波说："你是对的。如果换成任何人，都会这样做。我们都大了，要面对生活的风风雨雨，可可，你要坚强。可是，你临走时，也要跟严新说一下啊。"

可可怕他阻拦，可她必须要这样做："严新一定不会原谅我。"

严新的话音响起："你太低估我了。"

大家回头一看，严新不知道什么时候到站到了可可的身后，可可的一番话他都听到了："一个人总是要有些真感情，总是要敢于付出一些真感情。你做得对。你这个傻瓜。你怎么不告诉我？我至少能帮你一起照顾他，能帮你分担一点点痛苦。"

可可流着泪："我以为你会很生气，从此再也不来了。"

严新擦去了可可的眼泪："我愿意。我理解你，都是因为爱。"

13.

从可可家出来的路上，病了多日的佳颜再也支撑不住，她看到哪里都是苍白的，仿佛是冬日的雪花，她的情绪落入低谷：

“为什么我在这世间得不到亲情？如果没有亲情，我应该怎么活下去？总有一天我会因为缺少爱而孤独地死掉。这是我的宿命么？”

秋波说：“不是这样，不要这样。”

佳颜无力地说：“我觉得我快死了，真的要死了。”

一个小偷从街上跑过，后面响起抓贼的声音。佳颜愣了一下，突然间不知道哪里来的力气，冲上前去，追上了小偷，并将他打翻在地。

秋波和林姗连忙追了过去。不料从佳颜身后的人群里，又出现了一个小偷同伙，他从背后对佳颜下手。两个女友惊呼，佳颜早有所察觉，反手使出全部力气还击，小偷被打倒。

只一瞬间工夫，佳颜又成了一个不可摧毁的女战士了。

秋波和林姗跑过去，佳颜再也坚持不住，她已经好多天没有进食了。

倒在秋波的怀里，佳颜喃喃地道：“有稀饭吗？我想喝稀饭。”

14.

佳颜沉沉睡去，她仿佛累极了，经历了这些天的奔忙，秋波和林姗终于可以歇歇了。

林姗有些犹豫：“有件事，我不知该不该说。你还关心大可吗？”

秋波不知道出了什么事。

林姗说：“大可的生意遇到了麻烦，他的前妻在跟他复婚后，带走他所有的财产。他现在投资的项目无法启动，对方把他告上了法庭。”

果不出所料，出于爱，大可又和那个女人复婚了。爱，真是令

人无奈的爱！

秋波想了很久，还是无法放弃心中的爱，她决定向父母借钱来帮助大可。

天已经很暗了，为了节电家里只开着一盏灯，秋波实在不好意思开口把他们节俭了一辈子的钱要过来。

"我一定会还你们。"秋波发现，自己与大可的感情，超越了爱情。

秋波去找大可，看看空空的四壁，都已经变卖一空，可见他的处境非常之困难。大可解释说："我有些事情要处理。"

"是有些事情要处理，还是有些事情在焦虑？你有白发了。你这个傻孩子，总是在同一个地方栽倒。不过你让我相信，世间还有爱情。"

大可苦笑道："笑话我吧！我本来就是个失败者。我应该遭到嘲笑。"

"你的工程启动需要多少钱？"

"这不是你应该管的，也不是你管得了的。"

秋波把存折给了大可："别打肿脸充胖子了。我是你的朋友。"

大可说："真的不需要。我还有什么资格向你求助？"

秋波坚持地看着大可。

大可扫了一眼存折，惊讶地："你哪里来这么多钱？"

是她父母一生的积蓄。

"你必须还我们。如果你不还，我会跟你没完。"

良久，大可才说："你知道吗？你是个傻透了的女人。"

15.

佳颜渐渐复原了，这天，佳颜下班回到家的时候，碰到了一个女人，这个女人怎么看上去这么面熟呢？

那个女人说："我是你妈。"

好久不见了，以至于都忘记了。

妈妈说："我来是陪你住些日子。我们多年没见了。"

其实她们多年来就没有在一起。佳颜一直渴望着母亲能给她一些爱，但是眼前的这个女人她感到很陌生。她们坐在沙发上看电视，无意间触到了彼此的身体，都有种怪异的感觉。太奇怪了，妈来了，简直像来了个陌生人一样，佳颜浑身不自在。

佳颜无意中睁开眼睛，看到妈洗澡出来后残缺的身体，她吃了一惊。妈妈解释说，发现了肿瘤，做手术做掉了。

佳颜没有说什么，转过身去，悄悄地哭了。

深夜，佳颜没有睡着，她确定自己的举动不会被她发现，才悄悄地走到妈妈的床边，从背后伸出手去，拘谨地伸出了手，轻轻抱住了妈。

这是佳颜记忆里同妈妈的第一次拥抱，一切来得太迟。

16.

休息的日子，林姗去养老院做义工。因为知道自己的老年将在这里过，她来这里的时候常常怀有一份特别的情愫。

林姗觉得自己和这里的气氛是吻合的。

林姗在帮忙时，会看到一双温和的眼睛。

17.

秋波有空会去陪着父母亲。有一天，爸突然从午觉惊醒，惊慌失措，他从客厅奔到妈的屋子里，看到妈一切完好，这才松了口气，他对妻子倾诉道："我刚才做了一个不好的梦。我梦见你死了。我想我完了。我欠你那么多，那么多，再也还不了你了。我突然感到特别可怕，就从梦中惊醒过来。老婆啊，我跟你争争吵吵了一辈子，到现在才感觉对不起你，这些年，我为你做的，太少了！"

妈听了也忍不住一阵感伤，她安慰爸说："放心吧。我不会死在你前头。"

爸爸说："我也不想做短命鬼，死在你前头。那样，你多孤单啊。要不，咱们俩到时候一起走吧。"

两个人想了想，很郑重地点了点头。

秋波看着，不由泪光莹莹。只有在相爱的时候，人生才有意义。

妈妈大病初愈，秋波陪着他们逛街。秋波回头不见了妈和爸，四处找寻，只见爸和妈挤到了珠宝柜台前，指点里面的东西。

妈妈幸福又难为情地说道：“你爸要为我买一个戒指，都这么大年纪了，还买什么戒指。”

他们趴在柜台上选择珠宝。妈从镜子里看到了自己苍老的模样，衣服不合体，她突然待不下去了：

“不买了。哪有我这个年纪的还戴戒指的?”

爸拉住了她，十分坚定地将一只十分老土的黄金戒指，费劲地戴在了妈已经有些变形的手指上。

秋波看到他们，心里赞叹道：这是多么好的一幅画面。